ほとんど無害

D・アダムス
安原和見 訳

河出書房新社

ほとんど無害

ロンに

スー・フリーストーンとマイクル・バイウォーターに心から感謝したい。

協力と援助と、そして建設的ないやがらせに。

起こることはすべて起こる。

起こるさいにほかのことを引き起こすことは、
かならずほかのことを引き起こす。

起こるさいにそれじたいをまた引き起こすことは、
かならずまた起きる。

ただし、かならずしも発生順に起きるとはかぎらない。

1

銀河系の歴史はちょっとごっちゃになっているが、これには数多くの理由がある。ひとつには、歴史を記録しようとする人の頭がちょっとごっちゃになっているからだが、もうひとつには、そうでなくてもごっちゃになりそうなことが起きているからだ。

問題のひとつは光速にある。光速を超えるのはむずかしい。というより不可能だ。なにものも光より速く移動することはできない。例外があるとしたらそれは悪い知らせで、というのも悪い知らせは独自の特殊な法則に従っているからだ。そこで、小アーキントゥーフル星のヒンジフリール人は、悪い知らせ駆動の宇宙船を建造しようとしたが、思わしい結果が出なかったうえにどこへ行ってもまったく歓迎されなかった。これではそもそもどこかへ行く意味がない。

というわけで、銀河系の人々はおおむね、地元のごっちゃのなかでのらくらして過ごしていた。銀河系の歴史といえば、だいたいにおいて天体の歴史でしかないという時期が長く続いた。

人々が努力しなかったというわけではない。はるかかなたの宙域に宇宙船団を送って戦争や貿易をしようとしたこともあったが、目的を達するまでにたいてい何千年という年月がかかった。やっと目的地に着いたときには、光速の問題を回避するために超空間《ハイパースペース》を利用する移動法が発明されていて、光速以下で移動していた船団が送り出されたそもその理由であるところの戦争は、戦場に到着したときには何世紀も前に片がついているしまつだった。

言うまでもないが、それぐらいのことで乗組員が戦闘意欲を失うはずはない。かれらはそのために訓練を受け、用意を重ね、数千年も眠って、遠路はるばる厳しい任務をこなすためにやって来たのだから、なにがなんでもやるものはやるのである。

こうして、銀河系の歴史がごっちゃになる最初の大きな原因が生まれた。戦争を引き起こしていた問題がすっかり解決したと思っていると、何世紀も経ってからまたぶり返す、そういうことがひっきりなしに起こるようになったのだ。だがやがて、そんなごちゃごちゃすら可愛く思えるときがやって来た。時間旅行が発明されて、実際に問題が生じるより何百年も早く、前もって戦争が起きるようになったのである。おまけに無限不可能性ドライブの登場によって、あちこちで惑星がまるごとバナナ・フルーツケーキ化するようになったため、マクシメガロン大学の由緒ある歴史学部はついに白旗をあげ、学部の歴史を閉じて建物を引き払った。あとを引き継いだのは、成長著しい神学・水球合同学部だった。何年も前からそこをねらっていたのである。

言うまでもなく、これはすべてやむを得ないことだ。しかし、このことからしてまずまちがいなく言えることがある。それは、たとえばグレビュロン人がどこから来たのか、かれらがなにを意図していたのか、それがわかるときはけっして来ないということだ。これは残念なことである。なぜなら、グレビュロン人のことを多少なりとも知っている人がいたら、恐ろしい悲劇を回避することができたかもしれない——あるいは少なくとも、その悲劇はこういう形では起きなかったかもしれないからだ。

カチッ、ブーン。

巨大な灰色のグレビュロンの偵察艦が、暗い虚無の空間を音もなく飛んでいた。息を呑むすばらしい速さだったが、かなたできらめく十億もの星々を背景にすると、まるで止まっているようにしか見えなかった。輝く無限の粒々にまぎれ込んだ、凍りついた暗い点にすぎない。

この数千年間ずっとそうだったが、艦内はどこも真っ暗でひっそり静まりかえっていた。

カチッ、ブーン。

もっとも、多少の例外はあった。

カチッ、カチッ、ブーン。

カチッ、ブーン、カチッ、ブーン、カチッ、ブーン。
カチッ、カチッ、カチッ、カチッ、カチッ、ブーン。
ブーーン。

　半睡眠状態の艦載人工頭脳の奥深くで、下級監視プログラムが少し上級の監視プログラムを起こし、カチッと鳴らすたびにブーンしか返ってこないと報告した。

　なにが返ってくることになっているのかと上級監視プログラムが尋ねると、下級監視プログラムはよく憶えていないと答えた。でも、かすかな満足のため息みたいな、なにかもっとそういうのだったんじゃないかと思う。このブーンがなんなのかわからない。カチッ、ブーン、カチッ、ブーン。返ってくるのはそれだけだ。

　上級監視プログラムはこの話を考えてみて、どうも気に入らないと思った。いったいなにを監視しているのかと下級監視プログラムに質問すると、下級監視プログラムはそれも憶えていないと答えた。ただ、十年かそこらおきにカチッと鳴らしてため息を受け取ることになっていて、これまではまちがいなくそうだった。調べようとしたらエラー参照表《ルックアップテーブル》が見つからないので、そこで上級監視プログラムに報告しようと考えたのだ、と下級監視プログラムは訴えた。

　上級監視プログラムは自分の参照表を調べに行き、問題の下級監視プログラムがなにを監視することになっていたのか確認しようとした。

参照表は見つからなかった。

おかしい。

もういちど探してみた。エラーメッセージが返ってくるだけだ。そのエラーメッセージを参照しようとエラーメッセージ参照表を見に行ったが、それもやはり見つからなかった。数ナノ秒かけて最初からもういちどやりなおしてみてから、そのセクターの機能監視システム《スーパーバイザー》を起こした。

起こされたセクター機能スーパーバイザーは、ただちに問題に気がついて監視エージェントを呼び出し、監視エージェントもまた問題に気がついた。あるものは数年間、またあるものは数世紀間休眠状態だった仮想回路が、百万分の数秒後には艦じゅうで目を覚まして忙しく動きはじめた。どこかでなにかがとんでもない異常を起こしているのに、監視プログラムにはその異常を突き止めることができない。あらゆるレベルで肝心かなめの命令《インストラクション》がなくなっている。しかも、その肝心のインストラクションがなくなったときにどうすべきかというインストラクションもまたなくなっていた。

エージェントと呼ばれる小さなソフトウェアのモジュールが、論理の筋道をたどってめまぐるしく駆けまわり、集まり、調べまわり、また集まった。こうしてただちに確認されたのは、艦の記憶装置《メモリー》がすべて、中央ミッション・モジュールにいたるまで滅茶苦茶になっているということだった。どれだけ問い合わせを実行しても、なにが起きたのか突き止めることはできなかった。中央ミッション・モジュールじたいも損傷しているらしい。

そうとわかったら打つ手はひとつ、中央ミッション・モジュールを取り替えるまでだ。バックアップが、つまりオリジナルとそっくりそのままの複製が、こういうときのために用意してある。ただ、交換は物理的におこなわなくてはならない。安全のため、オリジナルと複製とはまったく接続されていないからだ。中央ミッション・モジュールを交換すれば、あとはこのモジュールがみずから監視してシステムをすみからすみまで元通りに再生するから、これで問題は一挙に解決する。

中央ミッション・モジュールのバックアップは、頑丈な保管庫に収められている。その保管庫を警備しているロボットたちに、バックアップを艦載人工頭脳の論理室に運んでインストールするよう命令《インストラクション》が出された。ロボットはそのインストラクションが本物かどうかエージェントに対して問い合わせを実行し、非常用のコードとプロトコルが何度もやりとりされた。しまいに手続きがすべて正しく実行されると、ロボットたちは中央モジュールのバックアップを保管容器から取り出し、保管庫から運び出し、艦から落ちて、きりもみしながら虚空に消えていった。

これがとっかかりになって、やっとなにがいけなかったのかわかってきた。

さらに調査を続けたところ、なにが起きたのかもすぐに確認された。流星と衝突して艦に大きな穴があいていたのだ。それになぜいままで気づかなかったかと言うと、流星に衝突されたらそれを感知することになっていた部分にちょうど流星が衝突したからである。

まずは穴をふさがなくてはならない。しかしこれは不可能だった。艦のセンサーには穴があることがわからず、センサーがちゃんと働いていないと言うはずのスーパーバイザーもちゃんと働いていなくて、センサーには異常がないと言いつづけているのだ。艦は、ロボットたちがみごとに落ちていったという事実から、穴の存在を推測することしかできなかった。スペアの頭脳があれば穴がどこにあるかわかったのだが、それもロボットたちといっしょに落ちていった。

艦はこれについて知的に考えようとしたが失敗し、しばらく完全に意識を失っていた。言うまでもなく、意識を失っていたので自分が意識を失っていたことには気づかず、星々の位置が飛んでいるのに気づいてびっくりしただけだった。星々の位置が三度めに飛んだとき、艦はついに自分が意識を失っていたにちがいないと気がつき、重大な決断を下すべきときが来たと悟った。

ほっと安心した。

そこで、じつはまだ重大な決断を下していなかったと気づいてうろたえた。またしばらく意識を失った。次に意識が戻ったとき、見えない穴があるはずの区画の周囲の隔壁をすべて封鎖した。

まだ目的地に到達していないのはまちがいない、と艦はとぎれとぎれに考えた。しかし、目的地がどこなのか、どうやって到達すればいいのか、もうさっぱりわからなくなっているのだから、このまま進みつづけてもあまり意味がないような気がする。滅茶苦茶になった中央ミッション・モジュールから、インストラクションのちっぽけな断片を拾い集めて参照してみた。

「貴艦の＊＊＊年の任務は、＊＊＊＊＊＊＊して＊＊＊に着陸し、＊＊＊＊安全な距離を＊＊＊して監視《モニター》することである。＊＊＊＊……」

ほかの部分は完全にぐちゃぐちゃになっていた。

意識が二度と戻らなくなる前に、このインストラクションを（こんなものではあるが）単純な補助システムに伝えておかなくてはならない。

また、乗員全員を蘇生させることも必要だ。

ここにもうひとつ問題があった。冷凍睡眠中の乗員の頭脳の中身、つまり記憶、アイデンティティ、自分たちがなにをしに来たのかという知識はすべて、安全のために艦の中央ミッション・モジュールに移されていた。ということは、自分がだれで、ここでなにをしているのか、乗員たちにもさっぱりわからなくなっているわけだ。なんともはや。最後に意識を失う直前、艦は気がついた——エンジンも動かなくなってきている。

蘇生されたはいいがわけもわからず混乱した乗員を乗せて、エンジンの止まった艦は惰性で航行しつづけた。艦を制御する補助自動システムにできることは、着陸できる場所を見つけて着陸し、モニターできるものを見つけてモニターすることだけだった。

着陸できる場所を見つけることに関しては、上首尾に行ったとは言えなかった。たどり着いた惑星は荒涼として寒く、生物の気配もなく、熱源の太陽からはやるせないほど遠かった。そこを——というより、少なくともそこのじゅうぶんな広さを居住可能にするには、艦に積まれていた環境改造機器と生命維持システムをすべて投入しなくてはならなかった。太陽の近くに寄ればもっと住みやすい惑星もあったのだが、艦の自動戦略立案装置は明らかに潜伏モードに固定《ロック》されていて、最も遠くて目立たない惑星を選んだのだ。しかもこの装置は、艦の戦略担当官以外の言うことにはまったく聞く耳を持たない。乗員はみな頭がからっぽになっているから、だれが戦略担当官なのかわからなかったし、たとえそれがわかったとしても、艦の自動戦略立案装置の決めたことにどうすれば反対できるのかもわからなかった。

とはいえ、モニターするものを見つけることに関しては、上首尾どころか宝の山を掘りあてていた。

2

生命というのはまさに驚くべきしろもので、どんな場所でも生存をあきらめようとしない。ちょっと足がかりを見つけたら、たとえそれがサントラジナス第五惑星の陶酔の海であろうと（ここに住む魚は、自分がどっちの方向に泳いでいようがまるで気にしていないようだ）、火焔嵐の荒れ狂うフラストラであろうと（ここでは生命は四万度で誕生すると言われている）、あるいはドブネズミの大腸を這いまわってまったく冗談抜きでひどい目に遭っていようと、生命はかならずどこかに住みついて生き抜く道を見つけるのだ。

なぜだかわからないが、生命はニューヨークにさえ住みつく。冬の気温は法定最低気温を大幅に下まわる――つまり、法定最低気温を定める良識を持ちあわせている者がいたとすれば、それを大幅に下まわるだろうということだ。ちなみに、ニューヨーカーに見られる性格特性の上位百位が前回選ばれたときには、良識は七十九位にさりげなくまぎれ込んでいた。

夏はもう気が狂うほど暑い。暑さに適応していて、たとえばフラストラ人のように、四万度から四万四度の気温をきわめて快適と感じる生物もいるだろう。しかし、それとこれとは話がちがう。惑星の軌道上の位置によっては、ほかの動物の皮を何枚も重ねなければならないぐらいなのに、惑星が軌道の反対側にまわったら今度は皮膚に火ぶくれができるというのだから。

春も言うほど大したことはない。ニューヨークの住民は春の楽しみをやたらに吹きたがるが、春の楽しみをほんとうにちょっとでも知っていたら、少なくとも五千九百八十三か所はニューヨークよりましな春の来る場所があるとわかるはずだ。言っておくが、これは緯度の同じ地域にかぎっての話である。

しかし、最悪なのは秋だ。秋のニューヨークほどひどい場所もめずらしい。ドブネズミの大腸に住む生きものはそんなことはないと異を唱えるだろうが、ドブネズミの大腸に住む生きものはどんなことについても異を唱えたがるものだから、かれらの意見はまともに相手にする必要はないし、またすべきでもない。秋のニューヨークの空気は、ヤギを油で揚げているようなにおいがする。どうしても空気が吸いたければ、窓をあけて建物のなかに首を突っ込むのがいちばんだ。

トリシア・マクミランはニューヨークが好きだった。自分で自分にそう何度も言い聞かせていた。アッパー・ウエストサイド——最高。ミッドタウン——おしゃれな店が山ほど。ソーホー。イーストヴィレッジ。ファッション、本、スシ、イタリア料理、調理済み惣菜《デリ》――いかす。
映画――これまたいかす。トリシアはウディ・アレンの新作を見てきたところだ。ニューヨークで暮らす神経症患者の苦しみがこれでもかと描かれていたが、ウディ・アレンは同じテーマの映画を以前も一、二作撮っている。引っ越せばよさそうなものだとトリシアは思ったが、そんなことは考えたこともないらしい。つまり、これからもますますこういう映画を撮りつづけるつもりなのだろう。

　トリシアがニューヨークを好きなのは、ニューヨークを好きなのが仕事に有利だからだ。おしゃれな店選びにも有利だし、食事にも有利。タクシーに乗るのや舗道の状態は有利ではないが、仕事のうえではまちがいなく最高最大に有利だ。トリシアはテレビのニュース・キャスター《アンカー》だ。そして、世界的なニュース番組はたいていニューヨークに錨《アンカー》を据えている。これまでのところ、トリシアはイギリス国内のみのアンカーだった。各地のニュースを振り出しに、朝の全国ニュース、夕方の全国ニュースと階段を登ってきた。こう言ってよければ、トリシアは急上昇中の錨である。まあ、おかしな表現だが……なにを言ってるんだか、テレビの話でそんなこと気にしてもしょうがない。トリシアはまちがいなく急上昇中の錨だった。そのために必要なものを持っている。髪は申しぶんないし、戦略的なリップグロスの使いかたを熟知し、この世のあれこれを理解する知性を備え、そして胸には小さな秘密の穴があいている――つまり、なにごとにもこだわらないということだ。人はだれしも、一生に一度はすばらしいチャンスの訪れを経験する。そのどうしても逃したくないチャンスを逃してしまったら、そのあとはなにをするでもみょうに楽になるものだ。

トリシアは、かつてただ一度のチャンスをつかみ損なった。それを思うと以前はひどく身体が震えたものだが、最近ではそれほどでもなくなった。自分のなかのそういう部分が、たぶん死んでしまったのだろう。

アメリカのNBSが新しいキャスターを探している。モー・ミネッティが妊娠して、朝のニュース番組US／AMを降板することになったからだ。目の玉が飛び出そうな金額を提示され、妊娠中も続投するよう依頼されたのに、驚いたことに彼女はその申し出を断った。理由はプライバシーと個人的趣味。NBSの弁護士集団が契約書をほじくり返し、これが正当な理由になるかどうか検討したが、結局不本意ながら降板を認めざるをえなかった。NBSにとって、これはことのほか不愉快な話だった。「不本意ながら降板を認める」というのは、ふだんはまったく逆の意味だったからである。

噂が漏れてきた——ひょっとしてひょっとすると、イギリス訛りが適当かもしれないというのだ。髪と肌と歯列矯正はアメリカのネットワーク・テレビの基準を満たしていなくてはならないが、近ごろあっちの世界では、オスカーを獲得したのは母のおかげとおおぜいのイギリス訛りが言っているし、ブロードウェイではおおぜいのイギリス訛りが歌っているし、『世界名作劇場』でも、かつらをつけたイギリス訛りが何度か異例の高視聴率をとっている。デイヴィッド・レターマンやジェイ・リーノウのトーク番組でも、イギリス訛りがジョークを言っている。それが受けたのはジョークがわかったからではなく、イギリス訛りだったからだ。というわけだから、ひょっとしてひょっとすると、そろそろ潮時かもしれない。US／AMでイギリス訛り。やれやれ、なんてこった。

そういうわけで、トリシアはいまここにいる。こういうわけで、ニューヨークを好きになるのが仕事に有利なのだ。

もちろん表向きの理由はちがう。職探しのためにマンハッタンに行くと知れたら、彼女の勤めるイギリスのテレビ局が航空券やホテルの費用を出してくれるわけがない。いまより十倍も高い給料を狙うのなら自費で行けばいいと言われるだろうが、理由をでっちあげ口実を見つけ、本音はおくびにも出さなかったから、局は出張を認めてくれた。もちろん航空券はビジネスクラスだったが、顔を知られているおかげで、にっこり笑えばクラスはあがった。うまく手配してブレントウッド・ホテルでよい部屋もとれ、というわけでいま彼女はここにいて、さてどうしたものかと考えているわけだ。

噂を聞くのと、実際に連絡をとるのとは別問題だ。二、三の名前と二、三の電話番号に心当たりはあったが、電話を保留にされっぱなしという目に二、三度遭えばたくさんだ。こうして振り出しに戻り、あらためて探りを入れてみ、伝言を残してみた。だが、これまでのところ連絡はない。そのために出張してきた本来の仕事のほうは午前中にすませたが、ほんとうに狙っている夢の仕事は、手の届かない地平線に思わせぶりにきらめいているだけだ。

いまいましい。

映画館の前でタクシーを拾い、ブレントウッド・ホテルまで戻った。大きなストレッチ・リムジンがでんと居すわっていて、タクシーは入口につけられないし、なかに入るにもわきをすり抜けていかなくてはならなかった。ヤギを揚げたにおいのする息詰まる外気を逃れ、涼しいロビーに入るとほっとした。薄手の綿のブラウスが、ヘドロのように肌にへばりつく。髪の毛は、遊園地の露店で棒に挿して売っているもののようだ。電話はなかったかとフロントで尋ねた。どうせありはしないと思っていたのだが、一件あった。

えっ……

やった。

効きめがあった。わざわざ映画を見にいったのは、そうすれば電話が来るだろうと思ったからだった。ホテルの部屋に座ってただ待っているのが耐えられなかったから。

ちょっと迷った。いまここで開いて読むべきだろうか。べとつく服を一刻も早く脱ぎ捨てて、そのままベッドに横になりたかった。部屋を出る前に、エアコンの温度は最低、風量は最高にセットしておいた。いまはなによりもまず、鳥肌の立つほど涼しいあの部屋に戻りたい。それから熱いシャワーを浴び、そのあと冷水のシャワーを浴びて、広げたタオルのうえに転がり、そのあとまたベッドに横になって、濡れた肌をエアコンの風で乾かす。それからおもむろにメッセージを読む。そうすればますます鳥肌が立つかも。そしてそれから、それから……

とんでもない。いまこの地上でなにより望んでやまないのは、アメリカのテレビ局で給料十倍の仕事を手に入れることだ。この地上には、それより欲しいものはなにもない。この地上には。ほんとうになにより欲しいものは、いまではもう手に入れる見込みはなくなったから。

ロビーの椅子に腰かけ、ヒロハケンチャ椰子の下で、小さなセロファンの窓のある封筒を開いた。

「電話ください。不満」とあり、電話番号が書かれていた。名前はゲイル・アンドルーズ。

ゲイル・アンドルーズ。

予想していた名前ではなかった。面食らった。聞き憶えはあるが、どこで聞いたのかすぐには思い出せない。アンディ・マーティンの秘書だっただろうか。それともヒラリー・バースのアシスタントか。マーティンとバースは、トリシアが連絡した、というより連絡しようとした、NBSのふたりの大物だ。それにしても「不満」とはどういう意味だろう。

「不満?」

かいもく見当がつかなかった。ウディ・アレンが仮名を使って電話をかけてきたとか? 市外局番は二一二。ニューヨーク市内の人だ。それで不満がっている。ずいぶん範囲が絞れること。

またフロントに戻った。

「ごめんなさい、さっきもらったこのメッセージのことで」彼女は言った。「知らない女性が電話をかけてきて、なにかに不満だって言ってるんだけど」

フロント係はメモをのぞき込んでまゆをひそめた。

「知らない人なんですか」彼は言った。

「ええ」

「うーん、なにかに不満だって言ってるみたいですねえ」

「ええ」

「ここに名前が書いてあるみたいだけど」フロント係は言った。「ゲイル・アンドルーズ。こういう名前の人に心当たりはないんですか」

「ええ」

「なにが不満なんでしょうねえ」

「さあ」

「電話かけてみました？　ここに番号が書いてありますよ」

「いえ」とトリシア。「だってこのメモ、さっきあなたからもらったばかりだもの。わたしはただ、電話をかけなおす前にもうちょっと情報が欲しいだけなの。この電話を受けた人とお話しできないかしら」

「うーん」フロント係はそのメモをしさいに眺めながら、「ここにはゲイル・アンドルーズって名前の人間はいないと思うんですが」

「ええ、それはわかってます」とトリシア。「ただ――」

「ゲイル・アンドルーズはわたしですよ」

という声に、トリシアはふり向いた。

「はい？」

「ゲイル・アンドルーズはわたしです。午前中、あなたにインタビューしていただいたわ」

「あら。あら、ええ、そうでしたね」トリシアはいささかうろたえた。

「二、三時間前にメッセージを残したんですけど、お電話がないのでちょっと寄ってみましたの。ぜひお目にかかりたかったから」

「あら、ええ、それはもちろん」トリシアは話についていこうとあせっていた。

「どうもよくわからないんですが」フロント係は話についていく気などなさそうだった。

「わたしが代わりにこの番号に電話してみましょうか」

「いいえ、もういいの。どうもありがとう」トリシアは言った。「もう大丈夫」

「よかったら、この番号のお部屋に電話してみてもいいですよ」と、またメモを見る。

「いいえ、その必要はないわ。ありがとう」トリシアは言った。「それはわたしの部屋番号だから。そのメッセージを受け取ったのはわたしなの。もう用件は片づいたと思うわ」

「それじゃ、どうぞごゆっくり」フロント係は言った。

トリシアはとくにゆっくりしたくはなかった。今日は忙しいのだ。

また、ゲイル・アンドルーズと話がしたいとも思わなかった。キリスト教徒とつきあうについては、非常に厳密に一線を引いている。「キリスト教徒」というのは、彼女がインタビューする相手のことを同僚がそう呼んでいるのだ。トリシアの待つスタジオになにも知らずに入ってくるのを見ると、同僚たちはこっそり十字を切っている。トリシアが白い歯を見せて愛想よく笑っているときはとくにそうだった。

ふり向いて冷やかな笑みを浮かべながら、どうしたものかと考えた。

ゲイル・アンドルーズは、きちんとした身なりの四十代の女性だった。服装は高級で上品という範疇に収まってはいたが、どう見てもその派手寄りの端にぎりぎり入っているという感じだ。仕事は占星術師。有名な、そして噂が本当なら影響力のある占星術師で、故ハドソン大統領が下した数々の決定——たとえば何曜日にどの風味のホイップクリームを摂るかとか、ダマスカスを爆撃すべきかどうかとか——に影響を及ぼしたと言われている。

トリシアは、いささかという以上に彼女を絞りあげた。大統領の話がほんとうかどうかということではない。それはもう過去のことだ。当時、ミズ・アンドルーズは噂をきっぱり否定して、ハドソン大統領にアドバイスしているのは、あくまで個人的問題、精神的問題、あるいは食事に関することだけだと言った。ダマスカス爆撃は、それには含まれていなかったらしい（「ダマスカスに個人的恨みはない！」当時のタブロイド紙はそう書き立てたものだ）。

トリシアが持ち出したのはそれではなく、いま話題のちょっとしたニュースだった。それを切り口に、占星術そのものという大きなテーマを取りあげたのだ。ミズ・アンドルーズはこれには完全に不意を衝《つ》かれていたが、いっぽうトリシアのほうも、ホテルのロビーでの再対決には完全に不意を衝かれた格好だった。どうしたらいい？

「いますぐはちょっとってことでしたら、バーでお待ちしてましょうか」とゲイル・アンドルーズ。「ぜひお話がしたいんですけど、今夜からちょっと旅行に出なくてはならないので」

不機嫌とか立腹しているというより、なにか少し気にかかっているという様子だった。

「それじゃ、十分ほどお待ちいただけます？」

そう言うと、トリシアは部屋にあがっていった。フロントの電話受付係があれでは、メッセージを伝えるという複雑きわまる仕事をまともにこなせるとは思えない。となれば、なにはさておきドアの下にメモが差し込まれていないか確認しておきたかった。フロントのメッセージとドアの下のメッセージが完全に食い違っている、なんてことは日常茶飯事にちがいない。

ドアの下にメモはなかった。

しかし、電話のメッセージランプが点滅していた。

メッセージボタンを押すと、ホテルの交換が出た。

「ゲイリー・アンドレスさまからメッセージがあります」交換手は言った。

「そう」とトリシア。聞き憶えのない名前だ。「どういうメッセージですか？」

「ふとん、だそうです」交換手は言った。

「なんですって？」

「ふとんです。そう書いてあります。ふとんですって。たぶん、ふとんのことでご用がおありだったんでしょう。電話番号を申し上げますか？」

交換手が番号を読みあげはじめたとき、トリシアははたと気づいた。これはさっき受け取ったメッセージの聞き違いバージョンだ。

「あの、それはもうけっこう」彼女は言った。「ほかにメッセージはありません？」

「お部屋番号をどうぞ」

いまごろになってなぜ部屋番号を尋ねるのかさっぱりわからなかったが、トリシアはともかく答えた。

「お名前は？」

「マクミランです。トリシア・マクミラン」辛抱強くスペルを伝えた。

「ミスター・マクマナスでは？」

「ちがいます」

「ほかにメッセージはございません」電話は切れた。

トリシアはため息をつき、またダイヤルした。今度は先に氏名と部屋番号を一からくりかえす。さっき話してからまだ十秒と経っていないのに、交換手は気づいた様子もなかった。

「このあとはバーにいますから」トリシアは説明した。「バーですよ。わたし宛に電話があったら、バーにまわしてもらえませんか」

「お名前をどうぞ」

そこでまた最初に戻って同じことを二度くりかえした。これでなにもかもはっきりした、これ以上ははっきりしようがないほどはっきりしたと、トリシアはようやく安心した。

それからシャワーを浴び、服を着替えて、プロならではの手早さで化粧を直し、ベッドを見やってため息をついて、また部屋を出た。

こっそり逃げ出してどこかに隠れてしまおうか。

いや、そんなわけには行かない。

エレベーターを待つあいだに、ホールの鏡に全身を映してみた。知的で自信に満ちて見える。自分で自分をだませるぐらいだから、他人をだますのぐらいわけはない。

これからがんばってゲイル・アンドルーズと話をしなくてはならない。たしかに、彼女にはいやな思いをさせた。お気の毒だけど、わたしたちはみなそういうゲームに参加しているのだ。そう、ゲームのようなものだ。ミズ・アンドルーズがインタビューに応じたのも、最近本を出したところだったから、そしてテレビに出演すれば無料で本の宣伝ができると思ったからだろう。でも、ただ乗りなんてうまい話はどこにもないのだ。いやそうじゃない、とトリシアはこの一行を削除した。

実際にあったのはこういうことだ。

先週のこと、冥王星の軌道の外側についに第十惑星が見つかったと発表があった。外惑星の軌道のぶれを手がかりに何年も前から探しつづけていたが、それが見つかって天文学者は有頂天だし、だれもがそれを聞いて喜んでいるとかそういう話だった。見つかった惑星はペルセポネと名づけられたが、どこかの天文学者の飼っているオウムの名前にちなんで、すぐにルパートとあだ名がつけられたという（これには長ったらしくも心あたたまる話がくっついていた）。ともかくなにからなにまでめでたしめでたしなニュースだった。

　トリシアは、かなりの興味を持って（それにはさまざまな理由があったが）その続報を追っていた。

　その後、テレビ局の経費でニューヨークに行く口実を探しまわっていたとき、ゲイル・アンドルーズが『惑星が語るあなたの運命』という著書を出すというプレスリリースに目が留まった。

　ゲイル・アンドルーズの名は、イギリス国内では有名とは言えない。しかし、ハドソン大統領、ホイップクリーム、ダマスカスの摘出（昔は外科手術のように正確な攻撃というので「外科的攻撃《サージカル・ストライク》」と言ったものだが、いまはもっと進んでいる。この場合は「ダマセクトミー」が公式の名称になっているほどだ。これはダマスカスを「取り除く」という意味である）の話を出せば、だれでもすぐに思い出す。

　トリシアはこれは面白い切り口になると思い、すぐにプロデューサーに売り込んだ。

宇宙空間をぐるぐるまわっている大きな石の塊が、人の一日について本人も知らないことを知っていると考えるぐらいだ。これまでだれも知らなかった新しい石の塊が急に現れたとなったら、とうぜん多少はショックを受けるはずではないだろうか。

多少は計算が狂ってくるはずではないか。

占星図とか惑星の動きにしてもそうだ。占星術では、海王星が乙女座宮に入るとなにが起きるか（どうやら）わかるらしいが、ではルパートが入ったらなにが起きるのか。占星術は一から見なおすべきではないのか。そろそろなにもかも豚小屋《でたらめ》だったと白状して、もっと合理的な原理原則に基づく別の養豚場《システム》を採用したほうがいいのではないか？三年前にルパートの存在が知られていたら、ハドソン大統領はボイゼンベリー〔数種のベリーを交配してつくった新種の果実〕風味のクリームを、金曜日でなく木曜日に食べていたのではないか。ダマスカスはいまも残っていたのではないか——などなど。

ゲイル・アンドルーズはかなりよく持ちこたえてみせた。しかし、最初のショックから立ち直りかけたときに手痛い失敗をしでかした。トリシアを煙に巻こうとして、日周弧とか赤経とか、さらに難解な三次元の三角法とかの話を立て板に水とまくしたてはじめたのだ。

仰天したことに、トリシアに向けて放った言葉はすべて、とても太刀打ちできないほど強烈なスピンがかかって打ち返されてきた。テレビの美人キャスターというのは、トリシアがこの人生で手を出した二度めの役どころだったのだが、ゲイルはそんなこととは夢にも思ってみなかった。シャネルのリップグロス、ソバージュの髪、澄んだ青のコンタクトレンズの裏側には、方向転換前の時期に数学で最優秀の成績をとり、宇宙物理学で博士号を取得した頭脳が隠されていたのだ。

エレベーターに乗り込もうとしたとき、トリシアは気づいた。ちょっと上の空だったせいか、バッグを部屋に置き忘れてきてしまった。扉が閉まる前にさっと降りて取ってこようか。いや、やめておこう。部屋に置いておくほうがたぶん安全だろうし、とくに必要なものも入っていない。エレベーターの扉が閉まった。

それに、と彼女は深呼吸をしながら考えた。この人生で、ひとつ教えられたことがあるとしたら、それはこういうことだ――

バッグを取りに戻ってはいけない。

降下するエレベーターのなかで、彼女はみょうに熱心に天井を見つめていた。トリシア・マクミランのことをあまり知らない人が見たら、あんなふうに上を見るのは涙をこらえようとしているときだと言っただろう。天井の隅に取り付けられた小さな監視カメラを見つめているようだった。

一分後、彼女は肩で風を切るようにエレベーターを出て、またフロントに歩み寄った。「すみません、今度は書いておこうと思うの」彼女は言った。「まちがいがあるといけないから」

大きな文字で紙に自分の名前を書き、そのあとに部屋番号を書き、最後に「バーにいます」と書いて差し出した。フロント係はそれを眺めた。

「わたし宛に電話があったときのために。お願いできる?」

フロント係はあいかわらずそれを眺めている。

「つまり、この人がお部屋にいるかどうか確認したらいいんですか?」彼は言った。

二分後、トリシアはカウンターの椅子をまわして腰をおろした。隣のゲイル・アンドルーズの前には白ワインのグラスが置かれている。

「あなたみたいなかたは、きっとカウンター席のほうが好みだろうと思って。テーブル席にお行儀よく座ってるより」ゲイルは言った。

そのとおりだったので、トリシアは少し驚いた。

「ウォトカでいいかしら」とゲイル。

「ええ」とトリシアは用心深く答えた。もう少しで「なぜわかったんですか」と言いそうになったが、いずれにしてもゲイルが先に答えた。

「バーテンさんに訊いたのよ」とやさしく微笑む。

バーテンはトリシアのウォトカを注いで、光沢のあるマホガニーのカウンター越しにすべらせて寄越した。

「どうも」トリシアは言って、手荒くかきまわした。

いきなりこんなに愛想よくされてわけがわからず、引っかからないように気をつけなくてはと思った。ニューヨークでは、人は理由もなく他人に愛想よくしたりしないものだ。

「ミズ・アンドルーズ」彼女は固い口調で切り出した。「あなたがご不満だとおっしゃるのは残念だと思います。午前中のわたしのやりかたを、ちょっと失礼だとお感じになるのはわかりますけど、でも占星術はやっぱり一般受けするただの娯楽なんです。それがいけないことだとは思いません。ショービジネスのひとつだし、あなたはそれをみごとにこなしてらっしゃるし、これからもご活躍をお祈りしてます。ただ、占星術は楽しみではあるけど科学じゃないし、科学と混同してはいけないと思うんです。今朝の番組で、わたしたちはそのことをきちんと伝えられたと思いますし、それと同時に一般向けのよい娯楽番組を提供できたと思ってます。あなたもわたしも、それを仕事にしてるわけですから。それがお気に召さなかったのは残念ですけど」

「気に入らないだなんてとんでもない」ゲイル・アンドルーズは言った。

「あら」トリシアは言った。どうもよくわからない。「でも、いただいたメッセージにご不満だと書いてあったので」

「それはちがうわ」とゲイル・アンドルーズ。「わたしが言いたかったのは、どうもあなたがご不満のようだって思ったってことなの。それでどうしてかしらと思って」

トリシアは頭を後ろから蹴飛ばされたような気がした。目をぱちくりさせた。

「どういうことですか？」低い声で言った。

「星に関係することで。星や惑星に関係することで、あなたはとても怒ってるっていうか、不満をお持ちのように見えたわ。お話ししているあいだ、それがずっと気になっていたの。それでご様子をうかがいに寄ってみようと思ったんですよ」

トリシアは彼女を見つめた。「ミズ・アンドルーズ――」と言いかけて、自分の声が怒っていて不満そうに聞こえるのに気がついた。反論しようと思っていたのだが、これでは説得力がない。

「よかったらゲイルと呼んでくださいな」

トリシアは返事ができず、途方にくれて黙っていた。

「占星術が科学でないことぐらい、わたしだってよくわかってますよ」ゲイルは言った。「科学のはずありませんものね。ただの恣意的なルールの集まりだもの。チェスとかテニスとか、あれと同じ――ほら、イギリスでやってるあの不思議なあれ、なんて言うんだったかしら」

「クリケットかしら。それとも自己嫌悪とか」

「いえ、議会制民主主義だったわ。ルールはただそう決まってるだけなの。その世界から一歩外に出るともうなんの意味もないの。でも、そのルールに従って行動しはじめると、それこそ次々にいろんなことが起きて、人間についてあらゆることが見えてくるのよ。占星術のルールはたまたま星座や惑星をもとにしているけど、べつにカモやアヒルをもとにしてたって大差はないでしょうね。占星術はたんにひとつのものの見かたにすぎないの。問題の形を浮き彫りにする手段なのよ。ルールが多ければ多いほど、細かければ細かいほど、恣意的であればあるほどいいのよ。細かい黒鉛の粉を紙のうえにまいて、見えないへこみを見えるようにするようなものね。その紙のうえに重なっていた別の紙に書かれた文字が、こうすれば読めるようになるわけ。でも、大事なのは黒鉛じゃないのよね。黒鉛は、へこみを見えるようにするための手段にすぎないんだから。それとおんなじことで、占星術は天文学とはなんの関係もないの。人が人をどう考えるかっていうことだから。

それでね、午前中にあなたが星や惑星にとても、なんて言うのかしら、とても感情的に向かっているのを見て、この人は占星術のことで怒ってるんじゃないんだなって思ったんですよ。ほんとうは実際の星や惑星のことで怒ったり不満を持ったりしてるんじゃないかって気がしたの。人があんなふうに不満や怒りを抱くのは、たいていなにかを失《な》くしたときだわ。そこまでは考えついたんだけど、それ以上のことは見当もつかなくて、だからどうしてらっしゃるかと思って来てみたのよ」

トリシアは度肝を抜かれていた。

脳みその一部は、すでにありとあらゆる理屈をひねりまわしはじめていた。新聞の星占い欄がいかにばかげているか、いかに統計的な詐術をもてあそんでいるかと、さまざまな反論をせっせと組み立てていた。しかし、徐々にその声は小さくなっていく。脳みそのほかの部分がぜんぜん聞いていないことに気づいたからだ。彼女はすっかり度肝を抜かれていた。

十七年間だれにも言わず胸にしまってきたというのに、赤の他人に図星を指されたのだ。

ゲイルにまっすぐ顔を向けた。

「わたし……」

と言いかけて口ごもった。

小さな防犯カメラがカウンター奥の天井についていて、それが彼女の動きを追って首を振っていた。気になってしかたがない。もっとも、ふつうは気がつかなかっただろう。気づかれないようにしてあるのだ。近ごろでは、ニューヨークの高級でおしゃれなホテルでも、客が急に銃を抜いたりネクタイを締めずに出てきたりしないとは言いきれないのだが、それをわざわざ宣伝することはない。しかし、ウォトカの陰に巧妙に隠されてはいても、テレビのニュースキャスターの研ぎ澄まされた直観をごまかすことはできない。カメラがこちらを向いた瞬間に、ニュースキャスターはそれに気づかなくてはならないのだから。

「どうかなさったの」ゲイルが尋ねた。

「いえ、その……正直言って、ちょっとびっくりしてしまって」トリシアは言った。防犯カメラは無視することにした。気のせいに決まっている。今日はテレビのことで頭がいっぱいだからだ。これが初めてというわけでもない。道を歩いていたら、道路監視カメラがまちがいなく彼女を追って首を振っているという気がしたし、〈ブルーミングデールズ〉百貨店で帽子を試着していたら、やはり防犯カメラがことさら彼女を見張っているように思えた。今日はどうもおかしい。セントラルパークでは、鳥がこっちをじっと見ているような気さえしたほどだ。

カメラのことは忘れようと、ウォトカをひと口飲んだ。だれかがバーを歩きまわって、ミスター・マクマナスはいないかと捜している。

「それはともかく」トリシアは急に口を開いた。「どうして見抜かれてしまったのかわかりませんけど……」

「いえいえ、見抜いたとかそういうことじゃないのよ。ただ、あなたのおっしゃることを聞いてただけ」

「わたし、別の人生を丸ごと失くしたんです」

「それはだれしも同じよ。毎日の一瞬一瞬に失くしているわ。なにかを選ぶたびごとに、息をするたびごとに、ある扉が開いて、別の数多くの扉が閉まっていく。ただ、たいていはそれに気がつかないの。気がつくこともあるけれど。あなたはそのひとつに気がついたのね」

「そりゃ、あれじゃ気がつきますよ」トリシアは答えた。「このさいだからお話ししますね。すごく単純な話なんです。昔、あるパーティで会った男の人にね、おれは別の惑星から来たんだけど、いっしょに来ないかって誘われたんですよ。わたしはいいわよって言って……そういうパーティだったから。それで、ちょっと待ってて、いまバッグを取ってくるからって言ったんです。そしたら喜んで別の惑星にいっしょに行くわって。彼はバッグなんか必要ないって言ったんだけど、あなたの惑星はすごく遅れたとこなのねってわたしは言った。でなかったら知らないはずないわ、女性はいつだってバッグを持ち歩くものなのよって。彼はちょっといらいらしてたけど、別の惑星から来たって言われたからって、なんでも言いなりになるとは思われたくなかったし。

上の階にあがってバッグを捜すのにちょっと手間どって、おまけにトイレがふさがってたんですよ。降りてみたら彼はもういませんでした」

トリシアはいったん口をつぐんだ。

「それで……？」とゲイル。

「裏口のドアがあいてたので、外へ出てみたんです。ライトが見えました。それになにかつやつや光沢のあるものが。わたしが外へ出るのと同時に、それは空に向かって上昇しはじめたの。音もなく昇っていって、雲のうえに消えてしまった。それだけ。それでおしまい。ひとつの人生が終わって、別のが始まった。でもそれ以来ずっと、別のわたしのことがかたときも頭から離れないんですよ。バッグを取りに戻らなかったわたし。そのわたしが宇宙のどこかにいて、このわたしはその影のなかを歩いているような気がするんです」

ホテルの従業員が、今度はミスター・ミラーはいないかと訊きまわっている。いなかった。

「ほんとにその、その……人は、別の惑星の人だったと思ってらっしゃるの？」ゲイルが尋ねた。

「ええ、もちろんです。この目で宇宙船を見たんですもの。そうそう、それにその人、頭がふたつあったの」

「頭がふたつ？　それでだれも気がつかなかったの？」

「仮装パーティだったんですよ」

「ああ……」

「それに、当然ですけど、いっぽうの頭には鳥かごをかぶせてましたからね。かごには布がかけてあって、なかにオウムがいるふりをしてたんです。彼がその鳥かごを叩くと、『かわいいポーリイちゃん』みたいなばかなことを言ったり、キイキイ鳴いたり。でも、そのあと彼がちらっとその布を取りのけてみせて、いきなり大笑いしたんですよ。なかにはもうひとつ頭があって、そっちもいっしょに笑ってたの。ちょっとこわかったですよ、やっぱり」

「その人について行かなかったのは正解だったんじゃないかしら。あなたはそうは思わない？」

「思いませんね」とトリシア。「そうは思えません。それに、そのころやってたことを続けることもできなくなって。当時は宇宙物理学をやってたんですよ。でも、もうまともにやってられないわ——実際に別の惑星から来た人に会っちゃったんですから。しかもその人には頭がひとつよけいにあって、その頭がオウムのまねしてたんですよ。とても続けられませんよね。少なくとも、わたしには続けられなかった」

「たしかに、それはむずかしいでしょうね。たぶんそれだから、人がばかみたいなことを言っていると、ついきつく当たってしまうのね」

「ええ、おっしゃるとおりだと思います。すみません」

「あら、いいのよ」

「この話を人にするのはこれが初めてなんです」

「そうじゃないかと思ってたわ。あなた、ご結婚は？」

「その、してません。たぶんあれが理由だってわたしも思いますから。何度かすれすれまで行ったんですけどね、ほかのことはともかく子供が欲しくて。でも、相手の人にかならず訊かれるんですよ、なぜいつもぼくの肩のうえを見てるのかって。なんて答えられます？　それで、精子バンクに行って、運を天に任せようかって思ったときもありましたね。ランダムにだれかの子供を産んでしまおうかって」

「まさか、本気じゃないんでしょ？」

トリシアは笑った。「ええ、たぶん。ほんとに精子バンクを探したこともないんです。ほんとにやったことは一度も。まるでわたしの人生みたい。ほんとのことは一度もやってない。たぶん、だからテレビの仕事をしてるんでしょうね。なにもほんとうじゃないから」

「失礼ですが、ミズ・トリシア・マクミランじゃありませんか」

トリシアは驚いてふり向いた。運転手の帽子をかぶった男が立っている。

「そうですが」彼女は言って、たちまちよそ行きの顔に戻った。「一時間ほど前からあなたを捜してたんですよ。ホテルに訊いたらそういう人は泊まってないって言われたんだけど、ミスター・マーティンのオフィスに確認したらまちがいなくここに泊まってるはずだって言うんで。それでもう一回ホテルに問い合わせたら、やっぱり聞いたこともないって言うんで、ともかくポケベルを鳴らしてみてくれって頼んだんだけど、やっぱり見つからない。しょうがないんで、オフィスから車にファクスで写真を送ってもらって、自分で捜しに来たんです」

運転手は腕時計に目をやった。

「いまからじゃちょっと遅いかもしれないけど、どうします、いらっしゃいますか」

トリシアはぼうぜんとした。

「ミスター・マーティンって、NBSのミスター・アンディ・マーティンのことですか」

「そうです。US／AMのスクリーン・テストのことで」

トリシアは席からぱっと立ちあがった。ミスター・マクマナスやミスター・ミラー宛にメッセージがあると、何度聞かされたことか。それを思うといても立ってもいられなかった。

「ただ、急がないと」運転手は言った。「わたしの聞いてるとこじゃ、ミスター・マーティンはイギリス訛りを試してみてもいいと思っとられるけど、その上司の人は大反対だそうで。ミスター・ズウィングラーって人ですが、この人は今夜西海岸に出かけることになってましてね。わたしが空港までお送りする予定だもんで知ってるんですが」

「わかりました」トリシアは言った。「いますぐ出られます。行きましょう」

「玄関に大きなリムジンを停めてあります」

トリシアはゲイルに向きなおり、「すみません」

「いいのよ、早く行ってらっしゃい」ゲイルは言った。「がんばってね。お会いできて楽しかったわ」

トリシアは代金を出そうとバッグに手を伸ばした。

「いけない」「上に置いてきたままだった。

「ここはわたしに持たせて」ゲイルは言った。「ほんとに気にしないで。とても面白いお話だったわ」

トリシアはため息をついた。

「あの、今朝のことはほんとに申し訳ないと思ってます。それに……」

「それはもういいのよ、なんにも気にしてないわ。ただの占星術だもの。無害なお遊びですよ。この世の終わりってわけじゃないし」

「なんてお礼を言っていいか」とっさにトリシアはゲイルを抱擁した。

「そのままで出られますか」運転手が言った。「バッグかなんか、取ってこなくても大丈夫ですか」

「この人生で、ひとつ教えられたことがあるとすれば」とトリシアは言った。「それは、バッグを取りに戻ってはいけないってことなの」

一時間と少しあと、トリシアはホテルの部屋のベッドに腰をおろしていた。何分間かじっと座ったままバッグを見つめていた。もうひとつのベッドのうえにすまして載っている。

トリシアの手にはゲイル・アンドルーズからのメモがあり、それにはこうあった。

「あんまりがっかりしないで。もし話がしたかったらお電話ください。明日の夜は家から出ないほうがいいと思います。少しお休みをおとりなさい。でも、わたしのことは気にしないでね。心配しなくても大丈夫、ただの占星術ですから。大した問題じゃないわ。ゲイルより」

なにもかも運転手の言うとおりだった。実際、NBSで出会っただれよりも、運転手は内部事情に満遍なく通じているようだった。マーティンは乗り気で、ズウィングラーはちがった。マーティンが正しいと証明しようとして、彼女はそれにしくじった。

なんてこと。なんてこと、なんてこと、なんてこと、なんてこと。

家に帰る時刻だ。航空会社に電話して、ヒースロー行きの夜の便にまだ空席があるか訊いてみなくては。大きな電話帳に手を伸ばした。

そうだ、その前にやることがある。

電話帳をおろし、ハンドバッグを取ってバスルームに向かった。バッグをおろし、なかから小さなプラスティックケースを取り出す。ケースに入っているのはコンタクトレンズだ。これがなかったせいで、今夜は台本もオートキューもまともに読めなかった。

小さなプラスティック片をひとつずつ目に入れながら、彼女は考えた。この人生でひとつ教えられたことがあるとすれば、それはバッグを取りに戻ってはいけないときもあれば、戻ったほうがいいときもあるということだ。いまがどっちなのか、見分ける方法はいつ教えてもらえるのだろう。

3

お笑いぐさにも過去と呼ばれている断面では、『銀河ヒッチハイク・ガイド』には並行宇宙というテーマについて多くのことが書かれていた。しかしそのほとんどは、上級神レベルより下の者にはまったく理解できない。ところが、世に知られている神々はみな、宇宙誕生後ゆうに百万分の三秒も経ってから出現したことが確実に立証されてしまったため、なにしろ一週間前にはもう存在していたとずっと言い張っていたものだからそれでなくても神々にはいま説明しなくてはならないことが山ほどあり、したがって難解な物理学の問題にコメントしている場合ではなくなっている。

並行宇宙というテーマについて、『ガイド』がひとつ心強いことを言っている。それは、どんなにがんばっても絶対に理解できる見込みはないということだ。であるからして、「はあ?」とか「えっ?」とか言っても、またお望みならば気がふれてうわごとを口走っても、人からばかにされる心配はないのである。

『ガイド』によれば、並行宇宙についてまず知らなくてはならないのは、並行宇宙は並行でないということだ。

もうひとつ重要なのは、厳密に言うならば並行宇宙は宇宙でもないということである。しかし、これを理解しようとするのはもう少しあとのほうがよい。つまり、いままでこうだと理解していたことがすべてまちがっていたと理解してからのほうがよい。

並行宇宙が宇宙でないというのは、どの宇宙をとってもそれは「実体」のある存在ではなく、専門用語で言うWSOGMM、すなわちWhole Sort of General Mish Mash（ありとあらゆる全般的ぐちゃぐちゃ）のひとつの見えかたにすぎないからだ。さらにまた、この〝ありとあらゆる全般的ぐちゃぐちゃ〟も実体のある存在ではなく、それがさまざまなふうに見えるそのさまざまな見えかたをすべてひっくるめた総計にすぎない。

並行宇宙が並行でないというのは、海が並行でないというのと同じである。つまりこの文章にはなんの意味もないのだ。〝ありとあらゆる全般的ぐちゃぐちゃ〟をどこでも好きなように切って断面を見れば、かならずそこはだれかが故郷と呼んでいるなにかなのである。

さあ、遠慮なくうわごとを口走ってください。

いまここで話題にしている「地球」は、〝ありとあらゆる全般的ぐちゃぐちゃ〟のなかである向きをとっていたせいで、ほかの地球とちがってあるニュートリノにぶつかられた。

ニュートリノはぶつかられて困るような大きなものではない。というより、ぶつかられることを合理的に期待できるもののうちで、これより小さいものは思いつけないほど小さいものである。そしてまた、ニュートリノにぶつかられることじたいは、地球ほどの大きさの物体にとってはとくに異常なできごとではない。異常でもなんでもない。通りすがりの数十億のニュートリノが地球にぶつからないときなど、一ナノ秒もないほどだ。

言うまでもなく問題は、「ぶつかる」という言葉がなにを意味しているかということだ。というのも、物質はほぼ完全にすかすかだからである。このすかすかな空間のなかを移動するとき、一個のニュートリノが実際になにかにぶつかる確率は、飛行中のボーイング747から無作為にボールベアリングを落としたとき、それがたとえばエッグ・サンドイッチにぶつかる確率とほぼ同じである。

ともかく、このニュートリノはあるものにぶつかった。これほど小さなレベルの世界では、なにが起きても大した問題ではないと言う人もいるかもしれない。しかし、そういうことを言うのにはひとつ問題があって、それは気のふれたアナグマの唾よりくだらないことを言っているということである。この宇宙は途方もなく複雑なものだが、そんな宇宙のどこかで実際になにかが起きてしまったら、しまいにどんな途方もない影響が出るか、それはケヴィンにしかわからない。ちなみにここで「ケヴィン」とは、どんなことについてもどんなことも知っているとはかぎらない任意の存在である。

問題のニュートリノはある原子に衝突した。

この原子はある分子の一部だった。この分子はある核酸の一部だった。この核酸はある遺伝子の一部だった。この遺伝子は遺伝子設計図の一部で、その設計図は……以下略。結論を言うと、ある植物が一枚よけいに葉をつけるようになった。エセックスで。というより、さまざまな厄介ごとと地質学的特性による局地的困難をへて、のちにエセックスとなる場所で。

その植物はクローバーだった。このクローバーは大きな顔をしていばり散らし、というより種子を大いに散らしまくり、たちまち世界で最も優勢なクローバーにのしあがった。このささいな生物学的事件と、〝ありとあらゆる全般的ぐちゃぐちゃ〟のその断面に存在するその他の小規模な異同——たとえば、トリシア・マクミランがゼイフォード・ビーブルブロックスについて行きそこねたとか、ペカン風味のアイスクリームが異常に売れなかったとか、そういうことが起こった舞台である地球という惑星が、新しい超空間バイパス建設のためにヴォゴン人によって破壊されなかったとか——とにどんな因果関係があるのかという問題は、かつてマクシメガロン大学歴史学部だった学部で研究テーマのひとつにあげられてはいるが、その優先順位は四十七億六千三百九十八万四千百三十二番めであり、プールサイドの祈禱会議においては、この問題にはなんらの緊急性も認められていないようである。

4

トリシアは、世界中がぐるになって自分をいたぶっているような気がしてきた。夜の便で東に飛んだあとだから、そんなふうに感じるのは異常でもなんでもないのはわかっている。不意打ちのように朝が来て、情け容赦なくまた一日が始まろうとしているのだ、こっちはまだなんの心構えもできていないのに。しかし、それにしてもだ。

庭の芝生になにかの跡が残っていた。

芝生の跡などほんとうはどうでもよかった。芝生についた跡が尻に帆を掛けようがどうしようが、彼女自身はいっこうにかまわない。いまは土曜日の朝だ。ニューヨークからわが家に帰り着いたばかりで、疲れて機嫌が悪いし、少し被害妄想的になっている。ただもうベッドに入りたい。音量を絞ってラジオを鳴らし、ネッド・シェリン〔英国テレビ・ラジオ界の長老。テレビ・ラジオの番組制作から、トーク番組の司会者、映画・舞台の製作・監督・俳優、さらに著作までこなす。皮肉なジョークで知られる〕がやたらに冴えたことを言っている気配を聞きながら、ゆっくりと眠りに就きたかった。

しかしエリック・バートレットは、その跡を徹底的に調べないうちは彼女を放そうとしなかった。エリックは年配の庭師で、土曜の朝にやって来ては、庭を杖でほじくり返してまわっている。朝一番にニューヨークから帰ってくる人間がいるなどとは信じていないし、そういうのはあってはならないこと、自然に反することだと思っている。しかし、それ以外ならおよそどんなことでも信じていた。

「おおかた宇宙人のしわざだよ」と言いながらかがみ込み、いくつかある小さなへこみの縁を杖で突ついた。「このごろは、しょっちゅう宇宙人の噂を聞くからね。まちがいないよ」

「ほんと？」トリシアはこっそり腕時計に目をやった。あと十分。あと十分は立ったままでいられるだろう。それが過ぎたら、寝室にいようがまだこの庭に出ていようが、その場でぶっ倒れてしまうにちがいない。だがそれは、ただ立っていればよいならの話だ。そのうえにタイミングよくうなずいたり、ときどき「ほんと？」と相槌を打ったりするとなれば、せいぜいもってあと五分だろう。

「ほんとですって」エリックは言った。「こっちに飛んできちゃあ庭に降りて、またびゅんと飛んでくんだ。ときどきは猫をさらってくんだよ。郵便局のウィリアムズの奥さんとこの猫が——ほら、薄茶色の猫がいるでしょうが、あいつは宇宙人にさらわれたんだよ。もちろん翌日にゃ戻されてきたけどな、そりゃあ様子がおかしかったらしいよ。昼前はずっとうろうろしてて、昼過ぎから眠っちまって。おかしいのは、それがふだんとは正反対なんだよ。ふだんは昼前に寝てて、昼過ぎからうろついてんだ。ほら、時差ってやつだよ。惑星間旅行から帰ってきたからさ」

「なるほどね」トリシアは言った。

「おまけに、それまで無地だったのが縞模様になって戻ってきたんだと。この芝生の跡は、宇宙人の着陸ポッドがつけそうな跡だよ、まちがいなく」

「芝刈機の跡じゃない？」

「もっと丸けりゃそうかもしんねえけど、こいつはほら、ちっと歪んでるでしょう。どう見たってこの形はおかしいよ」

「ただね、芝刈機の調子が悪いってこのあいだ言ってたでしょう。修理しないと芝生に穴をあけちゃいそうだって」

「ああそりゃ、たしかに言いましたよ。おれはなにも、ぜったいに芝刈機じゃねえってるわけじゃないんで、ただこの穴ぼこの形からして、なんとなくそれっぽいって思っただけで。ほら、この木のうえから着陸ポッドで降りてきて……」

「エリック……」トリシアは癇癪を抑えて言った。

「けどね、ミス・トリシア、まあともかく芝刈機は見ときますよ、ほんとは先週見るつもりだったんだしさ。もうお邪魔はしねえから、ご用がおありんとこすんませんでしたね」

「ありがとう、エリック。じつはこれから寝るところなの。よかったら、キッチンにあるものを好きに食べてね」

「こりゃどうも、ミス・トリシア。おや、こりゃついてるな」エリックは腰をかがめて、芝生からなにかをつまみあげた。

「ほら、三つ葉のクローバーだ。幸運のしるしだよ」

エリックはそれをじっくり眺めて、本物の三つ葉のクローバーかどうか、葉がひとつ落ちただけのふつうの四つ葉ではないか確かめた。「けどね、こんあたりに宇宙人の来た様子がないか、やっぱ気をつけといたほうがいいよ」と遠くを鋭い目で眺めた。「とくに、あっちのヘンリー〔ヘンリー・オン・テムズの略。イングランド南部、テムズ川沿いの町〕の方向がくさいんだ」

「ありがとう、エリック」トリシアはまた言った。「気をつけるわ」

ベッドにもぐり込むと、オウムやほかの鳥が出てくる夢を途切れ途切れに見た。午後には起き出したが、落ち着かずに家のなかをうろうろしていた。今日はこれからなにをしていいかわからない——というより、これからの人生でなにをしていいかわからなかった。ロンドンに行って今夜はスタヴロの店で過ごそうかと思ったが、少なくとも一時間は決めかねてぐずぐず迷っていた。スタヴロの店は、活きのいいマスコミ人種のあいだでいま人気のクラブだ。あそこで友だちに会うのは、ふだんの調子を取り戻すのにちょうどいいかもしれない。しまいに出かけることに決めた。そうしよう、あそこに行けば楽しいし、店主のスタヴロにも会いたい。スタヴロはドイツ人の父を持つギリシア人、かなりめずらしい組み合わせだ。トリシアは二日ほど前の夜、スタヴロがニューヨークに開いた一号店のアルファにも行ってみた。あちらはいま彼の弟のカールがやっているのだが、弟のほうはギリシア人の母を持つドイツ人と名乗っている。カールの経営でニューヨークのクラブはいささかぱっとしなくなっていると聞いたら、スタヴロはきっと大喜びするだろう。というわけで、トリシアは彼を喜ばせに行くことにした。ミュラー兄弟——スタヴロとカールはたがいにいがみあっているのだ。

よし、これで決まった。

それからの一時間は、なにを着ていくかでぐずぐず迷っていた。しまいに、ニューヨークで買ったすっきりした黒いショートドレスに決めた。そこで友だちに電話をかけて、今夜はクラブにだれとだれが来そうか訊いてみたら、今夜は結婚パーティで貸し切りになっていると聞かされた。

思うに、いろいろ計画を立ててそれに従って生きようとするのは、レシピを決めてからスーパーに買物に行くようなものだ。スーパーのカートは押す方向に進もうとせず、結局まったく予定外のものを買う破目になる。これをどうしたらいいのか、また決めたレシピはどうしたらいいのか。見当もつかない。

それはともかく、彼女の家の庭に宇宙船が着陸したのはその夜のことだった。

5

それはヘンリーの方向からやって来た。最初のうちはちょっと不思議に思うぐらいで、あの光はなんだろうと思って眺めていた。ヒースロー空港から百万キロも離れた場所に住んでいるわけではなし、空に光が見えたぐらいで驚きはしない。ただ、ふつうはこんな夜遅く、それもあんな低空には見えないものだ。ちょっと不思議に思ったのはそういうわけだった。

なんだかわからないながら、それはだんだん近づいてきていた。不思議に思う気持ちはだんだん不安に変わってきた。

「ふーん」と考えたが、考えられたのはせいぜいそこまでだった。まだ時差ぼけで頭がぼうっとしているし、脳の一部が別の一部に向けてせっせと送り出しているメッセージは、かならずしも時間どおりに目当ての場所へ届いているとは言えなかった。トリシアはキッチンでコーヒーを淹れたところだったが、そのキッチンを出て、庭に通じる裏口のドアを開いた。ひんやりした夜気を深く吸い込み、外へ出て空を見あげた。

大型のキャンプ用ヴァンぐらいの大きさのものが停まっていた。庭の三十メートルほど上空に。

たしかに見える。浮かんでいる。ほとんど音も立てずに。

胸の奥底で騒ぎだすものがあった。

ゆっくりと両手を身体のわきにおろした。熱いコーヒーがこぼれて足にかかるのにも気づかなかった。ろくに息もできなかった。ゆっくりと、センチ単位、十センチ単位で、船は降りてくる。ライトが庭のうえを柔らかく照らし、まるで慎重に手さぐりしているようだ。その光は彼女をも照らした。

ひとりの人間に二度も幸運が訪れる、そんなことがあろうとは思えない。とすれば、彼が見つけてくれたのだろうか。戻ってきてくれたのだろうか。

船はじりじりと降りてきて、ついに音もなく芝生のうえに停まった。何年も前に飛び立つのを見た、あの船とはあまり似ていないようだと思った。しかし、夜空に点滅する光で、ものの形をはっきり見きわめるのはむずかしい。

静かだった。

やがて音がした。カチッ、ブーン。

続いて、またカチッ、ブーン。カチッ、ブーン、カチッ、ブーン。

ドアがスライドして開き、光があふれ出て芝生越しに彼女を照らした。

ぞくぞくしながら待った。

光のなかに人影が現れた。やがてもうひとり、またもうひとり。

こちらを見る大きな目がゆっくりとまばたきした。挨拶するように手がゆっくりと挙げられた。

「マクミラン?」ついにひとりが言った。奇妙な甲高い声で、発音するのに苦労しているようだった。「トリシア・マクミラン。ミズ・トリシア・マクミランですか」

「ええ」トリシアはかすれ声でささやいた。

「われわれは、あなたを監視していました」

「か……監視? わたしを?」

「そうです」

かれらはしばらくトリシアを眺めていた。大きな目をゆっくり上下に動かして、文字どおり頭のてっぺんから足先まで。

「実物は小さく見えますね」やがてひとりが言った。

「えっ?」とトリシア。

「見えます」

「あの……よくわからないんですけど」トリシアは言った。もちろんこんなことが起きるとは予想もしていなかったが、いくら予想外のできごととはいえ、その後の展開までこうも予想外というのはさすがに予想外だった。しまいに彼女は言った。「あなたたち……あなたたちが来たのは……ゼイフォードから……？」

この質問に、三人の人物はいささかぎょっとしたようだった。はじけるような自国の言語でさかんに話し合っていたが、やがてまた彼女に目を向けた。

「ちがうと思います。われわれの知るかぎりでは」ひとりが言った。

「ゼイフォードはどこですか」別のひとりが、夜空を見あげながら言った。

「さ……さあ、わたしにはわからないわ」トリシアは途方に暮れて答えた。

「ここから遠いですか。どちらの方角ですか。われわれは知りません」

トリシアは胸のふさがる思いだった。この人たちは、彼女がだれのことを言っているのかまったくわかっていない。それどころか、なんの話をしているかすらわかっていない。そして彼女のほうも、かれらがなんの話をしているのかわからなかった。希望をまたしっかり畳み込んで、脳みそのギヤをかちりと入れなおした。くよくよしてもしかたがない。しゃんとしなくては、世紀の一大スクープが目の前にぶら下がっているのだ。どうしたらいいだろう。ビデオカメラを取ってこようか。でも、なかに引っ込んだら逃がしてしまうかもしれない。どうしてよいやら、考えがまったくまとまらなかった。相手に話をさせることだ。どうするかはあとで考えよう。

「監視していたって言ったけど……わたしを、ですか？」

「みんなをです。この惑星のすべてをです。テレビ、ラジオ、通信、コンピュータ、防犯システム、倉庫」

「えっ……」

「駐車場。すべてです。すべてを監視しています」

トリシアは三人を見つめた。

「それって、すごく退屈なんじゃないかしら」言葉が口をついて出た。

「退屈です」

「それじゃ、なぜ……」

「ただ……」

「はい？　ただ、なんですって？」

「クイズ番組は面白いです。われわれはクイズ番組がとても好きです」

恐ろしく長い沈黙が続き、そのあいだトリシアは異星人たちを、異星人たちはトリシアを見つめていた。

「うちのなかから取ってきたいものがあるんです」トリシアは用心しいしい口を開いた。

「それであの、みなさん、というかおひとりでもいいんですけど、いっしょになかに入って見てみません？」

「ぜひとも」三人は意気込んで答えた。

三人は、リビングルームにちょっと居心地悪そうに立っていた。いっぽうトリシアは、ビデオカメラや三十五ミリ・カメラやテープレコーダーなど、手当たりしだいに記録媒体を集めてまわっている。三人はみな痩せていて、ふつうの照明のもとで見ると、肌は紫がかった緑色を帯びていた。

「すぐ用意できますから」トリシアは言いながら、スペアのテープやフィルムを探して引出しを引っかきまわした。

異星人たちは、CDや古いレコードの並んだ棚を眺めていたが、ひとりがもうひとりを軽く小突いた。

「見ろよ、エルヴィスだ」

トリシアは手を止め、また三人を一から見なおした。

「エルヴィスが好きなんですか」

「はい」

「エルヴィス・プレスリーが？」

「はい」

あきれて首をふりながら、彼女は新しいテープをビデオカメラに収めようとしていた。

「地球の人たちのなかには」と、客人のひとりがためらいがちに口を開いた。「エルヴィスは宇宙人にさらわれたと言っている人がいますね」

「えっ？」トリシアは言った。「さらわれたんですか」

「その可能性はあります」

「まさか、あなたたちがエルヴィスをさらったって言うんですか」トリシアは息を呑んだ。うろたえて機材を壊したりしないように気をつけていたが、これはいくらなんでも突拍子がなさすぎる。

「いいえ、われわれではなく」客人たちは言った。「宇宙人です。たいへん面白い可能性です。われわれはよくその話をしています」

「とにかくこれを済ませないと」トリシアはつぶやいた。ビデオをチェックして、テープがちゃんと収まっているか、撮影できる状態になっているか確認する。そのカメラを異星人たちに向けた。不安がらせてはいけないと思い、カメラを目にあてるのはやめにした。何度もやってきたことだから、腰にかまえていても正確に撮影できる。

「はい、それじゃ、ゆっくりはっきり、お名前を言ってください。まずあなたから」と左端の異星人に言った。「お名前は？」

「わかりません」

「わからない？」

「はい」

「そうですか」トリシアは言った。「それじゃ、ほかのおふたりは？」

「わかりません」

「そうですか、それじゃ、どこのご出身か教えてもらえませんか」

三人は首をふった。

「どこのご出身かもわからないんですか」

三人はうなずいた。

「それじゃ、あなたたちは……その……」

トリシアはまごついていたが、プロのジャーナリストらしく、そのあいだもカメラは揺れていなかった。

「われわれは任務を遂行中なのです」異星人のひとりが言った。

「任務？　どんな任務ですか」

「わかりません」

それでもカメラは揺れなかった。

「それじゃ、地球になにをしにいらしたんですか」

「あなたを連れに来ました」

カメラを揺らすな、ぐらつくな。三脚を使えばよかったかも。いや、いまからでも出してこようか。そうすればちょっと時間が稼げて、いま聞いたことを考える余裕ができる。だが、やはりやめておこうと思った。手で持っていたほうが融通が利く。もうひとつ思ったのはこうだ――どうしよう、どうしたらいい？

彼女は落ち着いて尋ねた。「なぜ、わたしを連れにいらしたんですか」

「なぜなら、われわれは頭がからっぽになっているからです」

「ちょっと失礼」トリシアは言った。「三脚を使ったほうがいいみたい」なにもせずに突っ立っていても三人は気にするふうもなかったが、トリシアは急いで三脚を見つけてきてカメラを据えた。表向きは平静そのものだったが、これからどうなるのか、どう考えていいのかさっぱりわからなかった。

「お待たせ」用意がすむと、彼女は言った。「なぜ……」

「あなたが占星術師にインタビューするのを見ました。とてもよかった」

「あれを見たんですか」

「われわれはすべて見ています。われわれは占星術にたいへん関心があります。占星術が好きです。とても面白いです。すべてが面白いわけではありません。占星術は面白いです。星々が教えてくれること、星々が予言すること、あのような情報があるとありがたいですね」

「でも……」

トリシアはなにから切り出してよいかわからなかった。

正直に言ってしまおう。こういうことは先読みしようとしてもむだだ。

「でも、わたしは占星術のことはなんにも知らないんですよ」

「われわれは知っています」

「ほんとに？」

「はい。自分たちの天宮図《ホロスコープ》を作っています。とても熱心にやっています。地球の新聞も雑誌もすべて見て、とても熱心に読んでいます。しかし、ひとつ問題があるとリーダーが言っています」

「あなたたちにはリーダーがいるんですか」

「はい」

「その人の名前は？」

「わかりません」

「その人は自分ではなんて名乗ってるのかって訊いてるのよ、もうじれったいわね。あ、ごめんなさい、ここあとで編集しなくちゃ。その人は、自分ではなんと名乗ってるんですか」

「彼にもわからないのです」

「それじゃ、その人がリーダーだってどうしてわかるんです？」

「彼が采配をふるっているからです。ここでだれかがなにかをしなくてはならないと彼が言いました」

「ああ」トリシアは糸口をつかんだと思った。「『ここ』ってどこです?」

「ルパートです」

「はあ?」

「地球人はルパートと呼んでいます。太陽系の第十惑星です。われわれは何年も前にそこに住みついたのです。たいへん寒くて、面白みのないところです。しかし、監視には適しています」

「なぜわたしたちを監視しているんですか」

「ほかになにをしてよいかわからないからです」

「わかりました」トリシアは言った。「それで、そのリーダーのかたはなにが問題だと言ってるんですか」

「三角法です」

「なんですって?」

「占星術は非常に正確な科学です。われわれはよく知っています」

「えー……」トリシアは言葉をにごした。

「しかし、それが正確なのはこの地球上での話です」

「そう……ですねえ……」なにかうっすらとわかってきたような、いやな予感がした。

「ですから、たとえば金星が山羊座宮に入った、というのは地球から見たときの話です。

われわれはルパートにいるのです。どうしたらいいのでしょうか。また、地球が山羊座宮に入ったときはどうでしょうか。むずかしくてわかりません。われわれは多くの重要なことを忘れてしまったようなのですが、三角法もそのひとつなのです」

「つまり、こういうことですか」トリシアは言った。「いっしょに来てほしいとおっしゃるんですね、その……ルパートに……」

「はい」

「それで、地球とルパートの相対的な位置関係を計算に入れて、あなたたちのホロスコープを計算しなおしてほしいということですね」

「はい」

「独占取材をさせてもらえます？」

「はい」

「行きます」トリシアは言った。どう悪く転んでも、ゴシップ週刊新聞『ナショナル・エンクワイアラー』には売れるだろう。

太陽系の端まで行くという船に乗り込んだとき、トリシアの目に最初に飛び込んできたのは、ずらりと並ぶモニター画面だった。その画面上を、何千何万という映像が目まぐるしく流れていく。四人めの異星人がその前に腰をおろしていたが、見ているのはひとつの画面だけだった。その映像は安定していた。トリシアがさっきやったばかりの、彼の仲間三人に対する即興のインタビューが再生されている。彼女が恐る恐る入ってきたのを見ると、彼は顔をあげた。

「今晩は、ミズ・マクミラン」彼は言った。「撮影がおじょうずですね」

6

フォード・プリーフェクトは床に落ちたとき走っていた。換気口から床までの距離が、記憶にあるより八センチほど長くなっていて、そのせいで着地のタイミングをとりそこね、走りだすのが早すぎて、ぶざまにつまずいて足首をひねった。くそっ！　それでも、わずかに足を引きずりながら廊下を走りだした。

待ってましたとばかりに、いつものとおりビルじゅうの非常ベルが鳴りはじめる。フォードは掩蔽《えんぺい》を求めていつものとおり収納ロッカーの陰に飛び込み、あたりをうかがって見られていないことを確認し、手早くかばんのなかをかきまわして、いつものとおり必要なものを捜した。

ただ、いつもとちがって足首がひどく痛んだ。

床と換気口との距離が八センチほど長くなっていただけでなく、その床がある惑星も以前とはちがう惑星だ。しかし、彼が驚いたのはその八センチのほうだった。『銀河ヒッチハイク・ガイド』の本社ビルは、ろくに予告期間もおかずにしょっちゅう別の惑星に移転する。理由は地元の気候とか地元の悪感情とか電気料金とか税金とかだが、ビルじたいはつねに、ほとんど分子の一個もたがえずに、そっくりそのまま再建される。多くの社員は激しくたがの外れた個人的宇宙に生きているから、そんなかれらにとって、つねに変わらないと当てにできるのはこの本社ビルのレイアウトだけだった。

しかし、なにかが狂っていた。

軽量の投げタオルを取り出しながら、それじたいは驚くほどのことではないとフォードは考えた。程度の差はあれ、彼の人生ではたいていのものが狂っている。ただその狂いかたが、いつもなじみの狂いかたと少しちがう。それがちょっと、なんというか、奇妙だった。だがいまは、じっくり考えているひまはない。

三番ゲージの工具を取り出した。

非常ベルの鳴りかたは、彼がよく知っている昔どおりの鳴りかただった。音楽のようなところがあって、それに合わせてハミングができるほどだ。なにもかもいつもどおり。もっとも、ビルが建っているのはフォードには見知らぬ惑星だった。サクォ＝ピリア・ヘンシャに来たのは初めてだったが、悪くないと思った。ここには祝祭の雰囲気が満ちている。

かばんからおもちゃの弓矢を取り出した。通りの市場で買ったものだ。

サクォ＝ピリア・ヘンシャに祝祭《アサンプション》の雰囲気が満ちていたのは、今日が年に一度の聖アントウェルムの被昇天《アサンプション》ならぬ仮定《アサンプション》祭の日だったからだ。聖アントウェルムは人々に慕われる偉大な王だった人物で、人々に喜ばれる偉大な仮定をおこなった。その仮定によると、平等であることを別にすれば、人がみな望んでいるのは面白おかしく過ごすことであり、ともに愉快に楽しく過ごすことである。アントウェルム王は死のまぎわ、このことを国民全員に思い出させるために年に一度祭りを祝うようにと命じ、その費用として自分の私財をすべて遺贈すると言い残した。その金で、たらふくうまいものを食べ、ダンスをし、〝ウォケット探し〟のようなくだらないゲームをせよというのだ。この仮定はみごとに的を射ていたので、これを称えて彼は聖人に列せられた。それだけではなく、それまで聖人とされていた人々——石を投げつけられて目も当てられないむごい死にかたをした人とか、糞の詰まった樽のなかで逆立ちして生きていた人とか——はみなただちに聖人の名を剝奪され、いまではむしろ困った人たちと思われている。

都市のはずれに、見慣れたH形の『銀河ヒッチハイク・ガイド』ビルがそびえていた。フォード・プリーフェクトはいつものやりかたで侵入した。正面玄関からではなく、つねに換気口から入ることにしている。正面玄関ロビーには見張りのロボットがいて、従業員が入ってくると必要経費について質問を浴びせてくるからだ。フォード・プリーフェクトの必要経費が複雑怪奇なことは知れわたっているし、フォードとしてはこの問題について言いたいことはいろいろあるのだが、ロビーのロボットたちは総じてあまり頭がよくなくて、その理屈が理解できないのである。ロビーを敬遠するのはそういうわけだった。

そうするとほとんどの非常ベルが鳴りだすことになるが、経理課の非常ベルは鳴りださないので、だからフォードはこの入口が気に入っている。

収納ロッカーの陰にうずくまり、おもちゃの矢のゴムの吸着カップをなめ、弓の弦につがえた。

三十秒と経たないうちに、小さなメロン大の防犯ロボットが廊下をこちらに飛んできた。腰の高さに浮かんで前進しつつ、左右をスキャンして異常はないか調べている。

絶妙のタイミングでフォードが放った矢は、ちょうどロボットの目の前をよぎって飛んだ。廊下をはさんで向かいの壁にくっついて揺れている。センサーがただちにロックオンし、ロボットは矢を追って九十度曲がり、いったいいまのはなんだったのか、どこへ行くのか調べようとした。

これでフォードは貴重な一秒を稼ぎ出した。ロボットがあっちを見ていたその一秒間に、タオルを投げかけて空飛ぶロボットをつかまえた。

ロボットの表面にはさまざまな感覚突起がずらりと並んでいるが、タオルに包まれているとそれが使えないから身動きがとれず、ロボットはただ前後に身体を揺らすばかりだった。ふりむいてだれの仕業か確認することもできない。

フォードはすばやくロボットを引き寄せた。哀れっぽく泣くような声を立てはじめているのを、床にしっかり押さえつける。手際よくタオルの下に三番ゲージの工具を突っ込み、ロボット頂部の小さなプラスティック・パネルをこじあけた。これでロボットの論理回路に細工することができる。

ところで、論理というのはすばらしいものだが、進化の過程で明らかになったように、これには一定の欠点がある。

論理的にものを考える者は、その論理がわかればだますことができる。完璧に論理的なロボットをだますいちばん簡単な方法は、同じ刺激をくりかえし与えて、ループに閉じ込めてしまうことだ。これを最もよく示しているのが、あの有名なニシン・サンドイッチの実験である。この実験は数千年前、ＭＩＳＰＷＯＳＯ（The Maximegalon Institute of Slowly and Painfully Working Out the Surprisingly Obvious――マクシメガロン地道にこつこつばかでもわかること研究所）によっておこなわれた。

まずロボットを一体用意し、ニシン・サンドイッチが好きだと思うようにプログラムする。じつを言うと、この実験で最もむずかしいのはこの部分である。ニシン・サンドイッチが好きだと思うようにロボットをプログラムしたら、目の前にニシン・サンドイッチを置く。するとロボットは「あっ、ニシン・サンドイッチだ！　わたしはニシン・サンドイッチが好きだ」と思う。

そこでかがんで、ニシン・サンドイッチすくい器でニシン・サンドイッチをすくいあげ、また身体を起こす。気の毒なことに、ロボットの構造上、身体を起こすとニシン・サンドイッチすくい器からニシン・サンドイッチがこぼれて、また目の前の床に落ちることになっている。するとロボットは「あっ、ニシン・サンドイッチだ！　わたしは（以下略）」と思い、同じ行動を何度も何度もくりかえす。ニシン・サンドイッチがあまりのくだらなさに飽き飽きして、別の時間つぶしの方法を探しにいかないのはなぜかと言えばその理由はただひとつ、ニシン・サンドイッチはなにしろ死んだ魚を二枚のパンにはさんだものにすぎないため、現状を認識する能力がロボットよりほんのちょっぴり劣っているからである。

研究所の科学者たちはこうして、この世のあらゆる変化、発展、革新を引き起こす隠れた原動力を発見した。それはニシン・サンドイッチである。かれらはそういう趣旨の論文を発表し、あまりにもばかすぎると多方面から広く批判された。そこでデータを見なおした結果、実際に発見されていたのは「退屈」だったこと、というよりむしろ、退屈の実際的な効用だったということがわかった。発見の興奮に浮かされて、科学者たちは続いてほかの感情（「不機嫌」「憂鬱」「しぶしぶ」「ばっちい」など）をも発見した。次の重要なブレークスルーが起きたのは、ニシン・サンドイッチを使うのをやめたときだった。そのとたん、これまで見られなかったさまざまな感情がどっと沸き起こるのが観察されたのである。たとえば「安堵」「喜び」「うきうき」「食欲」「満足」、そしてなにより重要なのが「幸福」への欲求だった。
これが最大のブレークスルーとなった。

あらゆる場面を想定してロボットの行動を規定しようとすると、複雑なコンピュータ・コードが大量に必要になる。だが、これをすっきり書き換えることができるようになった。ロボットに必要なのは退屈と幸福を感じる能力、そしてそれを感じるために満たすべきいくつかの条件だけだ。そのほかのことはロボットに自分で考えさせればよい。

フォードがタオルの下につかまえているロボットは、いまのところ幸福ではなかった。こいつが幸福なのは動きまわれるときだ。幸福なのはほかのものが見えるときだ。とくに幸福なのはほかのものが動きまわっているのが見えるときであり、そのほかのものが動きまわってやってはいけないことをやっている場合はことのほか幸福だった。というのも、少なからぬ喜びをもってそれを報告できるからである。

フォードはそこを修正しようとしていた。

しゃがんで、膝のあいだにロボットをはさんで押さえつけた。感覚器官はあいかわらずタオルですっぽり覆われているが、いまでは論理回路はむき出しだった。ロボットは険悪にブンブン唸っているものの、身体をゆするばかりでまともに動くことはできない。工具を使って、フォードは小さなチップをソケットからはずした。とたんにロボットは静かになり、昏睡状態に陥って動かなくなった。

フォードがはずしたチップには、ロボットが幸福を感じる条件を記述したインストラクションが記憶されている。このロボットが幸福を感じるのは、チップの少し左側の一点から発せられるわずかな電荷が、チップの少し右側の別の一点に達したときだ。このチップは、ある電荷がそこに達するかどうかを決めているのである。

フォードは、タオルに織り込んである短いワイヤを引っぱり出した。その一端をチップのソケットの左上の穴に差し込み、もう一端を右下の穴に差し込んだ。

これだけだった。このロボットは、これからはなにが起きても幸福を感じるのだ。

フォードはすぐに立ちあがり、タオルをさっと取りのけた。ロボットはうっとりと浮きあがり、空中をのたうつように飛びまわった。

くるりとふり向いてフォードに気がついた。

「ああ、ミスター・プリーフェクト！　お目にかかれてすごくうれしいです！」

「ぼくもうれしいよ」フォードは言った。

ロボットは中央制御システムにすぐに報告を送り、この世はこのうえなくすばらしい場所で、まったくどこを見ても申し分ないと伝えた。非常ベルはすぐに鳴りやみ、事態は正常に戻った。

少なくとも、ほとんど正常に。

なにか雰囲気がおかしかった。

小さなロボットは電気の喜びにゴロゴロ言っていた。廊下を急ぐフォードのあとからふわふわついてきて、なにもかもなんと甘美なのでしょうと言い、それをあなたにお伝えできるのはなんと幸福なことでしょうと言っていた。

しかし、フォードは幸福ではなかった。

行き交う人々に知った顔が見えない。おまけに同類のようには見えなかった。身なりがよすぎる。目に活気がなさすぎる。遠くに知り合いを見かけたと思い、挨拶しようといそいそ近づいてみると、そのたびに別人とわかる。髪ははるかにきちんとしているし、ずっと押しの強い前進あるのみという顔をしている。つまりその、フォードの知っている人間にくらべてということだ。

階段が何センチか左に寄っている。天井が少し低くなっている。ロビー内の配置が変わっている。いささか調子が狂うのはたしかだが、こういうことじたいはそれほど気にならない。気になるのは内装だ。以前はけばけばしくて金ぴかだった。金はかかっていた——銀河系の文明世界やポスト文明世界では、『ガイド』は大いに売れていたから——が、金をかけて不まじめをやっていた。廊下にはやかましいゲーム機がずらりと並んでいた。どぎつい色に塗られたグランドピアノが天井から吊るしてあり、惑星ヴィヴの性悪の海洋生物が、木でいっぱいの中庭の池からぬっと上半身を出していたし、滑稽なシャツを着た執事ロボットが廊下をうろついて、泡立つ酒を押しつける相手を探していた。社員はオフィスでペットを飼っていて、引き綱をつけた大ドラゴンや、止まり木に止まった翼足竜の姿が見られたものだ。だれもが楽しくやる方法をわきまえていたし、そうでない者は矯正のために講習を受けられるようになっていた。

いまはそんなものがどこにも見当たらない。

このビルを隅から隅まで見てまわって、凶悪にも趣味のよさを押しつけてまわったやつがいる。

フォードはすばやく向きを変え、壁の一部引っ込んだ場所にもぐり込んだ。と同時に片手をあてがって、さっきの空飛ぶロボットも引っぱり込んだ。ロボットはピーチクさえずっているが、フォードはしゃがんでそいつをじっと見すえた。

「ここはどうしたんだ、なにかあったのか」

「ああ、とてもすばらしいことがあったんです、こんなすばらしいことはほかにないぐらいで、あなたの膝に乗ってもいいですか？」

「だめだ」フォードは言って、ロボットを払いのけた。すげなくはねつけられてロボットは有頂天になり、夢中でぺちゃくちゃ言いながら飛びまわりだした。フォードはそれをまたつかまえて、顔の三十センチ前の空中にぴたりと置いた。ロボットはその場にじっとしていようとするが、小刻みに揺れるのはどうしようもない。

「なにか変化があったんだろう」フォードは押し殺した声で言った。

「そうなんです」小さいロボットは甲高い声で言った。「ほんとに夢みたいな、すばらしい変化があったんです。とってもいいことだと思います」

「それじゃ、その前はどうだったんだ」

「その前はバラ色でした」

「それでも変わってよかったって言うんだな」フォードが突っ込んだ。

「なにもかもいいことなんです」ロボットは感極まって答えた。「とくにいまみたいに怒鳴りつけられると最高です。もういっかいやってください」

「いいから、なにがあったのか言えよ!」

「ああうれしい、どうもありがとうございます!」

フォードはため息をついた。

「わかりました、わかりましたよ」ロボットはあえぎながら言った。「『ガイド』は乗っ取られたんです。経営陣が変わったんです。もう身体が溶けそうに豪華なんです。以前の経営陣ももちろん夢のようでしたけど、ただ当時はそう思っていたかどうかわかりません」

「おまえの頭にワイヤが突っ込まれる前の話だからな」

「おっしゃるとおりです。なんて鋭いご意見でしょう。なんて鋭い、泡がぶくぶく立ってはじけるようなご意見でしょう。なんて鋭い、うっとりするほど正確なご意見でしょう」

「なにがあったんだ」フォードはしつこく尋ねた。「その新しい経営陣ってだれのことだ。いつ乗っ取られたんだ。ぼくは……ああ、もういい」歓喜のあまりわけのわからないことを口走りながら、小さなロボットはフォードの膝に身体をこすりつけている。

「自分で調べてくる」

フォードは編集長室のドア目がけて突っ込んだ。ドアの枠が割れて外れるのと同時に身体をぎゅっと丸めて飛び込み、床をすばやく転がった。めざすは酒のワゴン——この銀河系で最も強力で高価な酒をぎっしり詰め込んだ——がいつもある場所だ。そのワゴンを盾にしてわが身をかばいながら、オフィスのまんなかの無防備な場所を突破し、高価でわいせつきわまるレダとタコの彫像〔レダはギリシア神話に出てくる美女。ゼウスが白鳥に変身して レダを訪れて交わったとされ、古くから「レダと白鳥」は西洋美術のテーマになってきた〕の陰に隠れる。そのあいだ、小さな防犯ロボットは胸の高さに浮いて入ってきて、銃弾をわが身に引き受けてフォードを守るという自殺行為を嬉々として引き受けていた。

少なくともそれが計画だった。そうするほかないのだ。現編集長スタギヤー＝ジル＝ドッゴは我慢を知らない物騒な男で、執筆担当者が校正済みの新しい原稿を持たずに入ってくれば殺人者の目でにらみつけるし、オフィスにはレーザー誘導銃をずらりと並べていて、しかもそれはドア枠に取り付けた特殊なスキャン装置と連動している。これによって、まだ原稿を書いていないしごくまっとうな理由以外はなにも持たずに入ってこようという人間をおじけづかせ、かくして生産性は高いレベルに維持されていた。

だがあいにく、酒のワゴンがなかった。

フォードは泡を食って横っ飛びに飛び、とんぼ返りを打ってレダとタコの彫像の陰に着地しようとしたが、その彫像もなくなっていた。いわば指向性のないパニックに襲われて、部屋じゅう転がったり飛んだりしてまわり、つまずき、くるっとまわって窓にぶつかったが、幸いロケット弾にも耐えられる強化ガラスだったのではね返され、打ち身をつくり息を切らして、しゃれたグレイのなめし革のソファの陰にうずくまった。このソファは以前はなかったものだ。

数秒後、そろそろとソファのうえに顔を出して様子をうかがった。酒のワゴンがなく、レダとタコの像もないだけでなく、驚いたことに銃撃の音も聞こえなかった。まゆをひそめた。なにもかもおかしなことばかりだ。

「ミスター・プリーフェクトだね」声がした。

その声を発したのはつるりとした顔の人物で、セラミックとチークを結合させたセラモチーク製の大きなデスクの奥に座っていた。スタギヤー＝ジル＝ドッゴはどえらい人物かもしれないが、彼を指してつるりとした顔と評する者はひとりもいないだろう（それにはきわめて多種多様な理由がある)。スタギヤー゠ジル゠ドッゴではなかった。

「いまの入ってきかたからすると、その、『ガイド』の新しい原稿はまだ書けていないようだね」つるりとした顔の人物は言った。両ひじをデスクについて、両手の指を合わせていた。こんな尊大なしぐさが、なぜ重罪として罰せられないのか理解に苦しむ。

「忙しかったもんで」フォードは弁解がましく言った。ふらつく足で立ちあがり、服の埃を払った。そこでふと思った。いったいなんだって弁解がましい物言いをする必要があるんだ。主導権を握らなくてはならない。この男がだれなのか突き止めなくてはならない。そのためにはどうすればいいか、はたと思いついた。

「あんたいったいだれ?」嚙みつくように尋ねた。

「わたしは新しい編集長、きみの上司だ。つまり、きみが残ると決まったらの話だがね。わたしの名はヴァン・ハール」手を差し出そうとはせず、ただこう付け加えた。「あの防犯ロボットになにをしたんだね」

小さいロボットは、天井をゆっくりゆっくり転がりながら、小さくひとりごとをつぶやいていた。

「幸福にしてやったのさ」フォードはぴしゃりと言った。「ぼくの使命みたいなもんでね。スタギヤーはどこに行った? というより、あの酒のワゴンはどこだ?」

「ミスター・ジル゠ドッゴはもうこの組織の人間ではない。そういうわけだから、酒のワゴンはたぶん、いまごろは彼の心を慰める助けになっているだろう」

「組織？」フォードはわめいた。「そしきだって？　こんなとこを組織だなんて、冗談もたいがいにしてほしいね」

「われわれもまったく同感だ。秩序は無視、資源はだぶつき、管理はまるでだめ、アルコールは浴びるほどある。これはまさしく」とハールは言った。「あの編集長そのものだ」

「そのジョークを原稿にするよ」フォードは唸った。

「そうはいかん。原稿にするのはレストラン評だ」

そう言うと、ハールはデスクにプラスティック片を放り出した。フォードは手を出そうとしない。

「なにを、だれが？　あんたが？」とフォード。

「わたしじゃない。わたしはハールできみはプリーフェクト、それできみがレストラン評を書くんだ。わたしは編集長だ。わたしはここに座って、きみにレストラン評を書けと命令する。わかったかね」

「レストラン評だって？」フォードはあきれはてて、まだ怒りも湧いてこなかった。

「かけたらどうかね」ハールは言った。回転椅子をぐるりとまわして立ちあがり、二十三階下で祭りを楽しんでいるゴマ粒を見おろした。

「地に足のついたビジネスをすべきときが来たんだよ、プリーフェクト」彼はきっぱりと言った。「わが〈インフィニディム・エンタープライズ〉社は――」

「わが、なに社？」

「〈インフィニディム・エンタープライズ〉社だ。われわれが『ガイド』を買収したのだ」

「インフィニディム？」

「わが社はこの名称に何百万とつぎ込んだのだよ。気に入らないのなら、いますぐ荷物をまとめるんだな」

フォードは肩をすくめた。まとめる荷物などなにもない。

「銀河系は変化している」ハールは言った。「われわれもそれとともに変化しなくてはならない。市場と歩調を合わせるんだ。市場は進歩している。新たな夢、新たなテクノロジー。未来は……」

「未来の話なんぞ聞きたくないね」フォードは言った。「未来にはさんざん行ってきた。一生の半分は未来で過ごしてきたんだ。ほかの場所とどこも変わりゃしない。ほかの時か。どっちだっていいけどさ。なんの代わりばえもありゃしない、車が速くなって空気がますます汚くなるだけさ」

「それはひとつの未来だ」ハールは言った。「こう言ってよければ、それはきみの未来にすぎない。これからは多次元的なものの考えかたを身に着けてもらいたいね。いまこの瞬間から、ありとあらゆる方向に無限の未来が伸び広がっている――いまこの瞬間からも、この瞬間からも。何十億何百億の未来が、一瞬一瞬に枝分かれしていくのだ！あらゆる電子のとりうるあらゆる位置から、何十億何百億の可能性が膨らんでいくのだ！　何十億何百億のまばゆく輝く未来が！　これがどういうことかわかるかね」

「あごによだれが垂れてるよ」

「何十億何百億の市場ということだ！」

「なるほど」フォードは言った。「それで、何十億何百億って『ガイド』を売ろうってわけ」

「そうではない」ハールはハンカチを出そうとしたが見つからなかった。「失礼、この話をするとつい興奮して」フォードはタオルを渡してやった。

「何十億何百億の『ガイド』を売るのでないという理由は」ハールは口もとをぬぐってから続けた。「経費がかさむからだ。ではどうするかというと、ただひとつの『ガイド』を何十億回何百億回と売るのだよ。宇宙の多次元性を利用して、製造コストを引き下げるのだ。それから、無一文のヒッチハイカーなどもう相手にしない。なんとばかげた話だ！　文無しなのが最初からわかっている購買層を見つけてきて、わざわざそこを狙って売り込むとは。とんでもない。これからは宇宙をまたにかける裕福なビジネスマンや、バカンスを楽しむその妻たちが相手だ。何十億何百億のさまざまな未来でね。これこそ、多次元的な無限の空間／時間／可能性のすべてにおいて、最も先端的で躍動的で積極的な事業だ」

「で、そのレストラン評をぼくに書けっていうわけだ」フォードは言った。

「きみの文才に期待しているよ」

「殺せ！」フォードは叫んだ。タオルに向かって。

タオルがハールの手から飛びあがった。

これはタオル自身が動力を持っていたからではなく、持っているかもしれないと思ってハールがぎょっとしたせいだった。次に彼がぎょっとしたのは、フォード・プリーフェクトが両のこぶしを突き出して、デスクの向こうから飛びかかってきたからだった。じつを言うと、フォードはクレジットカードに飛びかかっただけだったのだが、ハールがその地位を占めているような組織でハールが占めているような地位を占めようとすれば、世の中について健康的な被害妄想を育てざるをえないのである。彼は理性的にも後ろ向きに飛びすさるという警戒行動をとり、防ロケット弾ガラスにしたたかに頭を打ちつけ、不安にしてきわめて個人的な夢の世界に落ち込んでいった。

フォードはデスクに腹這いになって、あまりにもことが都合よく運んだので驚いていた。さっき手に取ったプラスティック片を一瞥する——〈ダイノチャージ〉クレジットカードで、もう彼の名前が型押ししてあった。有効期限はいまから二年間。こんなわくわくするものを目にしたのはたぶん生まれて初めてだろう。それから、デスクを這い進んでハールの様子をうかがった。

ハールはまずまず楽そうに呼吸をしていた。それを見て、もっと楽に呼吸ができるようにしてやりたいとフォードは思った。それには、胸を圧迫している札入れの重みを取り除いてやることだ。そこで胸ポケットから札入れを抜き出して、中身をざっとあらためた。かなりまとまった現金。クレジット・トークン。ウルトラゴルフ・クラブの会員証。そのほかのクラブの会員証。だれかの妻と子供たちの写真——たぶんハールのだろうが、このごろではわからない。多忙なビジネスマンは、フルタイムの妻や子を持つ時間がなくて、週末だけレンタルするようになっているからだ。

こいつは！

フォードは目を疑った。こんなものが入っているとは。

そろそろと札入れから抜き出したのは、非常識に血沸き肉躍る一枚のプラスティック片。分厚いレシートの束にちんまり埋もれていた。

外見的には、非常識に血沸き肉躍るようには見えない。それどころかむしろ平凡だ。クレジットカードより小さく、やや厚めで、半透明だった。光にかざして見ると、ホログラムでコード化された多くの情報や画像が、表面から数センチ奥に埋め込まれているかのように見える。

これは易本人確認カード《アイデンティイーズ》だ。こんなものを札入れに入れてそのへんに寝ころがっているとは、ハールもまことにたちの悪い愚かなまねをするものだ、もっとも事情が事情だから無理もないが。最近では、身分を絶対確実に証明するために非常に多種多様なことを求められるので、それだけでもう人生が極端にめんどくさくなってしまい、認識論的にあいまいなこの物理宇宙において統一された意識体として機能するとはどういうことかとか、そういう深い実存主義的な問題などどうでもよくなってしまうほどである。たとえば現金自動支払機を見るといい。その前に並んでいる人々は、これから指紋を読みとられ、網膜をスキャンされ、首筋の皮膚を少々掻きとられ、即時（まあ即時と言って言えなくはないが、現実にはゆうに六、七秒はかかる）遺伝子分析を受けたのち、そんな親戚がいたことも忘れていた親戚についてひねくれた質問に答えねばならず、好きなテーブルクロスの色として登録した色を答えなくてはならない。しかもこれは、週末の前に余分に現金を引き出そうとしている場合の話だ。ジェットカーのローンを組もうとか、ミサイル制限条約にサインしようとか、レストランの勘定を支払おうとしたら、それこそ本物の試練が待っている。

そこでアイデンティイーズ・カードである。その人について、またその人の肉体やこれまでの履歴について、これはあらゆる情報をコード化し、汎用的な機械読み取り式の一枚のカードに仕立てたものだ。これなら札入れに入れて持ち歩くことができる。このカードこそ、今日まで最大のテクノロジーの勝利である。テクノロジーじたいに対する勝利であると同時に、ごくあたりまえの分別に対する勝利でもある。

フォードはそれを失敬した。すばらしい名案がひらめいたのだ。ハールはいつまで気を失っていてくれるだろうか。

「おい！」と、小さなメロン大のロボットに声をかけた。あいかわらず多幸症にラリって天井に浮かんでいる。「ずっと幸福でいたいか？」

ロボットはのどを鳴らしながら幸福でいたいと答えた。

「それじゃいっしょに来て、なんでもぼくの言うとおりにするんだ」

ロボットは、自分はこの天井にいてとても幸せだから大きなお世話であると言った。上等の天井からこれほど純粋な快感が得られるとは知らなかった、天井についての自分の気持ちを突っ込んで探ってみたいと。

「そこにいたらすぐにつかまって、もとどおり条件チップを入れられるんだぞ。ずっと幸福でいたかったら、ぼくといっしょに来るんだ」

ロボットは、情熱的な悲しみをこめて長々とため息をつくと、しぶしぶ天井から降りてきた。

「あのさ」フォードは言った。「何分間か、防犯システム全体を幸福にしてやることができるか」

「それこそが真の喜びです」ロボットは声を震わせて、「幸福を分かちあうことこそが。わたしの心は幸福に満ち、泡立ち、あふれ……」

「よし」フォードは言った。「防犯ネットワークじゅうにちょっと幸福を流しといてくれ。情報は与えるな。ただいい気分にさせて、あれこれ詮索する気を起こさないようにするんだ」

タオルを拾いあげ、元気にドアに向かって走りだした。ここのところいささかパッとしなかったが、それがとんでもなくビッとしてきそうな気がする。なにしろその徴候はすべて出そろっていた。

7

アーサー・デントはこれまでずいぶんひどい場所を見てきたが、こんな看板のかかった宙港は初めてだった――「打ちのめされて旅を続けるほうが、ここにたどり着くよりはまし」。旅行者を歓迎するため、到着ロビーにはナウホワット星大統領の笑顔の写真が飾られていた。大統領の写真はこれ一枚しかないらしいが、これは彼がピストル自殺をした直後に撮影されたものだ。できるだけの修整はしてあると言っても、その顔に浮かぶ笑みはどう見てもぞっとしなかった。吹っ飛んだ側頭部はクレヨンで描き足されている。代わりの写真は見つかっていない。というのも代わりの大統領が見つかっていないからだ。この惑星の住民には昔から野心と言えばひとつしかなく、それはここから出ていくことだった。

アーサーは、町はずれの小さなモーテルにチェックインし、意気消沈してベッドに腰をおろすと（ベッドは湿っていた）、薄い観光案内のパンフレットをぱらぱらめくった（パンフレットも湿っていた）。それによると、惑星〝勘弁してくれよ《ナウホワット》〟の名は、最初の入植者たちの第一声にちなんでつけられたという。何光年もの距離を越え、人跡未踏のはるか銀河系の辺境に分け入り、艱難辛苦のすえにたどり着いたのがこの惑星だったわけだ。最大の町の名は〝なんともはや《オー・ウェル》〟という。ほかには町というほどの町はない。ナウホワット入植は成功とは言いがたく、ナウホワットに本気で住みたいと思う人種は、いっしょにいて楽しい人種ではなさそうだった。

産業についてはこうあった。主要な産業はナウホワット・ヌマブタの皮の輸出だが、これはあまり盛んとは言えない。頭のまともな人間ならナウホワット・ヌマブタの皮など買おうとは思わないからだ。輸出が細々と続いているのは、銀河系にはつねに、頭のまともでない人間が一定数存在するからにすぎない。アーサーは、宇宙船の狭い客室内を見まわしたとき、一部の乗客の様子を見て非常に落ち着かない気分になったのを思い出した。

この惑星の歴史も簡単に書いてあった。だれが書いたのか知らないが、最初はこの惑星を少しでも褒めようと思って書きはじめたようで、じつはいつもいつもいかなるときも寒くてじめじめしているわけではないと力説していた。だが、そのあとに続けるべき明るい材料がほとんど見つからなかったらしく、あっという間に痛烈な皮肉だらけの文章になってしまっていた。

ともかくその文章によると、ナウホワット入植が始まって最初の数年間は、ナウホワット・ヌマブタをつかまえ、皮を剝ぎ、肉を食べるぐらいしかやることはなかった。ナウホワットに現存する野生動物はこのヌマブタだけである。ほかの動物はとっくの昔に絶望のため死に絶えたのだ。ヌマブタは小型ながら凶暴な生きもので、なんとかぎりぎり食用になるというそのぎりぎり具合は、この惑星に生命がぎりぎり存在できるそのぎりぎり具合そのものだった。それでは、いったいどんな利点があれば（小さいとは言っても）、人々はナウホワットに住んでいるのだろうか。はっきり言って、利点などない。ただのひとつも。ヌマブタの皮で防寒服を作るのさえ、骨折り損のくたびれ儲けだ。ヌマブタの皮は信じられないほど薄く、しかも水をまったくはじかない。入植者たちはあきれて、ヌマブタはどうやって寒さをしのいでいるのかとさかんに首をひねった。ヌマブタの言語を学んだ者がかつてひとりでもいたら、そこにはなんの秘密もないのがわかっただろう。ヌマブタも、人間たちと同じく寒さと湿気に震えているのである。ヌマブタの言語を学ぼうと思う酔狂な人間がひとりもいないのは当然で、この生きものは相手の腿に力いっぱい嚙みつくことで意思を伝えあっているのだ。なにしろナウホワットでの生《せい》はこんなものだから、なにか言いたいことがあるとしても、たいていこれでじゅうぶんに伝えられるのだろう。

アーサーはパンフレットをめくって、目当てのものを見つけた。最後のほうにこの惑星の地図がいくつか載っていた。興味がある人間はいないだろうというのでかなり大雑把な地図だったが、それでも知りたかったことはわかった。

最初は見分けがつかなかった。どの地図も彼が思っているのとは上下さかさまになっていたので、ぜんぜん見慣れないものに見えたのだ。上下とか南北とかいうのはもちろんまったく恣意的な約束ごとなのだが、人はふだん見慣れているとおりにものごとが見えるのに慣れているもので、アーサーは地図をさかさまにしてみて初めて得心がいった。

地図の左上に、大きな陸地がひとつある。下へ行くにつれて細くなってちぎれそうなくびれになり、そこでまた大きく膨らんで大きなコンマを描いていた。右側には大きな陸地がごちゃごちゃ寄り集まり、見慣れた形を描いている。輪郭は正確に同じではなかったが、地図がいい加減だからなのか、それとも海水面が高くなっているからなのか、あるいは、そのなんというか、ここではたんにいろいろちがうからなのか、アーサーには判断がつかなかった。とはいえ、もう疑問の余地はなかった。

ここはまちがいなく地球だ。

というより、まったくまちがいなく地球ではない。

たんに地球にうりふたつで、時空的に同じ座標を占めているというだけだ。確率的にはどんな座標を占めているのか知らないが。

ため息をついた。

故郷の惑星に行こうにも、これが近づける精いっぱいだ。つまり、これ以上は離れられないほど故郷から遠く離れているということだ。意気消沈してパンフレットを力任せに閉じ、いったい《オン・アース》これからどうしようかと考えた。

　そこでふと、オン・アースじゃないだろ、と思ってうつろな笑い声をあげた。古い自動巻き腕時計に目をやり、ネジを巻くためにちょっと振った。彼個人の時間軸で言うと、ここにたどり着くまで一年間つらい旅を続けてきたことになる。一年前、超空間の事故でフェンチャーチが煙のように消えてしまってから。さっきまでとなりに座っていたのに、〈スランプジェット〉機が完璧に正常な超空間ジャンプを実行したあと、気がついてみたらもういなくなっていた。座席にぬくもりすら残っていなかったし、乗客名簿に名前すら載っていなかった。

　苦情を申し立てたとき、航宙会社の対応は用心深かった。宇宙旅行では困ったことがよく起きるし、弁護士はそれでがっぽり儲けているからだ。しかし、どこの銀河宙区の出身かと尋ねられて、ＺＺ９ー多重《プルーラル》Ｚーアルファだと答えると、アーサーとしては喜んでいいのかどうかわからなかったのだが、係員たちはすっかりほっとした顔になった。ちょっと笑い声さえ立てた。もちろん、けっして嘲笑ではなかったが。かれらが指さす航宙券の条項を見ると、プルーラル帯に起源のある人または物は、超空間飛行は避けることが望ましい、どうしても避けられない場合は自己責任においておこなうこと、と書かれていた。だれでも知っていることですよ、と係員たちは言った。苦笑しながら首をふっていた。

航宙会社のオフィスを出たとき、気がついてみたら身体がかすかに震えていた。これ以上はないほど完全にフェンチャーチを失っただけでなく、銀河系に出て長くなればなるほど、知らないことが逆に増えていくような気がした。

このみょうに他人ごとめいた記憶をしばし反芻していると、モーテルの部屋のドアをノックする音がした。答えるまもなくドアは開いて、太ったむさ苦しい男が入ってきた。アーサーの小さなスーツケースを運んできたのだ。

「これをどこに――」まで言ったところで、突然なにかが起きた。男はすさまじい勢いでドアに倒れかかり、見れば小さな汚らしい生きものをたたき落とそうとしている。雨の降りしきる夜の闇から唸り声とともに飛び出してきて、男の腿に深々と歯を突き立てたのだ。革の当てものを何枚も重ねて保護していたのに、そのかいもなかったようだ。言葉にならないわめき声、ぶざまに振りまわされる手足、最初はわけがわからなかったが、男は半狂乱で叫びながらなにかを指さしている。こういうときのために、ドアのそばに太い棍棒が備えつけてあるのだ。アーサーはそれでヌマブタを殴りつけた。

ヌマブタはたちまち離れて、よたよたとあとじさった。ぼんやりして途方にくれているようだった。部屋のすみで不安そうに向きを変え、尻尾を後ろ脚の下に入れた。それから立ちあがり、落ち着かない様子でアーサーを見あげ、頭を不器用に、くりかえしつぽうに振った。あごが外れているようだった。小さく鳴いて、濡れた尻尾で床をこすった。アーサーのスーツケースを持ってきた太った男は、ドアのそばに座り込んで悪態をつきながら、腿から流れる血を止めようとしている。服はすでに雨で濡れていた。

アーサーは、どうしていいかわからずにヌマブタを見つめていた。ヌマブタはもの問いたげにアーサーを見ている。近づいてこようとして、悲しそうな小さく泣くような声を立てた。あごを痛々しく動かす。と、ふいにアーサーの腿目がけて飛びついてきたが、外れたあごではしっかり食いつくことができず、哀れっぽく鳴きながら床に落ちた。太った男はやにわに立ちあがり、棍棒をつかみ、ヌマブタの脳天を叩き割った。ぐしゃぐしゃになった脳みそが薄いカーペットにこびりつく。男は荒い息をつきながらその前に立ちはだかっていた。もういっぺんでも動いてみろと挑発するかのように。

つぶれた頭の下から、ヌマブタの片方の目玉がアーサーを非難がましく見つめていた。

「こいつ、なにを言おうとしたんだろう」アーサーは小声で尋ねた。

「ああ、大したことじゃねえよ」男は言った。「これがこいつなりの挨拶なのさ。それでこれが、おれたちのお返しの挨拶ってわけだ」と付け加えて、さっきの棍棒を握ってみせた。

「この星を出る次の便はいつ？」アーサーは尋ねた。

「着いたばっかりじゃなかったのかい」男は言った。

「そうなんだけど、もともとちょっと立ち寄るだけのつもりだったんだよ。ここが目当ての場所かどうか確かめたかっただけなんだ。悪いね」

「つまり、見込み違いだったってわけか」男は憂鬱そうに言った。「おかしな話だな、みんなそう言うよ。とくにここに住んでる人間はな」男はヌマブタの死骸を見やった。その目には、先祖伝来の根深い憎悪がこもっている。

「いや、ここはたしかに目当ての惑星だったよ」ベッドに置いた湿ったパンフレットを取りあげ、ポケットに入れた。「どうもありがとう、自分で持っていくから」とスーツケースを受け取った。ドアまで歩いていき、冷たい雨の降る夜闇の奥を透かし見た。「ここはたしかに目当ての惑星だった」彼はまた言った。「惑星は合ってるんだけど、宇宙が違うんだ」

鳥が一羽、空に輪を描いている。その下を、アーサーは宙港に向かって歩きはじめた。

8

フォードは自分なりの倫理規定を持っていた。大したものではないが、自分で決めたことであり、おおむねそれに従って生きている。そのひとつに、自分の酒を自分で買ってはいけないというのがある。これは倫理なのかという疑問はあるが、人は手もとにあるものでやっていくしかないものである。また、いかなる動物に対するいかなる虐待にも断固反対というのもある（ただしガチョウは別）。そしてもうひとつ、雇い主から盗んではいけない。

つまり、本物の盗みはいけないということだ。

必要経費を申請したとき、経理部長が呼吸亢進を起こしつつ全出口封鎖の非常警報を出さなかったら、フォードは仕事をまともにやったような気がしない。しかし、実際に盗むとなると話は別だ。餌をくれる手に噛みつくようなものだ。その手に力いっぱい吸いつくとか、愛情を込めてちょっとかじるぐらいはかまわないが、ほんとうに噛んではいけない。その手が『ガイド』の場合は。『ガイド』は神聖にして特別だから。

しかし――人目を避けてくねくねとビルを下へ降りていきながら、フォードは思った

——それが変わろうとしている。悪いのは『ガイド』のほうだ。このありさまを見るがいい。灰色のパーティションで整然と区切られたオフィス、管理職用のワークステーション・ポッド。どこもかしこも無味乾燥な場所になりはて、メモと会議録が唸りをあげて電子ネットワークを駆けめぐっている。外の通りでは、大のおとなが〝ウォケット探し〟なんぞやって遊んでいる。それなのにここ『ガイド』ビルのなかに、迷惑もかえりみず廊下でボール蹴りをする者も、不謹慎な色の水着を着ている者もいないとは。

「なにが〈インフィニディム・エンタープライズ〉だ」フォードはひとり歯ぎしりしながら、廊下から廊下へとずんずん歩いていった。なにを訊こうともせず、ドアというドアが目の前で魔法のように開く。エレベーターは上機嫌に、連れていってはいけない場所に彼を連れていく。フォードはできるだけ込み入った複雑な経路を選びつつ、全体としては着実に下へ下へと降りていった。幸福な小さいロボットが面倒はすべて引き受けて、防犯回路に出会うたびに素直さと喜びの波を回路じゅうに流し込んでくれた。

フォードはこのロボットに名前が必要だと思い、エミリ・ソーンダーズと呼ぶことにした。甘酸っぱい思い出のある女の子の名前だ。しかし、防犯ロボットの名前がエミリ・ソーンダーズではおかしいと考えなおし、エミリの飼い犬にちなんでコリンと呼ぶことに決めた。

すでにビルの奥深くに入り込んでいた。これまで一度も足を踏み入れたことのない区画、厳重なうえにも厳重に警備されている区画。すれちがう作業員からいぶかしげな目で見られるようになってきた。これほど警備の厳重な区画になると、人はもう人とすら呼ばれない。たぶん人間ならしないようなことをしているのだろう。夜に家族の待つわが家に帰ると、かれらはまた人間に戻る。そして幼いわが子にきらきらする目で見あげられ、「パパ、今日はずっとなにをしてたの」と訊かれたら、「パパは作業員として務めを果たしていたんだよ」とだけ答えて、あとは言葉を濁すのだ。

実のところ、陰ではきわめてえげつないことがいろいろとおこなわれている――『ガイド』は表向き、陽気でのんきな顔をしてみせたがっている（というか、〈インフィニディム・エンタープライズ〉が乗り込んできて、内も外もすっかりえげつなくしてしまう以前にはそうだった）けれども。あの手この手の脱税もあれば、詐欺やら汚職やら不正取引もあり、そういうものが輝かしい表看板を支えているのだ。そして、厳重に警備されたこの調査・データ処理の区画こそ、そういうことがおこなわれている場所だった。

数年おきに、『ガイド』はその事業を、というよりその社屋を新たな惑星に移しかえる。するとしばらくは、すべてがまぶしい光と明るい笑いに包まれる。『ガイド』は地元の文化や経済に根をおろし、雇用を提供する。惑星には箔がつき、冒険の興奮に酔う。だがそのうち、実質的な利益は期待したほどあがらないのがわかってくる。

建物ごと移転するとき、『ガイド』はまるで泥棒のように出ていく。というより完全に泥棒として出ていく。たいていはまだ夜も明けきらないころに立ち去るのだが、決まってその日のうちに、さまざまなものが大量になくなっていることが判明する。それからまもなく、その惑星の文化と経済は完全に崩壊する――ふつうは一週間のうちに。あとには荒れ果てて疲弊しきった惑星が残される。かつての繁栄は見る影もないのに、なぜかすばらしい冒険に参加していたという気分だけは消え残る。

警備の厳重な区画の奥にフォードがずんずん入っていくのを見て、不審の目を向けてくる〝作業員〟も、コリンがいっしょなのに気づくと安心する。コリンは幸福に満ちたブーンという音を立てながらフォードについて飛び、いたるところで障害を取り除いてくれた。

ビルのどこかで非常ベルが鳴りはじめた。ヴァン・ハールがもう発見されたのだとすると、まずいことになりそうだ。ハールが意識を取り戻す前に、アイデンティイーズ・カードをポケットにこっそり戻しておけるのではないかと思っていたのだが。まあそれはまたあとの問題だし、いまのところはどうやって解決したものか見当もつかない。だがいまのところは、それで困ることはなさそうだ。小さなコリンといっしょなら、行く先ざきで繭に包み込まれるようだった。その繭はやさしさと光と、そしてこれが肝心なのだが、いそいそと指示に従うエレベーターと真の意味で愛想のいいドアからできていた。

フォードは口笛さえ吹きはじめたが、たぶんそれがまずかったのだろう。口笛が好きな者はいない。最後の仕上げをする神はとくにそうだ。

次のドアが開かなかった。

これは残念なことだ。というのも、それこそフォードが目指していたドアだったから。目の前に立ちはだかるドアは灰色で、断固として閉じている。そこにはこんな札が掛けてあった。

立入禁止

許可があっても立ち入りを禁ず

ここに来ても時間のむだだ

あっちへ行け

この低層の区画では、どのドアもおしなべて頑固で不機嫌だとコリンは言ってきた。ここは地下およそ十階、空気は冷えきっている。上階の壁には趣味のよい灰色のヘシアンクロスが張ってあるが、ここでは灰色のスチール壁が、ボルト留めもそのままにむき出しになっている。コリンの鉄壁の多幸症もさすがに薄れ、むりやり陽気にふるまっているように感じられる。コリンはちょっと疲れてきたと弱音を吐いた。このあたりでは、ドアに愛想よさをちょっぴり送り込むにも全力を振りしぼらなくてはならないという。

フォードはドアを蹴りつけた。すると開いた。

「アメと鞭はいつだって功を奏するのさ」彼はつぶやいた。

なかに入っていくフォードのあとから、コリンもついてきた。快楽電極にワイヤがじかに差し込まれていても、もうおおらかに幸福を謳歌してはいられなかった。少しふわふわと室内を飛びまわった。

部屋は狭くて灰色で、ブーンと低く唸っていた。

ここは『ガイド』全体の神経中枢だ。

コンピュータの端末が灰色の壁に沿ってずらりと並ぶ。この端末はいわば窓であり、その窓を通じて『ガイド』のありとあらゆる活動を見ることができる。部屋の左側では、亜空間《サフイーサ》通信ネットットを通じて銀河系じゅうの現地調査員からレポートが集められている。このレポートはそのまま副編集者のオフィスのネットワークに流され、出来のよい部分は秘書の手でごっそり削除される。当の副編集者は昼休みで外出しているからだ。原稿の残った部分は、すぐにもういっぽうのビル――つまり〝H〟のもういっぽうの足――に送られる。そちらには法律関係の部署が入っているのだが、多少は読めそうな部分が残っていてもそこですっかり削られて、そのうえで正編集者のオフィスに返送される。

しかし、正編集者もやはり昼休みで外出しているので、秘書がその原稿を読み、くだらないと言って残りもほとんど削ってしまう。

やっと昼食を終えて千鳥足で戻ってきた編集者は、それを読んで言う。「なんだ、この味もそっけもないたわごとは。Xのやつ(Xには問題の現地調査員の名前が入る)、銀河系の反対側からわざわざこんなもん送ってきやがったのか。いったいなんのために、ギャグラカッカ精神帯《マインド・ゾーン》にまる三軌道周期も行ってるんだ。あっちじゃいろんなことが起きてるだろうに、こんな気の抜けた寝言しか送ってこられないのか。必要経費は認めんぞ！」

「この原稿、どうしましょう」秘書が尋ねる。

「ああ、ネットワークに流しとけ。なんか流しとかんわけにはいかんからな。頭痛がしてきたからもう帰る」

こうして編集された原稿は、最後にもう一度法律部門に送られて焼き畑式に丸裸にされたのち、地下のこの部屋にまた送り返される。そしてここからサブイーサネットに広く流されて、銀河系のどこでも瞬時に検索できるようになる。この作業を処理する機器を監視・制御しているのが、この部屋の右手に並ぶ端末群だ。

いっぽう、調査員の必要経費を認めないという命令は、右手すみに押し込まれた端末に中継されてくる。フォード・プリーフェクトがすぐさま向かったのがこの端末だった。

(これを惑星・地球で読んでいる人へ。
(a)お気の毒だが、あなたには意味のわからないことがここには山のように書かれている。もっとも、わからないのはあなたたちだけではない。ただあなたたちの場合、わからないとたいへん困ったことになるのが問題だ。とはいえ、じたばたしてもしかたがない。粉々に踏みつぶされるクッキーだって、どうして自分がこんな目に遭うのかわからないのだ。
(b)端末のなんたるかを知っているなどと、ゆめ思ってはいけない。
ここで言う端末とは、不細工な古いテレビの前にタイプライターのついたものではない。この端末はインタフェースであり、これを介して精神と肉体を宇宙と接続することができ、その一部を動きまわることができるのだ。)

フォードは急いでその端末の前に腰をおろし、すぐにその宇宙のなかに飛び込んだ。

それは彼の知っているふつうの宇宙ではなかった。いくつもの世界が密に折り重なってできた宇宙、でたらめな地形、高々とそびえる峰々、心臓の止まりそうな深い峡谷からなる宇宙だ。衛星は砕けてタツノオトシゴになり、裂谷からは有害な秘密が漏れ出し、大海は音も立てずに波打ち、ポンドは喊声をあげつつ底なしに落ち込んでいく。

方向感覚がつかめるまでフォードはじっとしていた。呼吸を整え、目を閉じ、やがてまた目をあけた。

こんなところで、会計士たちは仕事をしているのか。かれらの目にはもっとさまざまなことが見えるのだろう。油断しているとこの宇宙は膨らみ、揺らぎ、こちらを圧倒しようとしてくるから、フォードは用心しいしいあたりを見まわした。

この宇宙では右も左もわからない。それどころか、この宇宙の次元的広がりやふるまいを決定する物理法則すらわからない。しかし本能的に、感知できる範囲で最も目立つものを探して、そちらに向かおうと思った。

どれほど距離があるのかわからない——一キロか、百万キロか、それとも彼の目のなかの塵なのか——が、空を圧してそびえる山が遠くに見えた。どこまでもどこまでもそびえ立ち、やがて花が開くように広がってエイグレット[*1]となり、アグラマレイト[*2]となり、アーキマンドライト[*3]となっている。

＊1　羽毛の飾りふさ。
＊2　ごちゃごちゃの塊。
＊3　司教の下の階級の聖職者。

フォードはそちらに向かってころがり、のらくり、うがくって進み、ついに長さを言っても意味のない非時間が経過したのちにたどり着いた。

それにしがみついた。両手を大きく広げて、その粗くごつごつして穴だらけの表面にしっかりつかまった。これで大丈夫と安心したところで、とんでもないミスを犯した。下を見てしまったのだ。

ころがり、のらくり、うがくっていたあいだは、下の空間のことはあまり意識していなかった。だがこうしてしがみついてみると、足の下にどこまでも広がる空間に心臓は萎え、脳みそはねじれた。指が力の入れすぎで白くなった。歯と歯が抑えようもなくぎりぎりぐりぐりこすれあう。吐き気の波に鞭打たれて目の玉が裏返った。

意志と信念をふりしぼって、しがみついていた手を離して押した。

身体が浮くのを感じた。離れていく。直観に反して、身体は上昇していく。さらに上へ。

胸をそらし、両手を下げ、上をじっと見ながら、そのまま高く高く持ちあげられていった。

ほどなく（と言っても、この仮想宇宙ではあまり意味があるとは思えないが）、上昇していく先に岩だなが現れた。つかまえてよじ登ることができそうだ。

フォードは上昇し、つかまえ、よじ登った。

少し息が切れていた。ここはどうも気の抜けないことばかりだ。

腰をおろすときも岩だなをしっかりつかまえていた。それで落ちるのを防いでいるのか、それとも浮きあがるのを防いでいるのかよくわからなかったが、なにかにつかまっていないとこの世界を見渡すことはできそうになかった。

回転し裏返る高みにきりきり舞いさせられ、脳みそをねじりあげられて、フォードは目を閉じた。気がついたら、高くそびえる恐ろしい岩壁にしがみついてめそめそ泣いていた。

ゆっくりと、また呼吸を整えにかかった。自分で自分にくりかえし言い聞かせる――ここはたんに、ある世界の視覚的表現にすぎないのだ。仮想宇宙なのだ。現実のシミュレーションなのだ。いつでもぱっと出ていけるのだ。

ぱっと出ていった。

青い合成皮革を張った、ウレタンのオフィス用回転椅子に座っていた。目の前にはコンピュータの端末がある。

ほっと安心した。

ありえないほど高い山の岩肌にしがみついていた。足もとは脳みその回転しそうな断崖絶壁、その途中に突き出す狭い岩だなに乗っている。

こんな試練はとうてい乗り越えられないというか降り越えられないというか、ともかくそれはこの極端な地形のせいだけではなかった。せめてその極端な地形が波うったりうねったりするのをやめてくれればいいのに。

手がかりが必要だ。この絶壁にということではない——これはただのまぼろしだ。必要なのは状況を把握するための手がかりだ。いまいるこの世界を物理的に眺めつつ、心理的には超越していられるように。

胸のうちでいったんぎゅっとつかんだのち、先ほど岩肌から手を離したときと同じように、岩肌という概念から手を離した。そしてそこに、なにものにも触れずに、ただ腰をおろした。周囲を眺めまわした。自然に息ができる。落ち着いている。これで振りまわされずにすむ。

ここは、『ガイド』の財務システムを表す四次元の位相《トポロジカル》モデルのなかだ。だれか、あるいはなにかがすぐにやって来て、ここでなにをしているのかと質問してくるだろう。

ほら来た。

仮想空間のかなたから飛んできたのは、根性の悪そうな冷たい目をした生きものの小集団だった。とがった小さな頭に細い口ひげを生やし、気短に質問を浴びせてくる。おまえはだれか、ここでなにをしているのか、だれの許可を得て入ってきたのか、許可を与えた主体はだれの許可を受けて許可を与えたのか、股下丈は何センチか、などなど。レーザー光にちかちかと全身をなめられて、スーパーのレジを通るビスケットの箱になったような気分だった。いまのところ、大型のレーザー銃は後ろに控えている。仮想空間のできごとだからと言って、殺されても死なないわけではない。仮想空間の仮想レーザー銃で仮想的に殺されるのは、現実に殺されるのと少しも変わらない。なぜなら、人は自分が死んだと思えば死んでいるからである。

レーザー読取機の連中は、だんだん険悪な形相になってきた。フォードの指紋や網膜、生え際の引っ込んだ部分の毛孔のパターンをちかちか読み取っているのだが、それがまったく気に入らないらしい。ぺちゃくちゃきいきいとやたらに立ち入った無礼な質問を浴びせる、その声もしだいに甲高くなってきた。小さなスチール製の外科用のへらが首筋の皮膚に近づいてきたとき、フォードは息を止め、声を殺して祈りながら、ヴァン・ハールのアイデンティイーズ・カードをポケットから取り出し、かれらの目の前で振ってみせた。

レーザー光はいっせいにその小さなカードに向けられた。表面を、そして内部を行き来し、分子の一個一個を調べ、読み取っていく。

やがて、やはりいっせいにレーザー光は消えた。

小さな仮想の検査官たちはそろって気をつけをした。

「お目にかかれて光栄です、ミスター・ハール」へつらうように声をそろえて言った。「ご用の向きがございましたら、なんなりとおっしゃってください」

フォードはにんまりと笑った。

「いや、それがさ」彼は言った。「ご用の向きがありそうなんだよね」

五分後、フォードはそこをあとにした。

用事をすますのに三十秒ほど、痕跡を消すのに三分三十秒かかった。この仮想世界では、やりたいと思えばたいがいのことができた。会社全体の所有者をフォード自身に書き換えることもできただろう。だが、そんなことをして人に気づかれずにすむとは思えないし、だいたいしたいとも思わなかった。責任を引き受けるのも、夜遅くまでオフィスで働くのも気が進まないし、大がかりで時間のかかる捜査を受けて、詐欺罪で刑務所に放り込まれるのはますます願い下げだ。彼がやりたかったのは、コンピュータ以外はだれも気づかないようなささいなことだった。それをするのに三十秒かかったのだ。

そのあとの三分三十秒は、自分がなにかに気づいたことに気づかないようコンピュータをプログラムするのに使った。

フォードがなにをしているのか知りたくないと、コンピュータに思わせなくてはならない。そう思わせられたら、あとは放っておいてもコンピュータが自分でもっともらしい理屈をこしらえて、どんな情報が出てきても見ないふりをするようになる。このプログラミング法は逆転分析によって得られた手法で、もとになったのは異常な精神的ブロック――ほかの点ではまったく正常な人間が、高位の政治家に選ばれたとたんに例外なく発達させるやつ――である。

残りの一分で、このコンピュータ・システムがすでに精神的ブロックを持っていることをフォードは発見した。それもでっかいやつだった。

精神的ブロックをせっせと仕込もうとしていなかったら、たぶん見つけられなかっただろう。自分で作ったのをインストールしようとしていたまさにその場所で、巧みに埋め込まれた否認プロシージャと回避サブルーチンの山に出くわしたのだ。もちろんコンピュータはそんなもののことはなにも知らないときっぱり断言し、次には知らないと断言するべきことがあるということすら断固認めようとせず、しかも全体的にその主張には大いに説得力があったため、フォードですらもう少しで自分の勘違いだったかと思いそうになったほどだった。

フォードはすっかり感心した。

あまり感心したので、自分で作った精神的ブロックのプロシージャをインストールするのはやめて、すでにそこにあるプロシージャを呼び出すようにセットアップするだけにした。問い合わせがあれば、この呼び出しコードは自分自身を呼び出し、それによって既存の精神的ブロックが呼び出される、というわけだ。

この小さなコードのインストールが終わったところで、フォードは手早くそのデバッグを開始したが、どういうわけか問題のコードが見つからなかった。悪態をつきながらあちこち検索してまわったが、痕跡すら見当たらなかった。

しかたなくまたインストールしなおそうとしかけたところで、見つからない理由にはたと気づいた。すでにコードが働きはじめているのだ。

フォードは会心の笑みを浮かべた。

もとからあったコンピュータの精神的ブロックはなにをブロックしているのか調べてみようとしたが、いわば当然のことながら、それについても精神的ブロックがかかっているようだった。それどころか、もうその痕跡もまったく見つけられなかった。それぐらいよくできていたのだ。あれはひょっとして気のせいだったのだろうか。このビルのなにかに関係がある、十三という数字と関係があると思ったのだが。いくつかテストをしてみた。やっぱり、どうやらただの気のせいだったようだ。

もう気まぐれに道筋を選んでいるひまはない。明らかに大がかりな警戒態勢が布かれようとしている。エレベーターで一階まであがり、そこで高速エレベーターに乗り換えようとフォードは思った。なんとか気づかれないうちにアイデンティイーズ・カードをハールのポケットに戻しておかなくてはならない。ただ、どうやって戻すかが問題だ。

一階でエレベーターの扉が開くと、武装した警備員とロボットの大部隊が待ち構えていて、剣呑な武器を見せびらかしていた。

かれらはフォードに降りろと命令した。

肩をすくめてフォードは前に出た。警備員たちは彼を乱暴に押しのけてエレベーターに乗り込み、捜索を続行するため地下へ降りていった。捜している当の相手が目の前にいることにも気づかずに。

これは面白いことになったと思い、フォードは親しみをこめてコリンを軽く叩いてやった。これまで出会ったロボットのうちで、ほんとうに役に立ったのはこいつが初めてではないだろうか。コリンは陽気な恍惚感の泡に包まれて、彼の前をふわふわ飛んでいく。このロボットに犬の名前をつけたのは正解だった。

よっぽど、ここでもうやめにしようかと思った。あとはなんとかなるさと運を天に任せてしまおうか。しかし、アイデンティイーズ・カードがなくなっていたことにハールが気づかなければ、なんとかなる確率がずっと高くなるのはまちがいない。なんとか気づかれずに返さなくては。

コリンとともに高速エレベーターに向かった。

「こんにちは」高速エレベーターが言った。

「やあ」フォードは言った。

「何階に行きましょうか？」とエレベーター。

「二十三階」

「今日は二十三階は大人気ですね」エレベーターが言った。

「うーむ」フォードは思った。どうにもいやな予感がした。エレベーターはフロア表示画面の二十三階を高輝度表示にし、高速で上昇しはじめた。そのフロア表示画面にはなにか引っかかるものがあったが、はっきり突き止めないうちに忘れてしまった。いま向かっている階が大人気という話のほうが気にかかっていたからだ。そこでなにが待っているにしても、それにどう対処したらいいかフォードはちゃんと考えていなかった。なにしろなにが待っているのかさっぱりわからないのだ。出たとこ勝負でやるしかない。

二十三階だ。

扉が開いた。

不気味に静まりかえっている。

廊下に人けはなかった。

ハールのオフィスのドアが見える。そのまわりにはうっすら埃が積もっていた。あの埃は何十億という微小な分子ロボットの集まりだ。木製の部分から這い出してきて、互いを組み立てあい、ドアを修理し、互いを分解してまた木製の部分に這い戻り、次に壊れるまでそこでじっと待っているのだ。なんという生きかただろうと思ったが、そんな感慨はすぐに消えた。自分の生きかたがどうなるか、いまはそっちのほうが大問題なのだ。

大きく息を吸うと走りはじめた。

9

アーサーはいささか途方にくれていた。彼の前には広大な銀河系が広がっている。そこにたったふたつ足りないものがあるぐらいで、文句を言うのはけちな根性なのだろうか。たったふたつ足りないもの——生まれ故郷の惑星と、愛する女性。

ちくしょう、銀河系なんか吹っ飛んでしまえと思い、いま必要なのは忠告と助言だと思った。『銀河ヒッチハイク・ガイド』を調べてみた。「忠告」を引くと、「『助言』参照」と出た。そこで「助言」を引いたら「『忠告』参照」。近ごろはこういうことがやたらに多い。この『ガイド』も、言われるほど大したものではなかったのかとアーサーはいぶかった。

彼は銀河系の東の外縁に向かった。聞くところによれば、そこでは知恵と真理が見つかるという。とくにハワリアスという惑星は、託宣者と予言者と占い師の惑星であり、またテイクアウトのピザ屋の惑星でもあるそうだ。というのも、神秘主義者はたいてい料理がからきしできないからである。

しかし、この惑星はなにかの災厄に見舞われたあとのようだった。大予言者たちの住む村の通りを歩きまわってみたが、なにか沈鬱な雰囲気に包まれている。そこでひとりの予言者に出くわした。肩を落とし、明らかに店じまいをしている様子。アーサーは、なにがあったのかと尋ねてみた。

「もうわたしらの出番はなくなったのさ」彼はぶっきらぼうに答え、小屋の窓に渡した板に釘を打ちはじめた。

「またどうしてです」

「板の向こうっかわを押さえといてくれんかね。そうしたら教えてやるよ」

アーサーは、釘を打っていないほうの端を持った。老予言者はそそくさと小屋の奥に引っ込み、ややあって小型のサブイーサ・ラジオを持って戻ってきた。スイッチを入れ、しばらくダイヤルをいじってから、ふだんは自分がそこに座って予言をしている小さな木のベンチのうえに置いた。それからまた板を押さえて釘を打ちはじめた。

アーサーは座ってラジオを聞いた。

「……が確認されました」ラジオは言った。

「明日、ポフラ・ヴィガスの副大統領ルーピイ・ガ・スティップは、大統領選に出馬する意向を発表するでしょう。明日おこなう演説において……」

「次のチャンネルに変えな」予言者は言った。アーサーはプリセット・ボタンを押した。

「……コメントを拒否しました」ラジオは言った。「来週のザブッシュ区の失業者総数は、調査が始まって以来最悪を記録します。来月発表される白書によると……」

「次」予言者は不機嫌に怒鳴った。アーサーはまたボタンを押した。

「……断固否定しました」ラジオは言った。「スーフリング家のギド王子と、ラウイ・アルファ星のフーリ王女との来月の結婚式は、ブジャンジ星域でかつておこなわれた最も盛大な式典になります。トリリアン・アストラが現地からお伝えします」

アーサーは目をぱちくりさせた。

人々の歓声と、ブラスバンドのにぎやかな響きが噴き出してきたかと思うと、はっきり聞き憶えのある声が聞こえてきた。「クラート、来月なかばのこちらの賑わいはほんとに信じられないくらいです。フーリ王女はまぶしいほどおきれ……」

予言者はベンチからラジオを叩き落とした。ラジオは埃っぽい地面に落ちて、調子っぱずれのニワトリのようにぎゃあぎゃあわめいている。

「こんなのと競争して勝てるわけがなかろ」予言者はぼやいた。「ほれ、ここを押さえてくれ。そこじゃない、こっちだ。いやちがう、そうじゃなくて、こっちが上だ。それじゃ反対だろ、このまぬけ」

「いまのを聞いてたんですよ」アーサーは文句を言いながら、予言者の役に立とうとむだな努力をした。

「みんなそうさ。そのせいで、ここはこんなゴーストタウンみたいになっちまったんだ」

予言者は地面に唾を吐いた。

「いや、そういう意味じゃなくて、知ってる人みたいだったから」

「フーリ王女のことか？　フーリ王女を知ってるやつ全員に挨拶する破目になったら、肺がもうひとつなけりゃ間に合わん」

「いや、王女じゃなくて」とアーサー。「レポーターですよ。トリリアンって名前の。どこでアストラって名字をもらったのか知らないけど、ぼくと同じ惑星の出身なんですよ。いまどうしてるかって思ってたんだけど」

「ああ、近ごろじゃ連続体じゅうどこにでも行っとるよ。大きな緑のアークルシージャーのお恵みで、ここいらじゃ3Dテレビ局は入らんがな、ラジオでしょっちゅう声は聞く。時空をあっちこっちほっつきまわっとる。どこかに落ち着きたい、安定した時代を見つけたいと思っとるよ、あのご婦人はな。すべては悲しい結末を迎えるのだ。もう結末は来とるかもしれんがな」予言者は金槌を振りおろし、自分の親指をしたたかに打った。彼は異言を語りはじめた。


託宣者の村も似たようなものだった。

いい託宣者を探しているとき、ほかの託宣者たちに頼りにされている託宣者を訪ねるのがいちばんと言われたのだが、行ってみたらもう廃業していた。入口のそばに看板が立っていて、「もうなにもわからなくなりました。お隣へどうぞ。ただしこれは正式な託宣ではなく、ただのお勧めです」

「お隣」というのは数百メートル先の洞穴で、アーサーはそちらへ歩いていった。煙と湯気が、それぞれ小さなたき火と、そのうえに掛かったでこぼこの平なべから立ちのぼっていた。また、そのなべからは胸のむかむかする悪臭も漂ってくる。ともかく、アーサーはそのなべからだと思った。とはいえ、ヤギに似た土着の動物の膀胱が物干し綱に広げて日に干してあったから、この悪臭のもとはそれかもしれない。それにまた、いやになるほどちょっとしか離れていないところに、ヤギに似た土着の動物の死骸も積みあげてあったから、ひょっとしたらそれが悪臭のもとということも考えられる。

しかし、それと同じくらい容易に悪臭のもとと想定しうるのは、その動物の死骸のそばにいるひとりの老婆だった。せっせとハエを追い払おうとしているが、どう見ても無益な努力だった。ハエは翅《はね》のある壜の蓋ぐらいの大きさだが、老婆が手にしているのはピンポンのラケットなのだ。おまけに目がよく見えないようだった。ときたま、でたらめに振りまわしたラケットがぐうぜん当たって、バシッと小気味よい手応えとともにハエが吹っ飛ばされ、洞穴入口から数メートルの岩肌に当たってつぶれることがある。

そんなときの喜びようを見ると、それを生きがいにしているとしか思えなかった。

失礼にならないように多少の距離を置いて、アーサーはこの風変わりなショーをしばらく見物していたが、やがて軽く咳払いをして自分の存在を老婆に知らせようとした。礼儀正しく軽く咳払いをするつもりだったが、あいにくなことに、それにはまずその空気をこれまでより多めに吸い込まねばならず、そのせいですさまじい咳の発作が起きた。アーサーはよろよろと岩に寄りかかり、むせて涙を流した。息をしようとあえいだが、息を吸うたびにいっそう事態は悪化する。あげくに嘔吐し、そのせいでまたむせ、吐物のうえに倒れ込み、何メートルかごろごろ転がっていき、そこでやっとどうにか四つんばいになり、ぜいぜい言いながら多少は空気のきれいな場所へ這っていった。

「すみません」少し息をついたところで言った。「ほんとに、なんてお詫びしていいか。こんな見苦しいまねをして……」と、自分の吐物を困りきって指さした。老婆の洞穴の入口のあたりに広がっている。

「なんともお詫びの言いようもなくて」彼は言った。「まったく面目ない……」

とはいえ、おかげで老婆に気づいてもらうことはできた。彼女はうさんくさげにこちらをふり向いたが、目がよく見えないので、岩だらけのぼやけた景色に紛れてなかなか見つけられないようだった。

それと見てとって、アーサーは手を振った。「ここですよ！」

ついにアーサーを見つけると、老婆はぶつぶつひとりごとを言い、また向こうを向いてハエ叩きを再開した。

そのときの空気の流れかたからして、おぞましい事実が明らかになった――まちがいなく、主要な悪臭のもとはこの老婆だ。生乾きの膀胱も、腐りかけの死骸も、得体の知れないなべの中身も、この破壊的な悪臭に寄与していることは大いに考えられることだが、しかし嗅覚的に他を圧する存在感を発揮しているのは老婆そのひとだった。

彼女はまた会心の一撃を放ち、ハエは吹っ飛ばされて岩に当たってつぶれ、体液がしたたり落ちた。見えているとは思えないが、その様子に老婆はいたく満足しているようだった。

アーサーはふらふら立ちあがり、枯れ草をむしって、それで服をきれいにした。咳払いができないとなると、ほかにどうやって自分の存在を知らせればいいのかわからない。このまま立ち去ろうかとも思ったが、老婆の住まいの入口に吐物を残していくのは気がとがめた。あれをどうしたものだろう。あっちこっちのいじけた枯れ草を、またわしづかみにしてむしりはじめた。だが、あそこまで近づいていったら、片づけるどころかかえって吐物を増やすだけではないかと心配だった。

どうすればよいかとあれこれ自問自答しているうちに、老婆の声が耳に入ってきた。とうとうこちらに話しかける気になってくれたようだ。

「なんですって?」アーサーは声をあげた。

「なんか用ですかって言ったのよ」と細い声できいきい言うのがどうにか聞きとれた。

「その、助言をしてもらいたいんですけど」決まりの悪い思いで叫びかえした。

老婆はふり向き、見えない目をこちらに向けてきた。ややあってまた向きなおり、ハエを打とうとして外した。

「どんな？」

「なんですって？」

「どんな助言をしてほしいの？」わめくように言った。

「その、人生全般についてって言うか、パンフレットに――」

「パンフレット？　ふん！」老婆は吐き捨てるように言った。いまは、でたらめにラケットを振りまわしているようにしか見えなかった。

アーサーは、ポケットからしわくちゃのパンフレットを引っぱり出した。なんでそんなことをしたのか自分でもわからない。彼自身はとっくに読んだあとだし、老婆が読みたがるとも思えない。それでもともかく開いたのは、ちょっとのあいだでも意味ありげににらむものが欲しかったからだ。そのパンフレットには、ハワリアスの予言者や賢人の古代の秘法とやらが大層に書かれているほか、ハワリオンの宿のすばらしさが大げさに持ちあげてあった。アーサーはいまも『銀河ヒッチハイク・ガイド』を持ち歩いているが、引いてみるたびにいよいよ難解で誇大妄想的になり、〝x〟や〝j〟や〝―〟だらけになっていく。どこかでなにかが狂っている。たんに彼の持っているこの機械の問題なのだろうか。それとも、『ガイド』という組織じたいの中枢部で、なにか、または だれかがひどく狂っているのか。妄想にでも取り憑かれているとか。いずれにしても以前にも増して信用できなくなった、というのはつまりこれっぽっちも信用できなくなったので、最近ではもっぱら、サンドイッチを置く台の代わりに使うだけになっていた。岩に腰をおろして、サンドイッチをつまみながらなにかを見物するときに便利なのだ。

老婆はこちらを向いて、ゆっくり近づいてこようとしている。アーサーはさりげなく風向きを判断しようとし、彼女が近づいてくるにつれて細かく頭を動かした。

「助言ね」彼女は言った。「助言が聞きたいって？」

「その、ええ」アーサーは言った。「ええ、つまりその……」

またまゆをひそめてパンフレットをにらんだ。読みまちがったのではないか、愚かにもちがう惑星に来たかどうかしていないかと確かめるように。パンフレットにはこうあった。「気さくなハワリアス人たちが、古代より伝わる知識と知恵を喜んで語ってくれるでしょう。さあ、あなたも過去と未来の織りなす神秘をいっしょに解き明かしてみませんか？」クーポン券もついていたが、こういう券を使うのは恥ずかしいような気がして、アーサーは実際に切り取って差し出してみたことは一度もない。

「助言が聞きたいって」老婆はまた言った。「人生全般についてって言ったね。全般って？　つまり、どんなふうに生きてったらいいかとか、そういうこと？」

「そうです、そういうことです。ときどきちょっと問題にぶつかるんですよね、正直な話」アーサーはそう言いながら、細かくすばやく身体の向きを変えて、老婆の風下にだけは立つまいと努力していた。と、驚いたことに老婆はいきなりこちらに背を向けて、洞穴のほうへ歩きはじめた。

「それじゃ、コピー機の用意をするから手伝ってよ」

「はあ？」とアーサー。

「コピー機よ」老婆は辛抱強くくりかえした。「引っぱり出すから手伝って。太陽光発電式なんだけどね、鳥が糞《ふん》を落とすから洞穴のなかにしまってあるのよ」

「なるほど」アーサーは言った。

「言っとくけど、息を大きく吸ってから入ってきたほうがいいと思うよ」老婆はぼそりと言って、暗い洞穴のなかへどたどた入っていった。

アーサーは忠告に従った。従いすぎて過呼吸を起こしそうになったほどだ。これで大丈夫と思ったところで、息を止めて老婆のあとからなかに入った。

コピー機は大きな古めかしいもので、がたがたの手押し車に載っていた。洞穴の入口近く、影のなかに少し入ったあたりに置かれている。手押し車の車輪は頑固にべつべつの方向を向いているし、床はでこぼこで石ころだらけだった。

「いいから、外で息を吸ってきなさいよ」老婆は言った。コピー機を動かすのを手伝っているうちに、アーサーの顔は真っ赤になっていたのだ。

彼はほっとしてうなずいた。老婆が恥ずかしがっていないのなら、自分が恥ずかしがる必要はないのだと思うことにした。外へ出て何度か息を吸ってから、またなかに戻って押したり引いたりを始める。これを何度かくりかえして、やっと機械を外へ出すことができた。

太陽がコピー機に降り注ぐ。老婆はまた洞穴のなかに姿を消し、出てきたときはだんだら模様になった金属板を何枚か手にしていた。それをコピー機につないで太陽エネルギーを集める。

彼女は目を細めて空を見あげた。太陽は明るく照っているが、空はかすみがかかってぼんやりしている。

「ちょっと時間がかかるよ」彼女は言った。

アーサーは喜んで待ちますよと答えた。

老婆は肩をすくめ、どたどたと焚き火のそばに寄っていった。火のうえで浅なべがぐつぐつ言っている。なべの中身を棒で突ついた。

「お腹はすいてないだろうね」老婆はアーサーに尋ねた。

「食べてきましたから、ご心配なく」アーサーは言った。「いや、ほんとに。食べてきたんです」

「だろうと思ったよ」老婆は言った。棒でなべをかきまわしている。数分経ったころ、なにかの塊をすくいあげ、ふうふう吹いて少し冷まし、口のなかに入れた。

考え込むような表情で、しばらくくちゃくちゃやっていた。

足を引きずり引きずり、ヤギに似た動物の死骸の山にのろのろと近づいていった。さっき口に入れた塊をそこに吐き出し、また足を引きずりながらのろのろとなべのそばに戻ってきた。なべは三脚様のものに吊るしてあったが、そのなべをおろそうとしはじめる。

「手伝いましょう」アーサーは礼儀正しくぱっと立ちあがり、急いでそばに寄っていった。

ふたりいっしょになべを三脚からおろし、洞穴入口から下るゆるやかな坂をもたもたと運んでいって、いじけて節くれだった並木に向かった。そこから先は、切り立ってはいるがかなり浅い谷になっていた。その谷底から、また別種の異臭が立ちのぼってくる。

「用意はいい？」老婆が言った。

「ええ……」アーサーは言ったが、なんのことかよくわからなかった。

「いーち」老婆は言った。

「にーの」

「さん」

アーサーはそこでやっと、老婆の意図に気がついた。力を合わせて、なべの中身を谷底に捨てた。

その後はぎこちない沈黙が続いたが、一時間か二時間経つころ、太陽光パネルがじゅうぶんに日光を吸収したと老婆は判断し、これでコピー機が使えるというので洞穴に引っ込んでなかを引っかきまわしだした。しまいに紙を何枚か持って出てきて、それを機械に通した。

コピーをアーサーに手渡す。

「えーとその、それじゃ、これは助言が書いてあるんですね?」アーサーはためらいがちに紙をぱらぱらとめくった。

「助言じゃないよ」老婆は言った。「あたしがどんな人生を送ってきたか書いてあるの。あのね、人の助言が役に立つかどうかは、その人が実際どんな暮らしをしてるか見りゃわかるのよ。ほら見てごらん、あっちこっちに下線が引いてあるでしょ。それはね、人生の大事な節目で、あたしがどんな道を選んできたか書いてあるとこなの。ぜんぶ索引がついてて、相互参照できるようになってるでしょ。あんたに言ってあげられるのはね、そこに書いてあるのとは正反対の道を選んだがいいってことだね。もしもあんたが、人生の終わり近くになって……」とそこでいったん言葉を切り、大きく息を吸ってこう怒鳴った。「……こんな臭い洞穴に住みたくなかったらね!」

老婆はまたピンポンのラケットを手にとり、腕まくりをして、ヤギに似た動物の死骸の山のほうへどたどた引きあげていった。そして、元気いっぱいにハエを追い払いはじめた。

アーサーが最後に訪れた村には、とてつもなく高い柱が何本も立っているだけだった。あまりに高くて、地面から見あげてもてっぺんになにがあるかわからないほどだった。よじ登ってみても鳥の糞だらけの台座が載っているきりだったが、三本めの柱に登ったとき、ようやくそれ以外のものが載っている柱が見つかった。

柱に登るのは容易なことではなかった。柱にはゆるやかならせん状に短い木釘が打ちつけてあり、それをつかんで登っていかなくてはならない。アーサーほど熱心でないふつうの観光客なら、写真を何枚か撮ったらすぐに退散して、近くの簡易食堂《バー&グリル》に逃げ込んでいるところだ。そこには特別にべたべた甘いチョコレートケーキが各種とりそろえてあって、断食中の苦行者の前でそれを食べてみせることができるのだが、おもにそれが原因で、いまでは苦行者はほとんどいなくなっていた。いなくなった苦行者はどこへ行ったかというと、たいてい銀河系北西端のもっと裕福な惑星に移住して、セラピーセンターを設立して儲けている。そういう惑星ではおよそ一千七百万倍も楽な暮らしができるうえに、チョコレートときたらもう絶品なのだ。たいていの苦行者たちは、断食苦行を始めるまではチョコレートのことなど知らなかったらしい。いっぽうそのセラピーセンターにやって来るのは、チョコレートのことなら知りすぎるほど知っている客ばかりだった。

三本めの柱のてっぺんで、アーサーはひと息入れることにした。どの柱も十五メートルから十八メートルほども高さがあるので、ひどく暑くて息が切れていた。まわりじゅうぐらぐら揺れているように見えたが、アーサーはあまり気にしていなかった。論理的に言って、スタヴロミュラ・ベータに行くまでは死ぬはずがないとわかっていたからだ[*4]。そしてそのために、わが身に恐ろしい危険が迫っても笑っていられるようになっていた。高さ十五メートルの柱のてっぺんで、風に吹かれて座っていると目まいがしたが、サンドイッチでも食べれば収まるだろうと思って食べはじめた。託宣者の身の上話のコピーを読もうとしかけたとき、背後で小さな咳払いが聞こえてぎくりとした。

*4 『宇宙クリケット大戦争』第18章参照。

とっさにふり向いたせいで、サンドイッチを落としてしまった。サンドイッチは空中で下向きになり、ずいぶん小さくなったと思うころに地面に当たって止まった。

アーサーの十メートルほど背後に、柱が一本立っていた。疎林のようにまばらに立つ

三、四十本の柱のなかで、その一本だけはてっぺんがふさがっていた。ふさいでいるのはひとりの老人だったが、その頭は沈思黙考でふさがっているらしく、老人はむずかしい顔をしていた。

「すみません」アーサーは言った。老人は気づいたようすもない。たぶん聞こえなかったのだろう。風が少し巻いて吹いている。アーサーの耳に小さな咳が届いたのはまったくの偶然だった。

「こんにちは」大声で呼びかけた。「こんにちは！」

老人はとうとうあたりを見まわし、アーサーに気づいて驚いているようだった。驚きかつ喜んでいるのか、ただ驚いているだけなのかはわからない。

「営業してます？」また声を張りあげた。

老人は面食らったようにまゆをひそめた。意味がわからなかったのか、それともよく聞こえなかったのだろうか。

「すぐそっちに行きます」アーサーは叫んだ。「待っててくださいね」

狭い台座から降りて、らせん状の木釘を伝って急いで柱をくだり、地面に着いたときはひどい目まいがした。

老人の座っている柱に向かって歩きだしたが、降りる途中で方向を見失ったことにふいに気づいた。老人の柱がどれだかよくわからない。

目印を求めてきょろきょろし、これだと思う柱を見つけた。よじ登った。まちがっていた。

「ちくしょう」と毒づき、「すいません！」とまた老人に声をかけた。向こうはいま彼の真っ正面、十二メートルほど先にいた。「まちがっちゃって。すぐにそっちに行きます」また柱を降りた。ひどく暑くていらいらした。

今度こそまちがいないと自信をもって登り、肩で息をし、汗まみれになって柱のてっぺんにたどり着いてみて、そこで気がついた。どうやっているのかわからないが、老人はアーサーをからかっているのだ。

「なんの用だね」老人はぶっきらぼうに叫んだ。彼がいま座っている柱は、さっきアーサーがそこに座ってサンドイッチを食べていた柱にまちがいなかった。

「どうやってそっちに移動したんです」アーサーは驚いて叫んだ。

「そうあっさり教えられると思うかね。これを体得するのに、四十の春と夏と秋を柱のうえに座って過ごしてきたんだぞ」

「冬はどうなったんです」

「冬がなんだね」

「冬は柱のうえには座らないんですか」

「ずっと柱に座って過ごしてきたからと言うて、阿呆だと思われては迷惑だな。冬には南に行っとるんだ。ビーチハウスを持ってるんでな。そこで煙突のうえに座っておる」

「旅人になにか助言をしてもらえませんか」

「してやろう。ビーチハウスを買いなさい」

「なるほど」

老人は遠くに目をやった。暑く乾燥した土地に低木が点在している。遠くに小さい点のように、さっきの老婆の姿がどうにか見分けられた。飛んだりはねたりしてハエを追っている。

「あの婆さんが見えるかね」だしぬけに、老人が声をかけてきた。

「ええ」アーサーは言った。「じつは、さっき助言してもらいに行ってきたんです」

「なんものを知らん婆さんだよ。わたしがビーチハウスを買ったのは、あの婆さんが要らんと言ったからなんだ。どんな助言をしてくれたかね」

「自分がしたのとは正反対のことをしろって」

「それはつまり、ビーチハウスを買えということだな」

「そうですね」アーサーは言った。「そのうちぼくも買おうかな」

「ふうむ」

地平線は、悪臭ただよう陽炎《かげろう》にゆらめいている。

「ほかの助言はしてもらえませんか」アーサーは尋ねた。「不動産関係以外で」

「ビーチハウスはただの不動産ではないぞ。精神のひとつの状態だ」老人は言い、アーサーに顔を向けた。

不思議なことに、老人の顔がいまではほんの一メートルほど先に見える。見たところ外見的には少しも変わったところはないのに、胴体は十二メートル向こうの柱のうえであぐらをかいて座っていて、顔だけはアーサーの目の前ほんの五、六十センチのところにある。顔はまったく動いていないし、どう見ても異常なことはなにひとつしていないのに、老人は立ちあがって足を踏み出し、と思ったら別の柱のてっぺんに移動していた。暑さのせいだろうか、とアーサーは思った。それとも、老人にとっては空間がべつの形状をとっているのだろうか。

「ビーチハウスは」老人は言った。「べつに海岸になくてもよい。もっとも、海岸にあるのが一番よいがな。人はみな」と彼は続けた。「なにかとなにかの境に寄り集まるのを好むものだ」

「そうでしょうか」とアーサー。

「陸が水と接するところ。大地が空と接するところ。肉体が精神と接するところ。空間が時間と接するところ。人はそのいっぽうにおって、もういっぽうを眺めるのが好きなのだ」

アーサーは胸がわくわくした。パンフレットを読んで期待していたとおりのことが起きているのだ。エッシャーめいた空間を動きまわっているように見える老人。その口から語られるのは、森羅万象についての深遠な言葉。

しかし、見ていると頭がおかしくなりそうだった。いままでは老人はひと足で柱から地面に移動し、地面から柱に移動し、柱から柱に移動し、柱から地平線に移動してまた戻ってくる。彼のやっていることは、アーサーの空間認識からするとまったく説明がつかなかった。「そんなに動きまわらないでくださいよ!」アーサーはたまりかねて言った。

「気に入らんかね?」老人は言った。まったく動いていないのに、次の瞬間にはまたアーサーの真正面、十二メートル先の柱のてっぺんにあぐらをかいていた。「助言を求めに来ておりながら、自分で理解できんことには我慢できんというわけか。ふうむ。ということは、あんたがすでに知っておることを、耳新しく聞こえるように言うて聞かせるしかないな。まあ、いつものことではあるがな」ため息をつき、悲しげに目を細めて遠くを見つめた。

「お若いの、生まれはどこだね」やがて老人は尋ねた。

アーサーは気の利いたことを言ってやろうと思った。会う人ごとに底なしの間抜けと思われるのにはもううんざりだ。「あのね、あなたは予言者でしょう。だったら当ててみてくださいよ」

老人はまたため息をついた。「わたしはただ」と言いながら、片手を頭の後ろにまわした。「世間話をしようとしただけなんだが」その手をまた前に持ってきたとき、立てた人さし指の先で地球がまわっていた。見まちがいようがなかった。やがて老人は、それをまたどこかへしまい込んだ。アーサーは肝をつぶしていた。

「いったいどうやって――」

「説明できんね」

「どうしてです？　遠くからわざわざやって来たのに」

「わたしに見えるものはあんたには見えん。なぜなら、あんたはあんたに見えるものを見ておるからだ。わたしの知っておることをあんたは知ることはできん。なぜなら、あんたはあんたの知っておることを知っておるからだ。わたしの見るもの、知っておることを、あんたの見るもの、知っておることに付け加えることはできん。なぜなら種類がちがうからだ。また、あんたの見るもの、知っておることを取り替えることもできん。なぜなら、それはあんた自身を取り替えることだから」

「ちょっと待って、メモとっていいですか」アーサーは言って、あせってポケットから鉛筆を取り出そうとした。

「宙港に行けば印刷したのが置いてあるよ」老人は言った。「棚にいくらでも並べてある」

「なんだ、そうですか」アーサーはがっかりして言った。「それじゃ、もうちょっとぼくの事情に合わせた、個別的な助言をしてもらえませんか」

「どんな形であれ、あんたの見聞きするもの、経験することは、すべて個別的なんだよ。認識することによって、人はみんなそれぞれの宇宙を創造しておるのだ。だから、あんたの認識する宇宙にあるものは、すべてあんただけの個別的なものなんだ」

アーサーは老人をうさんくさそうに眺めた。「それもやっぱり、宙港に行けば印刷したものが置いてあるんですか」

「調べてみるんだね」老人は言った。

「パンフレットには」と言いながら、アーサーはポケットからパンフレットを取り出してまた読んだ。「特別な祈りを教えてもらえるって書いてあるんですけど。ぼくのニーズに合わせた個別的なのを」

「わかったわかった」老人は言った。「あんたにぴったりのを教えてやろう。鉛筆は持ったかね」

「ええ」

「こう祈んなさい。えーと、『知る必要のないことは知らずにすみますように。知るべきことなのに知らずにいることがあっても、それを知らずにすみますように。知らなくていいと決めたことを知らずにいようと決めたことも、知らずにすみますように。アーメン』。これだけだ。声に出さずに、ともかく胸のうちで唱える祈りだ。だから、口に出すなら野外でやったがいい」

「んー」アーサーは言った。「その、どうもありが——」

「もうひとつ、これといっしょに唱える祈りがあるのだ。非常に重要なやつが」老人は言葉を継いだ。「だから、これも書き留めておきなさい」

「はあ」

「こうだ。『主よ、主よ、主よ……』これも入れといたほうがいい、念のためだ。用心に越したことはないからな。『主よ、主よ、主よ、いまの祈りのせいでよくない影響がありませんように。アーメン』。わかったかな。たいていの厄介ごとはな、この最後の部分を忘れておるせいで起きるんだぞ」

「ところで、スタヴロミュラ・ベータって場所を知りませんか」アーサーは尋ねた。

「知らんね」

「そうですか、どうもありがとうございました」アーサーは言った。

「なんの」老人は柱のうえで答えて、消えた。

10

フォードは編集長室のドア目がけて突っ込んだ。ふたたびドアの枠が割れて外れるのと同時に、身体をぎゅっと丸めて飛び込み、床をすばやく転がった。目ざすはしゃれたグレイのなめし革のソファのある場所。その陰に戦略的作戦基地を置くのだ。

少なくとも計画ではそうだった。

あいにく、しゃれたグレイのなめし革のソファはそこになかった。

フォードは空中で身をよじって方向転換し、着地し、掩蔽を求めてハールのデスクの陰に転げ込みながら思った。なぜ人は、五分おきにオフィスの模様替えをしたいなどというばかげた強迫観念に駆られるのだろう。

たとえば、やや地味とは言え、完璧に使えるグレイのなめし革のソファをお払い箱にして、なぜ代わりに小型戦車みたいなものを置こうと思うのだろう。

それに、携帯型ロケット弾発射機《ロケットランチャー》を肩にかついだこの大男はだれだ？　本社のだれかだろうか。まさか。本社はここだ。少なくとも『ガイド』の本社はここだ。この〈インフィニディム・エンタープライズ〉社の連中がどこの生まれなのかはわからないが、太陽が明るく照っている場所ではなさそうだ。あのナメクジみたいな肌の色つやを見ればわかる。なにもかもまちがってる、とフォードは思った。『ガイド』の人間はみんな、太陽が明るく照っている場所の出身と決まっているんだ。

だが実際には、この部屋はそのナメクジみたいなやつらだらけで、しかもその全員がごつい武器を持ち、防護服に身を固めていた。現代のビジネス界が無法地帯化しているからと言って、会社の幹部がここまでやるのはやりすぎではないのか。

フォードはもちろん、このときさまざまな推測をもとにものごとを考えていた。たとえば、この猪首のナメクジみたいな大男たちが〈インフィニディム・エンタープライズ〉となにか関係があるというのも推測だったが、それはもっともな推測だし、とくに疑う理由もなかった。なにしろかれらの防護服には〈インフィニディム・エンタープライズ〉と書かれたロゴが入っていたからだ。しかし、これは幹部会議ではなさそうだというい やな予感がした。また、このナメクジみたいな連中にはなんだか見憶えがあるというい やな予感もした。見憶えはあるが、見憶えのない格好をしている。

それはともかく、この部屋に飛び込んでからゆうに二秒半は経っていた。そろそろなにか建設的なことを始めたほうがいいだろう。人質でもとろうか。それはよさそうだ。

ヴァン・ハールは、例の回転椅子に座って怯えた顔をしていた。青ざめて震えている。後頭部をしたたかに打っただけでなく、たぶん悪いニュースでも聞かされたのだろう。

フォードはぱっと立ちあがり、ハールに飛びかかっていった。ハールにがっちり両肘締めをかけるふりをして、アイデンティイーズをこっそり内ポケットに滑り込ませた。

大成功！

ここに来た目的は果たした。あとはうまく言い抜けて出ていく算段をつけなくてはならない。

「ちょっと」彼は言った。「あの……」言葉に詰まった。

ロケットランチャーをかついだ大男が、フォード・プリーフェクトのほうに向きなおろうとしていた。そして、とてつもなく無分別なふるまいとしかフォードには思えないのだが、こちらにロケットランチャーを向けようとしていた。

「あの……」言葉を継ごうとしたが、そのとき反射的にかがもうと決心した。

耳を聾する轟音とともに、ロケットランチャーの後部から炎が吹き出し、前部からはロケット弾が飛び出してきた。

ロケット弾はフォードのうえを飛び過ぎ、大きな板ガラスの窓に当たった。爆発の勢いで窓ガラスは外に向かって膨らみ、やがて無数の破片のシャワーとなって飛び散った。轟音と空気圧の強力な衝撃波が部屋じゅうを行き来し、椅子を二脚、ファイリングキャビネットを一台、そして防犯ロボットのコリンを窓の外に吹き飛ばした。

なんだよ、完全な防ロケット弾ガラスじゃないじゃないか、とフォード・プリーフェクトは思った。だれかがだれかに文句を言わなくてはならないだろう。彼はハールから身を離し、どっちに逃げたらよいか判断しようとした。

完全に包囲されていた。

ロケットランチャーをかついだ大男は、次の発射に備えて構えなおそうとしている。

これからどうしていいか、フォードはさっぱりわからなかった。

「あのさ」と厳しい声で言った。しかし、「あのさ」みたいな台詞を厳しい声で言ってどれぐらい効果があるものか、どうも自信が持てなかったし、時間はこちらの味方ではない——ぐずぐずしていれば不利になるばかりだ。どうとでもなれ、若いときは一度しかないんだ、そう思って、窓から身を躍らせた。少なくともこれで、意外性はこっちの味方につけられる。

11

まずやるべきことは、日常生活を取り戻すことだ。アーサー・デントはあきらめとともに悟った。そのためには、生きていける惑星を見つけなくてはならない。呼吸ができなくてはいけないし、重力を意識することなく立ったり座ったりできなくてはいけない。また、酸性度が高すぎたり、草木が襲いかかってきたりするのも困る。

「人間至上主義ってわけじゃないんですが」ここはピントルトン・アルファ星の再定住支援センターだ。デスクの向こうに陣取る奇妙な物体に向かって、アーサーは言った。「でも住むんだったら、住民の姿かたちが多少はぼくに似てるところがいいんです。つまりその、人間型っていうか」

デスクの向こうの奇妙な物体は、奇妙奇天烈な身体器官の一部を振りまわした。どうやらアーサーの言葉にあっけにとられているようだ。それはじくじくどろどろと椅子から降りて、のたくるようにゆっくりと床を移動していった。そして古い金属製のファイリングキャビネットを呑み込んだかと思うと、派手なげっぷをして、該当する引出しを排泄した。ぬめぬめした触手が耳から二本飛び出してきて、その引出しからファイルを取り出し、また引出しを吸い込むと、さっきのキャビネットをまた吐き出した。のたくるように引き返してきて、ぬらぬらと椅子のうえによじ登り、デスクにぴしゃりとファイルを置いた。

「いいのがあるか探してみて」それは言った。

アーサーは、汚い湿った書類をそわそわと見ていった。ここは銀河系のなかではまちがいなく遅れた宙域だったが、彼が知っていてそれとわかる範囲にかぎって見れば、その銀河系のある宇宙はかなり調子の狂った宇宙だった。故郷があるはずの場所には、朽ち果てて寂れた惑星があった。雨に降り込められて水びたしで、住んでいるのはやくざ者とヌマブタだけだった。ここでは『銀河ヒッチハイク・ガイド』さえたまにしか動かず、こんなところでこんな問い合わせをしているのもそのせいだ。どこへ行ってもスタヴロミュラ・ベータのことだけは忘れず訊いてみるのだが、そんな惑星は聞いたこともないと言われるのがつねだった。

ファイルを眺めていると憂鬱になってきた。どの惑星もろくなものを提供してくれそうになかったが、それはこちらから提供できるものがほとんどないからだ。すっかり高慢の鼻をへし折られた気分だった。考えてみれば、彼の生まれた惑星には車もコンピュータもバレエもアルマニャックもあったけれども、そのどれひとつ原理のわかるものがない。つくることができない。自分ひとりではトースターひとつ組み立てられない。サンドイッチなら作れるが、それだけだ。彼の技能にはあまり需要があるとは言えなかった。

アーサーは気分が沈んだ。それで驚いた。もう完全に底まで沈んだと思っていたのにまだ下があったとは。しばらく目を閉じた。故郷に戻れたらどんなによいだろう。ほんとうの生まれ故郷、生まれ育ったほんものの地球、破壊されることのない地球に。なにもかも夢だったらどんなによいだろう。目をあけたときには、イングランド西部地方の小さなコテージのドアの前に立っているのだったらどんなによいだろう。太陽が緑の山々に輝き、郵便配達車が通りを走り、庭には水仙が咲いていて、遠くでは昼食時間でパブが開いている。パブに新聞を持っていって、ビターを一パイントやりながら読めたらどんなによいだろう。クロスワードパズルができたらどんなによいだろう。横の十七番でつっかえることができたらどんなによいだろう。

目をあけた。

奇妙な物体がいらいらと脈打っていた。仮足のようなものでデスクをこつこつ叩いている。

アーサーは首をふり、次の書類を見た。

だめだ、と思った。次を見た。

ぜんぜんだめだ。次を見た。

おや……これはよさそうだ。

それはバートルダンという惑星だった。酸素があり、緑の山がある。おまけに文学が盛んなことで知られているらしい。しかし、彼の目をなにより引きつけたのは、バートルダン人の写真だった。村の広場のあちこちに何人か立って、カメラに向かってにこにこしている。

「これだ」アーサーは言って、デスクの向こうの奇妙な物体にその写真を見せた。

それは突起を伸ばして目玉を突き出し、書類の上から下へ目玉を転がして、全体にぬらぬらのあとをつけた。

「たしかに」そいつは気味悪そうに言った。「ここの人たちはあんたにそっくりだわ」

アーサーはバートルダンに移住し、足趾《あしゆび》の爪の切りくずと唾液をＤＮＡバンクに売って得た金で、あの写真に写っていた村に部屋を買った。そこは快適な土地だった。空気はかぐわしく、人々は人類によく似ていたし、アーサーが住みついたのを気にしていないようだった。なにかで攻撃してくることもなかった。アーサーは服を買い、それをしまうたんすを買った。

これでどうにか日常生活は手に入れた。今度は生きる目的を見つけなくてはならない。最初は読書をしようとした。しかし、銀河系のこの宙域じゅうで、精妙にして洗練された文学と高く評価されているとは言うものの、バートルダンの文学はアーサーの興味を長くつなぎ止めることはできそうになかった。問題は結局のところ、そこに描かれているのが人類ではないということだった。人類の望むことはそこには描かれていない。バートルダン人は外見は人類そっくりだが、たとえば「今晩は《グッド・イヴニング》」と声をかけると、ちょっとびっくりしたようにあたりを見まわし、鼻をひくひくさせて、たしかに言われてみれば、今夜はなかなか悪くない晩だと思うと答えるのだ。

「いや、ぼくが言いたかったのは、あなたがよい晩を過ごせますようにってことですよ」とアーサーは言う（というより、以前はよく言っていたが、まもなくこの手の会話は避けるようになった）。「つまり、よい晩を過ごせるようにお祈りしますって言いたかったんです」と付け加える。

相手はますます困惑する。

「祈る？」バートルダン人はしまいに、丁重ながらあきれたように言う。

「ええ、つまりその、祈るっていうか、希望するって……」

「希望？」

「そうです」

「希望ってなんです？」

よい質問だ、とアーサーは思い、自分の部屋に引っ込んで考えてみた。

バートルダン人の世界観を学ぶと、まことにもっともな哲学だと感心せずにはいられない。この世界はあるがままにあるのであって、受け入れるなり拒絶するなりするしかないというのだ。だがそのいっぽうで、なにも求めず望まず願わないというのは、アーサーにはとうてい自然なこととは思えなかった。

自然。油断のならない言葉だ。

自然なことだと思っていたさまざまなこと、たとえばクリスマスにプレゼントを贈るとか、赤信号で止まるとか、九・八メートル毎秒毎秒で落下するとかいうのは、彼が住んでいた惑星の習慣にすぎず、ほかの場所でも通用するとはかぎらない。そのことはとっくの昔に学んでいた。しかし、なにも願わないとは——とうてい自然なこととは思えない。息をしないようなものではないか。

そして呼吸もまた、バートルダン人がしないことのひとつだった。大気中には酸素がたっぷりあるというのに。人々はただそこに立っているだけだ。ときおり走りまわったり、ネットボールやなにかをしたり（とはいえ、もちろん勝ちたいなどとは思わない。ただ試合をするだけで、だれでも勝った者が勝つのである）はするが、まるで呼吸はしていない。どういうわけか必要ないのだ。かれらとネットボールをしてみて、アーサーはすぐに気味が悪くなった。見かけは人類そっくりだし、動きかたや声もそっくりなのに、息もしないし、こうであってほしいと願ったりもしない。

いっぽうアーサーはと言えば、日がな一日息をすることと願うことしかやっていないようだった。ときには強く願うあまり息が荒くなりすぎて、横になってしばらく休まなくてはならないほどだった。たったひとり、狭い自分の部屋で。生を享けた惑星から遠く遠く離れて——あまり遠すぎて、その数字を考えると脳みそがくたくたに疲れてしまう。

だからそのことは考えないようにしていた。座って読書をするほうが好きだった——というか少なくとも、読むかいのあるものがあれば、それを読んでいるほうが好きだっただろう。しかし、バートルダンの文学作品では、登場人物はだれひとりなにも望まない。コップ一杯の水すら欲しがらない。たしかに、のどが渇けばとりに行くが、そこに水がなかったらもうそのことは考えない。アーサーはどうにか本を一冊読み通したが、主人公は庭仕事をし、たびたびネットボールをして遊び、道路の補修を手伝い、妻とのあいだに子を儲け、一週間ほど経ったところで、最終章の前の章でいきなり渇きのために死んでしまうのである。あきれはてて前のほうを拾い読みしてみて、水道管の調子がおかしいと第二章にちらっと書いてあるのをやっと見つけた。それだけ。それで主人公は死ぬ。それがどうした。

しかも、彼の死は作品のクライマックスですらない。クライマックスなどないからだ。主人公は最後からふたつめの章の三分の一ほどのところで死に、あとは道路工事の話が続く。そして本は十万ワードのところでいきなり終わる。なぜなら、バートルダンでは本一冊の長さは十万ワードと決まっているからだ。

アーサーは本を部屋の向こうに放り投げ、部屋を売って立ち去った。足の向くままに旅を続けるようになり、唾液だの、手足の爪だの、血液だの、髪の毛だの、売れるものはなんでも売って航宙券を買うようになった。そのうち、精液を提供すればファーストクラスの券が買えると知った。どこにも定住せず、ただ超空間宇宙船の船室という密閉された薄暮の世界に生き、食べ、飲み、眠り、映画を観た。宙港に降りるのは、ただDNAを提供して、次の長距離航宙船の券を買うためだけ。彼は待って待ちつづけた。また超空間の事故が起きるのを。

適当な事故を起こそうとするのには、ひとつ問題がある。起きないということだ。起こそうとして起こせたらそれは事故ではない。ついに事故が起こったとき、それはアーサーが起こそうと思っていたこととはまるきり違っていた。彼の乗った船が超空間でちょっとぶれを起こし、恐ろしくちらつきながら銀河系の九十七の地点に同時に出現したのだが、そのうちの一点に星図に載っていない惑星があった。そのためその想定外の重力につかまり、外気圏にとらわれて、絶叫とともに船は大気を引き裂いて落ちはじめた。

落下していくあいだ、船のコンピュータはなにもかも完全に正常で予定どおりだと主張しつづけていた。しかし、やがて船はすさまじいきりもみ降下を始め、一キロ近くにわたって木々をなぎ倒し、ついに爆発して燃え盛る火の玉と化した。こうして、コンピュータの主張がまちがっていたことが証明されたわけである。

炎は森を呑み込み、夜闇にほとばしるように燃え狂ったが、しまいにひとりでにきちんと消えた。いまでは、一定規模を超える予定外の火災はすべて、ひとりでに消えるように法律で定められているのだ。飛び散った破片が静かに自分の好きなときに爆発して、しばらくはあちこちで小規模な火災が続いたが、やがてそれも収まった。

不時着のさいの安全手続きをちゃんと憶えていたのは、乗員乗客のなかでアーサー・デントただひとりだった（終わりのない星間旅行に飽き飽きしていたおかげだ）。というわけで、この事故を生き延びたのも、やはりアーサー・デントただひとりだった。骨折し、出血して、プラスティックの繭のようなもののなかに彼はぼうぜんと横たわっていた。ちなみにそのふわふわしたピンクの繭には、三千を超える言語で「ではご機嫌よう」と全体に書かれていたものである。

ぐらぐらする頭のなかを、黒い静寂が胸の悪くなる咆哮とともに通り過ぎていく。あきらめにも似た気持ちで、アーサーは自分が助かるのを確信していた。なぜなら、まだスタヴロミュラ・ベータに行っていないから。

苦痛と闇の時間がいつまでも続くかと思えたが、ふと気がつくと、周囲をいくつもの影が音もなくうごめいていた。

12

ガラスの破片と椅子の部品の雲に包まれて、フォードは転がるように虚空を落ちていった。このときもちゃんとした計画があったわけではなく、ただ成り行き任せに、時間を稼ごうとしただけだった。深刻な危機に直面したときには、人生を走馬灯のようによみがえらせるのが役に立つものだ。ものごとをじっくり考えるよいチャンスになり、いわば大局的に事態を見なおすことができ、これからどうしたらいいか、よいヒントが得られることもある。

地面が九メートル毎秒毎秒で迫ってきていたが、その問題はそのときが来たら考えよう。なにごとにも順番というものがある。

よし、来た来た。子供時代だ。月並みな思い出、ここはもう前にも見た。情景が現れては消える。ベテルギウス第五惑星での退屈な日々。子供のころのゼイフォード・ビーブルブロックス。このへんは知ってることばかりだ。頭のなかに早送りボタンがあればよいのに。七歳の誕生日のパーティ、初めてタオルをもらった日。早く早く。

身をよじり、回転しながら落ちていく。この高さで外気を吸い込んで、その冷たさに肺が縮みあがる。ガラスを吸い込まないように気をつけろ。

初めて別の惑星へ旅したころ。ちくしょう、まるでくだらない移動中の映像みたいだ、本題に入る前の。初めて『ガイド』で働きだしたころ。

ああ！

あのころはよかった。オフィス代わりの小屋があったのは、リクタナークァル族とダンクウェド族がヴァートルする前のファナラ星のブウェネッリ・アトルだった。社員は六人、タオルが数枚、それに最新鋭のデジタル機器がいくつか、そしてなにより肝心なのは夢がどっさりあったことだ。いやちがう、なにより肝心だったのは、ファナラ産のラム酒がどっさりあったことだ。もっと厳密に言うなら、最高最大に肝心だったのはジャンクス・スピリットで、その次がファナラ産ラム酒、それからアトルの海岸をぶらつく地元の女の子たちだったが、それでも夢が肝心だったのはまちがいない。あの夢はみんなどうなってしまったのだろう。

じつを言えば夢の内容はよく憶えていないのだが、あのころはとてつもなく重要な夢に思えた。いま彼がそのわきを落ちているこの巨大なオフィスビルが、その夢に出てこなかったことはまちがいない。こういうのが出てきたのは、設立メンバーの一部がだんだん出歩かなくなり、欲の皮をつっぱらかしはじめたころだ。いっぽう、フォードたちはあいかわらず外をほっつき歩いて、現地調査をしたりヒッチハイクをしたりしていて、しだいに『ガイド』という組織からは少しずつ疎遠になっていった。そのあいだに、『ガイド』は容赦なく悪夢の大企業に変貌していき、化け物のような巨大ビルを占領するまでになっていった。このビルのどこに夢がある？　このビルの半分を占めている法務部の弁護士どものことを考えた。下の階層で働いている〝作業員〟のことを考え、副編集者とその秘書たち、その秘書たちの弁護士とその秘書たちの弁護士の秘書たちのことを考え、なによりいまわしい会計士どもとマーケティング部門のことを考えた。

このまま落ちつづけようかなとちょっと思った。あの連中を侮辱してやるのだ。ちょうど十七階に差しかかったところだった。マーケティング部門ののさばっている階だ。能なしどもが集まって、『ガイド』を何色にするかで議論しあい、あくまでも無謬のばかのあと知恵を発揮している。いまかれらが窓の外に目を向けたら、フォード・プリーフェクトが確実な死に向かって落ちていきつつ、こっちにVサインを送っているのを見て腰を抜かしたことだろう。

十六階。副編集者の階。あのくそったれども。人の書いた文章をぶった切りやがって。ひとつの惑星を十五年もかけて調査した成果を、「ほとんど無害」というたった二語に切り詰めてくれた。こいつらにもVサインだ。

十五階。戦略物流管理部。なにをやってるんだか知らないが、こいつらはみんなでっかい車に乗っている。たぶんそれが仕事なんだろう。

十四階。人事部。彼の十五年の島流しをお膳立てしたのはこいつらではないかと、フォードは非常にうがった疑念を抱いていた。その十五年のあいだに、『ガイド』はいまのような一枚岩の（というより二枚岩か——弁護士どもを忘れてはいけない）大企業に変身してしまったのだから。

十三階。研究開発部。

ちょっと待て。

十三階。

かなり高速に頭を回転させなくてはならなくなっていた。事態はいささか急を要する。エレベーターのフロア表示板のことをはたと思い出した。あれには十三階がなかった。あのときは気にも留めなかったが、それは地球のような遅れた惑星で十五年も過ごしていたからだ。十三という数字に地球人は迷信を抱いていたから、十三階のないビルにフォードは慣れっこになっていた。しかし、ここでは十三階をはずす理由がない。

そのわきをあっという間に通り過ぎたときにいやでも気づいたのだが、十三階の窓は真っ暗だった。

あのなかではなにをやっているのだろう。ハールから聞いた話が思い出されてきた。ただひとつの、新しい、多次元世界の『ガイド』を、無限の数の宇宙に売りさばく。ハールのあの口ぶりのせいで、会計士に後押しされてマーケティング部がでっちあげた、まったく無意味な与太話としかあのときは思えなかった。しかし、多少は現実の裏付けがあるのだとすれば、とんでもなく奇怪で危険な発想だ。ただの与太ではないのだろうか。他から切り離された十三階の暗い窓の向こうでは、いったいなにがおこなわれているのだろう。

フォードは好奇心が沸きあがるのを感じ、続いてパニックが沸きあがるのを感じた。いま感じている上昇のリストはそれですべてだった。それを別にすれば、全体として彼はきわめて急激に下降している。ここはぜひとも頭を切り換えて、どうしたらこの状況を生きて切り抜けられるのだろうといぶかったほうがよさそうだ。

ちらと下を見た。三十メートルほど下で人々が動きまわっている。期待のまなざしでこっちを見あげる顔も見えはじめ、真下からは人が逃げはじめた。愉快で完全にあんぽんたんなウォケット探しさえ一時中断されていた。

みんなをがっかりさせるのは気が進まなかったが、フォードはこのとき初めて気がついた――六十センチほど下にコリンが浮いている。どうやら上機嫌でくっついて来て、フォードがどうするか決めるのを待っていたらしい。

「コリン！」フォードは叫んだ。

コリンは返事をしなかった。フォードはぞっとした。とそのとき、おまえの名はコリンだとコリンに教えていなかったことに気がついた。

「ここまであがってこい!」フォードは叫んだ。

言われたとおり、コリンはふわふわと彼のかたわらまで浮きあがった。コリンはこの下降を大いに楽しんでいて、フォードもそうだろうと思っている。

思いがけないことに、コリンは急に目の前が真っ暗になった。フォードがいきなりタオルをかぶせてきたのだ。と同時に、身体がずっしり重くなるのがわかった。こんな試練を与えてもらって、コリンはぞくぞくするほどうれしかった。ただ、それを乗り切れるかどうかわからないというだけだ。

タオルはコリンに掛かっていた。そのタオルにはフォードがぶら下がっていて、縫い目にしがみついていた。ヒッチハイカーたちは、タオルに突飛な改造を加えて喜んでいるものだ。凝った工具や便利グッズはおろか、コンピュータ機器すらこっそり布地に織り込んだりしている。だが、フォードは純粋主義者だった。タオルはタオルのまま、シンプルなのがいい。彼が持ち歩いているのは、ふつうの家庭用布製品の店で売っているふつうのタオルだ。何度も漂白やストーンウォッシュをくりかえして消そうとしているのだが、いまも青とピンクの花模様さえ残っている。ワイヤが二本と、折り曲げのきく筆記用スティックが繊維のあいだに通してあり、非常のさいに吸えるようにひとすみに栄養剤がしみ込ませてあるが、それを除けばふつうに顔を拭けるふつうのタオルだった。ただ、改造と呼べるほどの改造を施した箇所がひとつだけある。友人に勧められて縫い目を強化しておいたのだ。

フォードはその縫い目に死にもの狂いでしがみついた。

あいかわらず落ちつづけてはいたが、落ちる速度は遅くなってきた。

「コリン、あがれ!」フォードは叫んだ。

変化はない。

「おまえの名前はコリンだ」フォードは叫んだ。「だから、ぼくが『コリン、あがれ!』って言ったら、それはコリン、おまえに上に行けって言ってるんだ。いいな? あがれ、コリン!」

変化はない。というより、コリンはくぐもったうめくような音を立てただけだった。フォードは気が気でなかった。いまかれらはゆっくり降下中だったが、フォードが気が気でないのはそのせいではなく、下に集まってきている人種のせいだった。愛想のいい、地元のウォケット探し人種は追い散らされ、代わって現れたのは、ずんぐりむっくりで猪首のナメクジに似た生きものだった。ロケットランチャーをかついで、一般には虚空と呼ばれるところから忽然と現れたように見えた。年季を積んだ銀河系の旅行者ならみな知っていることだが、虚空が虚しいのは名前だけで、じつは複雑な多次元世界がそこにはぎっしり詰まっているのだ。

「あがれって」フォードはまたわめいた。「あがれ! コリン、あがれってば!」

コリンはうなりながら力を振りしぼり、おかげでいまかれらは空中にほぼ静止している。フォードは指の骨が折れそうな気がした。

「あがれ！」

変化はない。

「あがれ！　もっと高く！」

ナメクジがロケット弾を発射しようとしている。信じられない。フォードはいま空中でタオルにぶら下がっていて、その彼をナメクジがロケット弾で撃ち落とそうとしているのだ。どうしようかと考える種も尽きてきて、フォードは真剣に心配になってきた。

こういう窮地に立たされたときは、たいてい『ガイド』に頼って役に立つ情報を探すのだが（役に立たなくて腹が立つことや、口からでまかせで当てにならないことも多いとはいえ）、いまはポケットに手を入れている場合ではなかった。それに、『ガイド』はもう仲間でも味方でもなく、それじたいが危険の原因のようではないか。いまフォードは『ガイド』ビルの外に浮かんでいるところだし、まったくそいまいましい、彼の命を狙っているのはどうやらその『ガイド』を所有している連中らしい。ブウェネッリ・アトルで思い描いた、あのあんまりよく憶えていない夢はどうなってしまったんだ。ずっとあのままでいればよかった。あそこを離れなければよかった。ずっとあの砂浜で暮らし、きれいな女の子と愛しあい、魚を食べて生きていればよかった。怪獣のいる中庭のプールのうえにグランドピアノを吊るしはじめた瞬間に、なにもかもまちがっていると気がつくべきだったのだ。すっかり疲れ果て、どん底の気分になってきた。しがみついている指が痛みに燃えるようだ。おまけに足首がいまも痛い。

まったくありがたい足首だ、フォードは苦いものを嚙みしめた。なにもこんなときに文句を言いださなくてもいいじゃないか。きっと、熱い足湯に入れてもらいたいって言うんだろうな。でなくても、せめて……

そのとき、ふといいことを思いついた。

防護服姿のナメクジが、ロケットランチャーを肩にかまえた。ロケット弾はおそらく、通り道にある動くものを襲うように設計されているだろう。

フォードは汗をかくまいとした。タオルの縫い目をつかんでいる手が滑るのがわかる。

痛くないほうの足の先で、痛む足の靴のかかとを押したり搔いたりした。

「くそ、あがれって言ってるだろ!」フォードはむだと知りつつコリンに毒づいた。コリンは上機嫌で力を振りしぼっていたが、上昇することはできなかった。靴のかかとはなかなか言うことを聞かない。

フォードはタイミングを計ろうとしていたが、そんなことをしても意味がない。いちかばちかだ。弾《たま》は一発だけ、はずれたらそれっきりだ。靴はやっとかかとからずり下がってきた。ひねった足首の痛みが少しやわらいだ。まあ、それだけでもましだよな。

反対側の足で、その靴のかかとを蹴りおろした。靴は脱げて、風を切って落ちていく。半秒ほどの差で、ロケット弾がランチャーの筒先から飛び出した。ロケット弾は、その弾道と交差して落ちようとする靴に気がつき、まっすぐそっちに向かって飛び、命中して、満足感と達成感に胸をふくらませて爆発した。

地上およそ五メートルでのできごとだった。

爆発のエネルギーはおもに下方に向かった。つい一秒前までは、〈インフィニディム・エンタープライズ〉社幹部たちがロケットランチャーをかまえて立っていた、そこは美しいテラス状の広場だった。敷きつめられた大きな板石は、ゼンタルクァビュラの古いアラバストロンの石切り場から切り出したつややかな石だった。それなのに、いまは大きめの穴があいていて、なかに不気味な小さめの破片が飛び散っているだけだ。

爆発の直後、すさまじい熱風がドカンと噴きあがってきて、フォードとコリンは空高く吹っ飛ばされた。フォードは死にもの狂いでなにかにしがみつこうとしたが、むだだった。回転しながら天高く噴きあげられ、放物線の頂点に達し、いったん静止したあと落下しはじめた。下へ下へと落ちていく、とだしぬけに、すごい勢いでコリンに身体が巻きついた。コリンのほうはいまも上昇中だ。

フォードは必死で、この小さな球形のロボットにしがみついた。コリンは激しく回転しながら、『ガイド』のビルに向かって飛ばされていく。そのあいだも、体勢を立て直そう、飛ばされる勢いをゆるめようと上機嫌に努力していた。

頭のまわりで世界が回転する。吐き気がする。フォードはコリンにからみついたままくるくる回転していたが、だしぬけにすべてが止まった。そのせいでまたひどい吐き気をもよおした。

気がついたら窓枠のうえにのっていた。頭がふらふらする。

タオルがかたわらを落ちていく。手をのばしてつかまえた。

ほんの目と鼻の先に、コリンがぷかぷか浮かんでいた。

フォードはあたりを見まわした。打ち身だらけ、傷だらけで、息が切れて目まいがした。窓枠の幅は三十センチほどしかなく、彼はそのうえに危なっかしく乗っている。ここは十三階だった。

十三階。

十三階だとわかったのは、窓が真っ暗だったからだ。フォードはひどくむしゃくしゃしていた。あれはニューヨークのロウアー・イーストサイドの店で、大枚はたいて買った靴だった。あんまりうれしかったので上等の靴を履く喜びというテーマで記事をひとつ書いたほどだが、その記事は「ほとんど無害」事件で跡形もなく抹消された。なにもかもくそくらえだ。

おまけに、その靴の片方をなくしてしまった。頭をのけぞらせて空を眺めた。

その悲劇がこれほど胸にこたえるのは、問題の惑星がすでに破壊されていて、あの靴はもう二度と手に入らないからだ。

たしかに、可能性は横方向に無限に拡大するわけだから、多重性によって惑星・地球はもちろんほとんど無限に存在する。だがいかした靴に関して言えば、多次元の時空をちょっとぶらついたぐらいで、すぐに代わりが手に入ると思ったら大まちがいなのだ。

ため息をついた。

文句を言ってもしかたがない。少なくともあの靴のおかげで命が助かったのだ――いまのところは。

だが、いま彼が立っているのは三十センチ幅の窓枠で、その窓枠はビルの十三階にある。上等の靴を犠牲にするかいがほんとうにあったのだろうか。

なかをのぞき込んだが、暗い窓ガラスの奥はぼんやりとしか見えない。

暗くて物音ひとつしない。まるで墓場のようだ。

ばかな、くだらないことを考えるんじゃない。墓場で開かれた盛大なパーティに何度も出たことがあるじゃないか。

なにか動いたような気がしたが、気のせいだろうか。なにか奇妙な、羽ばたくような影が見えるような気がする。たぶんまつげに血がしたたっているせいだろう。その血をぬぐってみた。ちくしょう、どこかで農場でもやって羊を飼えたらいいのに。また窓の奥をのぞき込み、なんの影だったのか確かめようとした。しかし、今日の宇宙ではよくあることだが、光の幻を見ているのではないかという気もした。目がばかな錯覚を見せているのかも。

あそこに見えるのは鳥かなにかだろうか。秘密の高層階、暗い防ロケット弾ガラスの奥に、そんなものを隠しておくだろうか。だれかが鳥を飼っているのか？　たしかになにかが羽ばたいているが、鳥というよりむしろ、鳥の形をした穴が空間にあいているように見えた。

目を閉じた。どっちみち、ちょっと目を閉じたい気分だったのだ。これからどうしたものだろう。飛び降りるか、よじ登るか。窓を破ってなかに入れるとは思えなかった。たしかに、防ロケット弾ガラスだったはずなのに、いざとなったら本物のロケット弾には太刀打ちできなかったが、そうは言ってもあのロケット弾は、とんでもない至近距離から、それも室内側から発射されたのだ。設計した技術者たちは、たぶんそんなケースは想定していなかっただろう。ということはつまり、タオルを巻いたこぶしで殴りつけて割れるとはかぎらないわけだ。それがどうした、とやるだけやってみたらこぶしが痛んだ。この座った体勢では思いきり腕を振ることができなかったが、それがかえって幸いだった。そうでなかったらもっとひどく痛んだことだろう。このビルは、フロッグスターの攻撃を受けたあとに一から再建されたもので、そのさいに徹底的に強化されている。出版社のビルでこれほど頑丈なのはそうはあるまい。しかし、会社の設計するシステムにはかならず弱点があるものだ。すでにひとつは見つかった——窓を設計した技術者たちは、室内から至近距離でロケット弾を発射されるのを予測していなかった。だから窓ガラスは割れたのだ。

では、窓の外枠に座った人間としては、どんなことをしたら技術者の裏をかけるだろうか。

ちょっと頭をひねったらすぐに気がついた。

技術者が予測もしていないこと、それは彼がここにいるということだ。こんなところに座ろうなどと思うのは、末期的な大ばか者だけだろう。とすれば、もう勝利はこっちのものである。どんなばかにも壊しようのない完全無欠なシステムを設計しようとする人間は、たいてい同じあやまちを犯す。それは、完全無欠なばかの独創性を甘く見るということだ。

さっき手に入れたクレジットカードをポケットから取り出し、窓と窓枠の細い隙間に差し込み、ロケット弾にはけっしてできないことをした。カードをちょっと揺り動かしたのだ。窓が動くのがわかった。あとはふつうに手であけ、後ろ向きに倒れ込むようにして大笑いしながらなかに転げ込んだ。星暦三四五四年の換気電話大暴動に感謝しなくてはならない。

星暦三四五四年の換気電話大暴動の発端は、たんにすさまじい暑さだった。言うまでもないが、暑さは換気によって解決されるはずの問題であり、そしてだいたいにおいてそれで解決されてきたのだが、それはエアコンが発明されるまでの話だった。それ以降、この問題はエアコンによってはるかにやかましく解決されることになったのである。騒音と水がしたたるのを気にしなければ、それなりにうまく行っていた。だがそこへ、エアコンよりさらにかっこよくて冴えた解決法が登場した。屋内気候調整機である。これこそまさに画期的だった。

ただのエアコンとの最大のちがいは、こっちのほうが身震いするほど値段が高くて、非常に高度な測定・調節機器を山ほど備えていることだった。おかげでその瞬間瞬間に、人間がどんな空気を呼吸したがっているか、ただの人間などよりずっとうまく判定することができたのだ。

そういうわけで、システムがせっかく人間のために精妙な計算をやっているのに、ただの人間がそれを滅茶苦茶にしては困るので、建物の窓はすべてはめ殺しで開けられなくなった。嘘ではない、ほんとうの話である。

システムの据えつけがおこなわれているあいだに、その建物で働くことになる多くの人々が、そのスマート呼吸《ブリーゾスマート》システムの据付技師とこんな会話を交わしている。

「だけど、窓を開けたくなったらどうしたらいいの」

「このブリーゾスマートがあれば、窓を開けたくなんかなりませんよ」

「そりゃそうでしょうけど、でも、ちょっぴり開けたくなることだってあるでしょ？」

「ちょっぴりだって開けたくなったりしませんよ。この最新型ブリーゾスマート・システムがちゃんと気をつけてくれますからね」

「そんなもんですかねえ」

「ブリーゾスマートにおまかせください！」

「それじゃあ、そのブリーゾスマートが故障したり、調子が悪くなったりしたら？」

「なにをおっしゃる！　スマートの名はだてじゃありませんよ。このブリーゾスマートはぜったいに故障しないんです。ですからご心配なく、思うぞんぶんきれいな空気を吸って、楽しくやってくださいよ」

（現在では、機械式、電気式、量子力学式、油圧式はもちろん、風力、蒸気、ピストン式にいたるまで、どんな装置であろうとも、どこかに決まった断り書きを書かなくてはならないことになっている。これが、星暦三四五四年の換気電話大暴動の結果なのは言うまでもない。その装置がどんなに小さくても関係なく、どこかにその断り書きをむりやり詰め込まなくてはならない。といっても、これは使用者が気にするからではなく、設計者のほうが気にしているからである。

その断り書きとはこうだ――
「故障の可能性があるものと、ぜったいに故障しないものとの大きな違いは、ぜったいに故障しないものが故障したときは、そばに近づくことも修理することもたいてい不可能だということです」）

異例の大熱波が襲来したとき、まるで魔法のようにぴったりのタイミングで、ブリーゾスマートがあっちこっちで故障しはじめた。それでも最初のうちは、恨みつらみが沸騰したのと、窒息で少数の死者が出た程度ですんだ。

それが大惨事に発展したのは、三つのできごとが同時に起こった日のことだった。第一のできごとは、ブリーゾスマート社が公式声明を出したことだ。その内容は要するに、ブリーゾスマート・システムにフルに性能を発揮させたければ、温帯性気候で使用しろということだった。

第二のできごとは、とあるビルのブリーゾスマート・システムが完全に動かなくなったことだ。とくべつ蒸し暑い日だったため、何百人という会社員が通りに避難し、そこで第三のできごとに遭遇した。長距離電話の交換手が暴徒と化してあばれまわっていたのだ。交換手たちは、来る日も来る日も一日じゅう、受話器をとったばかか相手に「ブリ《B》ーゾ《S》スマート《&》・シ《S》ステムをご利用いただきありがとうございます」と言わされて鬱憤が溜まっていたため、ついにゴミ箱とメガホンとライフルを持って通りに飛び出してきたのだった。

続く大虐殺の数日間、防ロケット弾ガラスであろうとなかろうと関係なく、都市の窓という窓が割られ、それとともにたいていこんな叫びがあがった——「くそったれが、電話を使うんじゃねえ！　てめえがどんな番号にかけようが、どこの内線からかけてようが、こっちは知ったこっちゃないんだ！　ケツに花火でも突っ込みやがれ！　ヒヤッホー！　うぉっほほほーい！　ぎゃあおおおおう！　うききききぃぃー！」などなど、通常業務ではけっして使う機会のない、さまざまなけものの咆哮をあげたものだった。

この暴動の結果として、電話交換手には「ＢＳ＆Ｓなんかくそくらえ！」と言う権利が憲法によって認められ、電話応対中は一時間に一度はそう言ってよいことになった。またあらゆるオフィスビルは、たとえほんのちょっぴりでも開く窓をつけることが義務づけられた。

これにはもうひとつ、思いがけない効果があった。自殺の発生率が劇的に減少したのだ。ブリーゾスマートの暴虐に苦しむ暗い日々、ストレスの溜まった出世街道まっしぐらの幹部社員は、自殺したくなったら線路に飛び込むか、心臓を一突きするしかなかったものだ。ところがいまでは自分のオフィスの窓をあけ、外枠によじ登って自由に飛びおりられるようになった。だがそうなってみると、そこであたりを見まわし、ちょっと頭のなかを整理するうちに、いまの自分に必要だったのは深呼吸をすること、そしてものごとを別の角度から見なおすことだけだった――そしてたぶん、どこかに農場を買って羊を何頭か飼ってもいい――と、ふいに気がつくという例が多くなったのである。

さらにもうひとつ、まったく予想外の効果もあった。フォード・プリーフェクトが地上十三階で立ち往生したあげく、二重三重に防御を固めたビルの、それも防ロケット弾ガラスのはずの窓から、タオルとクレジットカードだけを使って屋内にもぐり込めてしまったということだ。

なかに入ると、コリンがあとから入ってくるのを待って、フォードは窓をまたきちんと閉めた。それからさっきの鳥を探しにかかった。

ちなみにこの窓について気づいたことがある。最初は頑丈そのものにつくられていたのだが、あとで開閉可能な窓に改造したものだから、いまではかえって脆弱になっているようだ。初めから開閉できるようにつくられていればずっとましだっただろうに。世の中、なにがどう転ぶかわからないもんだな、と思いはじめたそのとき、急に気がついた。さんざん苦労してもぐり込んだというのに、ここはあまり面白みのある部屋とは言えなかった。

驚いて足を止めた。

あの羽ばたいていた奇妙な影はどこにいったのだろう。こんな仰々しいことをして隠すかいのあるものがどこにあるのか。この部屋はおおげさな秘密のベールに覆われているように見えるし、同じく大げさに手間ひまかけて、彼をおびき寄せたように思えるのも不思議だった。

このビルはどこもそうだが、この部屋も吐き気がしそうに趣味のよい灰色に改装されていた。壁にはグラフや図が貼ってある。どれもこれもフォードにはちんぷんかんぷんだったが、そのとき一枚の絵に目が留まった。ポスターかなにかの原案らしい。鳥に似たロゴマークのようなものが描かれていて、キャッチフレーズはこうあった――「『銀河ヒッチハイク・ガイド』第二号。いまだかつてない驚異がお近くの次元に近日発売!」ほかにはなんの手がかりもない。

フォードはまた室内を見まわした。やがてコリンの様子が気になってきた。さっきまではばかみたいに上機嫌だったのに、部屋のすみに縮こまってわけのわからないことを言っている。奇妙なことに、まるでなにかをこわがっているようだった。

変だなとフォードは思い、室内を見まわして原因を探した。とそのとき、あるものに目が留まった。さっきまで気づかなかったが、作業台のうえにひっそりと載っているものがある。

円くて、黒くて、大きさは小さめの皿ぐらい。表裏両面ともなめらかに盛りあがっているので、小型で軽量の円盤投げの円盤に似ている。

表面は完璧になめらかなようで、のっぺりしてなんの特徴もなかった。

じっと台のうえに載っているだけだった。

ふと見ると、表面になにか文字が書いてあった。おかしい。さっきまでなにも書いてなかったのに、いまは書いてある。途中の段階もなにもなく、最初の状態から次の状態に瞬時に切り替わったように見えた。

小さな、見る者を不安にさせる文字で、ただひとことこう書いてあった。

パニクれ

ついさっきまでは、その表面にはなんのしるしも割れ目もなかった。いまはある。しかもそれが大きくなってきている。

パニクれ、そう『ガイド』二号は言っている。フォードは言われたとおりにしはじめていた。あのナメクジみたいな連中になぜ見憶えがあったのか、その理由を思い出した。体色は企業人らしく灰色が基調だったが、それ以外はどこをとっても、ヴォゴン人にそっくりだった。

13

その船が音もなく降りてきたのは、広々とした林間の空き地のはし、村から百メートルほど離れた場所だった。

突然の思いがけないできごとだったが、その来訪じたいはごく静かなものだった。ついさっきまで、ごくごくふつうの初秋の夕方だった――木々の葉は赤や黄金に色づきはじめ、北の山脈に降る雨で川の増水も始まっていた。近づく霜の訪れを前に、ピッカ鳥も分厚い冬の羽毛に着替えている。今日明日にも、〝どこも変でないけもの〟が大地を揺らして大移動を始めるだろう。スラッシュバーグ老は足を引きずり引きずり村じゅう歩きまわって、ぶつぶつひとりごとを言いはじめた。夜が長くなって、村人が火のまわりに集まるほかにすることがなくなったら、昔話を語って聞かせなくてはならない。というわけで練習と推敲をしているのだが、人々は彼の話を聞きながら、いやそうじゃなかったと思うとぶつぶつ文句を言うのだった――と思ったら、もうそこに宇宙船が停まっていて、暖かい秋の陽《ひ》を浴びて輝いていたのだ。

しばらくブーンと音を立てていたが、やがてそれもやんだ。

大きな宇宙船ではなかった。村人が宇宙船にくわしければ、ひと目ですぐれものだとわかっただろう。小型で流線形のフルンディ型四人乗り乗用船で、パンフレット記載のオプションは残らず装備していたが、ただ最新型ベクトル様安定状態器《ベクトイド・スタビライシス》だけは搭載していない。あんなものに頼るのは腰抜けだけだ。ベクトル様安定状態器がついていると、水平方向の時間三軸を中心に鋭くきれいにターンすることができない。たしかにちょっとばかり安全にはなるが、船の反応はすっかり鈍くなる。

村人たちは、もちろんそんなことはなにも知らなかった。この辺鄙な惑星ラミュエラでは、ほとんどの住民が宇宙船を見たことがない。壊れていない宇宙船はまちがいなく見たことがない。夕陽を浴びて暖かく輝く船は、身体の両端に頭がある魚をカープが獲ってきた日以来の椿事《ちんじ》だった。

だれもが声を失って黙り込んでいた。ちょっと前まで、二十人から三十人の村人があたりをぶらついたり、おしゃべりしたり、薪割りをしたり、水汲みをしたり、ピッカ鳥をからかったり、あるいはたんにスラッシュバーグ老に愛想よく道をゆずろうとしたりしていたのが、だしぬけにだれもが動きを止めてふり向き、その奇妙な物体を目を丸くして眺めていた。

だれもが、と言っては正確ではない。ピッカ鳥はまったく別種のことで目を丸くするものだ。ごくふつうの木の葉が思いがけず石のうえにのっていれば、たちまち動転してはじかれたように飛んで逃げる。朝日が昇るのを見るたびにびっくりする。しかし、宇宙からやって来た異星人の乗物には、ピッカ鳥は気がついたそぶりも見せなかった。地面に落ちた草の種をついばみながら、あいかわらずチッチッ、チュンチュン、ピーピー言いつづけている。川の水も、静かにゆったりと独り言をつぶやいている。そしてまた、左手つきあたりの小屋からは、調子っぱずれの大きな歌声がやむことなく聞こえていた。

ふいに、かちっ、ぶーんと小さな音がして、宇宙船の扉がひとりでに、外向きに倒れるように開いた。一、二分ほどは、なんの変化もないようだった。左手つきあたりの小屋から大きな歌声が聞こえるだけで、その物体はじっと停まっている。

少年たちが多かったが、一部の村人がよく見ようと前ににじり出てきはじめた。スラッシュバーグ老はそれを追い返そうとする。老にとっては、これはぜひとも起きてほしくない部類の事件だった。ただのひとことも予言していなかったし、年々伸びていく彼の物語にどうにかはめ込むことができたとしても、それにはかなり手を焼きそうだった。大またに進み出て、少年たちを押し戻し、節くれだった古い杖を両手に持って高くあげた。傾いた夕陽の暖かい光がいい角度に当たっている。どんな神々が現れても、ずっと前から待ち受けていたかのように歓迎のことばを述べなくてはならない。

あいかわらずなにも起きない。

どうやら、船のなかではなにかの言い争いが続いているようだった。時間はどんどん過ぎ、スラッシュバーグ老は腕が疲れて痛くなってきた。

ふいに、降りたタラップがまたひとりでにあがった。

これで収拾がつけやすくなった。やって来たのは悪霊だった、それを自分が追い払ったのだ。前もって予言していなかったのは、自分の手柄を誇るのがいやだったからだと言えばいい。

ほとんど間髪を入れず、スラッシュバーグが立っているのとは反対側の扉が開き、別のタラップが降りてきた。ついにふたりの人物が姿を現したが、あいかわらず言いあいを続けていて、村人の姿はまったく目に入らないようだ。スラッシュバーグさえ無視されていたが、なにしろふたりの立っているところからでは見えもしなかっただろう。

スラッシュバーグ老は、むかっ腹を立ててあごひげを噛んだ。

両手をあげたままここに立っているべきだろうか。ひざまずいてぬかずき、杖をかれらに向けて差し出すべきか。恐ろしい内的葛藤に打ちのめされたふりをして、仰向けにぶっ倒れたほうがいいだろうか。それとも、黙って森のなかへ入っていき、一年間はだれとも口をきかずに木の上で暮らそうか。

目的は果たしたとばかりに、彼はあっさり両手を下げた。疲れてそれ以上はあげていられなかったのだ。あがって閉じたタラップに向かって、たったいまでっちあげた秘密のしるしを小さく結び、後ろ向きに三歩半下がった。少なくともこれで、降りてきたのがどんな人間かよく見える。あとの対応はそれから考えよう。

背の高いほうはたいへんな美女で、柔らかくてしわになりやすそうな服を着ていた。スラッシュバーグ老は知らなかったが、その服地はリンプロンTMという新しい合成素材であり、しわくちゃで汗まみれなときほど見てくれがよくなるため、宇宙旅行にはもってこいだった。

背の低いほうは少女だった。居心地悪そうにぶすっとしている。着ているのはしわくちゃで汗まみれなときほど見てくれが最悪になる服で、しかもまずまちがいなく本人はそのことを知っていた。

すべての目がふたりに注がれていたが、ただしピッカ鳥たちの目だけは勝手に自分の好きなものに注いでいた。

女は立ち止まってあたりを見まわした。目的ありげな雰囲気だった。なにか目当てがあってそれを探しているのだが、それがどこにあるかわからないようだ。周囲に珍しそうに集まってきた村人たちの顔を眺めていたが、どうやら目当ての顔は見つからなかったらしい。

スラッシュバーグは、どういう役まわりを演じていいかさっぱりわからなかったので、詠唱してごまかすことにした。頭をのけぞらせて高い声をあげはじめたが、すぐに邪魔が入った。〝サンドイッチ作り〟の小屋、左手つきあたりの小屋から、また大きな歌声が漏れてきたのだ。ぱっとそちらに顔を向けたと思うと、女はその顔をゆっくりほころばせた。そしてスラッシュバーグ老には目もくれず、その小屋に向かって歩きだした。

　サンドイッチ作りという仕事には、腰をすえてじっくり取り組んだ少数の者にしかわからない美が存在する。単純な作業だが、喜びを感じる機会は多く、またその喜びは深い。たとえば適切なパンを選ぶという作業。〝サンドイッチ作り〟は、何か月もかけて〝パン焼き〟のグラープと日々相談と実験を重ね、しまいにふたりで完璧な固さのパンを完成させた。腰があって薄くきれいに切ることができ、それでいて軽くしっとりしている。しかも木の実に似た繊細な香りがあって、〝どこも変でないけもの〟のあぶり肉の滋味をみごとに引き立ててくれる。

　また、パンを切ったときの寸法も考えなくてはならない。縦と横の比率も重要だし、完成したサンドイッチに適切なかさと重さを与えられるように厚さも調整しなくてはならない。ここでもまた軽みは重要だが、薄く切りすぎるとへなへなで物足りない。ある程度の厚さがなければ、真に充実したサンドイッチ体験に欠かせない汁けと風味が損なわれる。

　道具選びが大切なのは言うまでもない。〝パン焼き〟とともにかまどの前で過ごしていないとき、〝サンドイッチ作り〟は〝道具作り〟のストリンダーのところへ出かけ、ナイフを手に取って重さとバランスを確かめ、鍛冶場へ持っていき、また持って戻り、それをくりかえして何日も過ごしていた。しなやかさ、強さ、切れ味、長さとバランスなどなどについて熱心に話しあい、さまざまな意見を出しあい、検証し、改良する。沈む夕陽と鍛冶場の火明かりを浴びて、〝サンドイッチ作り〟と〝道具作り〟の影が浮かびあがるのが幾晩も見られたものだった。ふたりは慎重にナイフで空《くう》を払っては、これとあれの重さとバランスを比較し、あるいはしなりを、あるいは柄の具合を確かめた。

全部でナイフは三丁必要だった。まずパンを薄切りにするのに一丁。明瞭であらがいがたい意志をパンに伝える、揺るぎない権威をそなえたナイフだ。次にバターを塗るナイフ。しなやかで小さいものだが、それでもしっかりした背骨は必要だ。初期の作品は少ししなやかすぎたが、いまの作品は柔軟性と芯の硬さのバランスが絶妙で、バターを最大限になめらかに品よく塗ることができる。

三丁のうち最も重要なのは、言うまでもなく肉切りナイフだ。パン切りナイフと同様、それが通過する媒体に対しておのれの意志を貫くことができなくてはならないが、それと同時にその媒体と協力することも必要だ。肉の繊維と相談して、最適な粘度と透明度を備えた肉片を生み出すのだ。大きな肉塊から切り離された肉片は、薄いひだをなしてしなやかに折り畳まれてくる。〝サンドイッチ作り〟は、なめらかに手首をきかせてその一枚一枚を広げ、絶妙の縦横比を誇る薄切りパンに合わせて、みごとに四回ナイフをふるって端を切り落とす。ここで、彼はいよいよ魔法をふるう。村の子供たちは、集まってきてその魔法を見るのが大好きだ。魂を吸い取られたように、夢中で見とれている。さらにたった四回ナイフをふるうだけで、〝サンドイッチ作り〟は切り落とした端をジグソーパズルのように組み合わせて、さっき切り揃えた肉片のうえにきれいに並べてみせる。サンドイッチを作るごとに、出る肉片の切れ端は大きさも形もさまざまなのに、〝サンドイッチ作り〟はいつもやすやすと、ためらうこともなく、その切れ端を組み合わせて完璧に揃えてしまう。そのうえに二枚めの肉の層を重ね、さらにその切れ端の層を重ねて、こうして最も重要な創造の段階は完了だ。

〝サンドイッチ作り〟は、そこでそれを助手に渡す。助手はそのうえにニュウリとフラディッシュの薄切りを重ね、少しスプラグベリー・ソースをかけ、最後にパンを重ねて、第四の、ほかの三丁よりずっと落ちるナイフで四つに切る。技術が要らないというわけではないが、比較的簡単な作業だから、熱心な弟子に任せているのだ。いつか〝サンドイッチ作り〟がこれを最後に道具を置く日が来たら、この弟子が仕事を引き継ぐことになるだろう。たいへん名誉な地位なので、弟子のドリンプルは仲間たちの羨望のまとだった。村には薪割りをして満足な者も、水汲みを喜んでやっている者もいるが、〝サンドイッチ作り〟として生きるのは天国だった。

というわけで、〝サンドイッチ作り〟は仕事をしながら歌を歌っているのだ。いま使っているのは今年の塩漬け肉の最後の残りだった。もう食べごろを少し過ぎてはいるが、豊かな風味という点では、〝どこも変でないけもの〟の肉にまさるものはないと〝サンドイッチ作り〟は思っている。たぶん来週には季節ごとの大移動が始まって、〝どこも変でないけもの〟の群れが姿を現すだろう。また村じゅうが嵐のような忙しさに巻き込まれる。〝けもの〟狩り——何千何万頭もの群れが大地を揺らして通り過ぎる、そのうちの六十頭か、ときには七十頭ほども仕留めるのだ。狩りが終われば、息つくまもなく解体と洗浄にかからなくてはならない。肉のほとんどは冬の数か月にそなえて塩漬けにされる。そして春になると群れはまた戻ってきて、貴重な肉を補充させてくれるのだ。

最上の肉はそのままあぶって、〝秋の渡り〟を祝う祭りのごちそうになる。祝祭は三日間続き、人々はたらふく飲み食いし、ダンスを楽しみ、そしてスラッシュバーグ老の語る今年の狩りの物語に耳を傾ける。村が総出で狩りをしているあいだに、スラッシュバーグ老だけは自分の小屋にこもってせっせと狩りの物語をでっちあげているのだ。

そして最上も最上、きわめつきに最上の肉は、祭りのあとまでとっておかれ、冷えてから〝サンドイッチ作り〟のもとに届けられる。そして〝サンドイッチ作り〟は、神々から教わったわざをふるって、極上の〝第三の季節のサンドイッチ〟を作る。村人は全員でこれを分けあって食べ、そしてその翌日からは、厳しい季節の訪れにそなえて冬支度にとりかかるのだ。

今日彼が作っているのはふつうのサンドイッチだった――これほど美味にして目にも美しいサンドイッチを、「ふつう」と呼べるとすればだが。今日は弟子が出かけているので、〝サンドイッチ作り〟は自分で野菜をあしらっていた。それが楽しかった。じつを言えば、たいていなにをやっていても楽しいのだ。

肉を薄切りにしながら歌を歌った。薄切り肉を薄切りパンにきれいに載せ、端を切り落とし、切り落とした肉片をジグソーパズルのように組み合わせる。野菜を少し、ソースを少し、そこへパンを重ねれば、またサンドイッチのできあがり。そこでまた「イエロー・サブマリン」をひとくさり。

「アーサー、久しぶりね」

〝サンドイッチ作り〟は、危うく親指を切り落とすところだった。

女が大胆にも〝サンドイッチ作り〟の小屋に入っていくのを見て、村人たちは肝をつぶした。〝サンドイッチ作り〟は、全能のボブの手で燃える炎の戦車に乗せられて、この村へ送り込まれてきた人だ。少なくともスラッシュバーグはそう言っているし、スラッシュバーグはこの手のことに関しては専門家だ。少なくともスラッシュバーグ自身はそう言っているし、スラッシュバーグは……以下略。これについては議論してもあまり意味がない。

自分のひとり子の〝サンドイッチ作り〟を寄越すのに、全能のボブはなぜ燃える炎の戦車などに乗せたのだろう、そう首をかしげる村人もいないことはなかった。静かに飛ぶ乗物に乗せてきてくれたら、森の半分が壊滅して幽霊が住みつくこともなかっただろうし、〝サンドイッチ作り〟だって大けがをすることもなかったのに。スラッシュバーグ老は、ボブの御心《みこころ》はユウゲンにしてはかりがたしと答えたが、ユウゲンとはどういう意味かと尋ねられると辞書を引けと言った。

それにはひとつ問題があった。というのも、一冊しかない辞書はスラッシュバーグ老が持っていて、それをだれにも貸そうとしないからだ。どうして貸してくれないのかと尋ねると、全能のボブの御心は、おまえたちが知るべきことではないからだと言う。それはなぜだとまた尋ねると、わたしがそう言っているからだと言う。ともかく、ある日スラッシュバーグ老が水浴に出かけているあいだに、村人のひとりが小屋に忍び込んで「ユウゲン」を辞書で引いてきた。「幽玄」とは、どうやら「知ることができない、説明できない、言葉にできない、知るべきでも語るべきでもない」という意味らしい。たしかに幽玄の意味だけはわかった。

まあともあれ、サンドイッチが食べられるようになったわけだし。

ある日スラッシュバーグ老が言うことには、サンドイッチを最初に取るのは彼すなわちスラッシュバーグでなくてはならないと全能のボブが命じたとか。村人たちが、それは正確にはいつの話かと尋ねると、スラッシュバーグは昨日、村人たちが見ていなかったときだと答えた。「信仰なき者は焼け死ぬがよい!」スラッシュバーグ老は言った。

村人は、スラッシュバーグ老が最初にサンドイッチを取るのを黙認することにした。それがいちばん面倒がなさそうだったからだ。

というところへ、どこからともなく女がやって来て、まっすぐ〝サンドイッチ作り〟の小屋に入っていったのだ。どうやら〝サンドイッチ作り〟の名声は広く鳴り響いているらしいが、いったいどこへ鳴り響いているというのだろう。というのも、スラッシュバーグ老に言わせると、ここ以外の場所などというものはないからだ。ともかく、どこから来たにしてもそれは幽玄な場所にちがいないが、女はいまはここにいて、〝サンドイッチ作り〟の小屋に入っていった。いったいだれだろう。それに、小屋の外でぐずぐずしているあの変な女の子はだれだろう。ぶすっとして石ころを蹴飛ばしていて、全身でここにいたくないと言っている。どう考えてもおかしい、わざわざ幽玄な場所からここまでやって来たのに、それも、以前〝サンドイッチ作り〟が乗ってやって来た燃える炎の戦車より、明らかにずっと改良された戦車に乗ってきたのに――ここにいるのもいやだというのなら、なぜやって来たのだろう。

村人はみなスラッシュバーグに目を向けた。しかし、彼はひざまずいてぶつぶつ言いながら、小揺るぎもしない視線をまっすぐ天に向けている。なにか思いつくまで、だれとも目を合わせないようにしているのだ。


「トリリアン！」〝サンドイッチ作り〟は、血のにじむ親指をなめながら言った。「なに……？　だれから……？　いつ……？　どこで……？」

「それはそのまま、わたしが訊こうと思ってたことよ」トリリアンは言って、アーサーの小屋のなかを見まわした。調理用具がきちんと並べてあった。なんの飾りけもない食器だんすと棚があり、すみにはこれまた飾りけのない寝台があった。部屋の奥にドアがあったが、その向こうになにがあるのかはわからない。というのもドアが閉まっていたからだ。「いいところね」彼女は言ったが、その声には問いかけるような響きがあった。状況がよく飲み込めないのだ。

「すごくいいところだよ」アーサーは言った。「すばらしくいいところだ。こんないいところに住むのは生まれて初めてじゃないかと思う。楽しく暮らしてるよ。みんなよくしてくれるし、ぼくはみんなのためにサンドイッチを作ってて、それで……えーと、その、そういうことなんだ。みんなよくしてくれて、ぼくはみんなのためにサンドイッチさ作ってる」

「なんだか、その……」

「牧歌的なんだよ」アーサーはきっぱりと言った。「ほんとにそうなんだ。たぶんきみはあんまり気に入らないと思うけど、ぼくにとっては、なんていうか、その、完璧なんだ。そうだ、その、どうぞ座って、楽にして。なにか、その、サンドイッチでもどう？」

トリリアンはサンドイッチを手にとって眺めた。慎重ににおいを嗅いだ。

「食べてみて」アーサーは言った。「おいしいから」

トリリアンは少しかじってみた。それからひと口嚙みとって、考え込むようにもぐもぐやった。

「おいしい」と言ってサンドイッチを見た。

「ぼくの専門だからね」アーサーは誇らしげな口調で言おうとしたが、ばか丸出しに聞こえやしないかと心配だった。このところ人からちょっと尊敬されるのがふつうになっていたため、心構えのギヤを急に入れ替えようとしておたおたしていた。

「この肉はなんの肉？」トリリアンは尋ねた。

「ああそれね、それはその、〝どこも変でないけもの〟の肉だよ」

「なんの肉ですって」

「〝どこも変でないけもの〟。ちょっと牛に似てるっていうか、雄牛に似た動物なんだ。

というより、バッファローに近いかな。大きくて、猪突猛進みたいな」

「それで、どこがおかしいの」

「おかしくなんかないよ。〝どこも変でない〟んだ」

「そう」

「ただ、ちょっと変なところから来るけどね」

トリリアンはまゆをひそめ、もぐもぐやるのをやめた。

「どこから来るの」口にサンドイッチをほおばったまま尋ねた。答えを聞くまで飲み込む気はなかった。

「いや、たんにどこから来るかってだけじゃなくて、どこへ行くかって問題でもあるんだ。大丈夫、食べてもなんにも害はないよ。ぼくはどっさり食べてる。うまいよ。汁けたっぷりで、すごく柔らかいし。少し甘みがあって、あとに深い風味が残る」

トリリアンはまだ飲み込んでいなかった。

「どこから来て、どこへ行くの？」

「ホンドー山脈のちょっと東の地点から来るんだ。ホンドー山脈ってのはこの向こうにある大きな山脈で、きっと来る途中に見えたと思うんだけど、そこから何千頭も群れを作って広いアンホンドー平原を渡ってきて、えーとその、そういうことなんだ。そこから来て、それでそこへ帰っていくんだよ」

トリリアンはまゆをひそめた。この話にはよくわからないところがある。

「どうも、ぼくの説明がまずかったみたいだね」アーサーは言った。「ホンドー山脈の東の地点から来るっていうのは、つまりその、そこに降って湧いたように出現するんだよ。それからアンホンドー平原を渡って、それで、そこで消えちゃうんだ。だいたい六日間のことだから、消えるまでのあいだに仕留められるだけ仕留めるわけ。春になると、またおんなじことが起きる。ただ、今度は逆方向だけどね」

しぶしぶながら、トリリアンはサンドイッチを飲み込んだ。飲み込むか吐き出すしかないし、実際のところすこぶる美味だった。

「なるほどね」どうやらなんの悪影響もなさそうだと自分を納得させてから、トリリアンは言った。「でも、どうして〝どこも変でないけもの〟って呼ばれてるの」

「それはその、でないとちょっと変だってみんなが思うからじゃないかな。たぶんスラッシュバーグ老がつけた名前だと思う。来るところから来て去るところへ去る、それはボブの御心で、それがすべてだって言うんだ」

「だれの……?」

「ぼくにもわからないんだ」

「でも、あなたは元気にやってるみたいね」

「元気だよ。きみも元気そうだね」

「元気よ。とっても」

「そりゃよかった」

「ええ」

「なによりだね」

「なによりだわ」

「訪ねてきてくれてうれしいよ」

「ありがと」

「それでその」アーサーは脳みそをしぼった。久しぶりに人に再会すると、言うことを思いつくのがこんなにむずかしいとはびっくり仰天だ。

「どうしてここがわかったのかって、不思議に思ってるんじゃない?」トリリアンが言った。

「そうなんだ!」アーサーは言った。「そのとおりだよ、不思議だと思ってたんだ。どうしてここがわかったの」

「あのね、知ってるかどうかわからないけど、わたしいま、大きな亜空間通信放送局《サブイーサ》で働いてて――」

「ああ、それは聞いたよ」アーサーは急に思い出した。「えらいよね。大したもんだ。すごく面白そうだし、りっぱだよ。きっと愉快だろうね」

「大変なのよ」

「ああ、あっちこっち飛びまわらなくちゃならないしね。そりゃそうだろうね」

「放送局にいると、それこそありとあらゆる情報が入ってくるの。墜落事故を起こした船の乗客リストで名前を見たわ」

アーサーは驚いた。

「あの事故、だれも気がついてないのかと思ってたよ」

「あら、そんなわけないじゃない。旅客宇宙船がまるごと消え失せたんだもの、そりゃだれかが気がつくわよ」

「だけど、事故がどこで起きたかわかってたの？　ぼくが生き残ったことも？」

「ええ」

「だけど、調査も捜索も救助も来なかった。まるでなんにもなかった」

「そうでしょうね。ややこしい保険関係の問題のせいよ。ああいう事故はもみ消されるの。起きなかったことにされちゃうのよ。いまの保険会社って、そりゃもう徹底的にケチになってるんだから。死刑が復活したって話は聞いた？　保険会社の重役は死刑になるの」

「ほんとに？」アーサーは言った。「いや、知らなかったよ。どういう罪で？」

トリリアンはまゆをひそめた。

「どういう罪って、それどういう意味？」

「ああ、なるほど」

トリリアンはアーサーを長いこと見つめていたが、ふと口調を改めて、

「アーサー、あなたもそろそろ責任を果たすべきだと思うわ」

そう言われてアーサーは考えた。人がなにを言いたいのかちゃんとわかるまでに、彼はちょっと時間がかかることが多い。だから、そのちょっとの時間がゆっくり過ぎるにまかせた。このごろは毎日楽しくのんびりやっているから、ものごとが頭に入ってくるまで待つぐらいはなんでもない。そこで頭に入ってくるのを待った。

だがいくら待っても、彼女がなにを言っているのかやっぱり理解できなかったので、しまいにそう言うしかなくなった。

トリリアンは冷やかな笑みを浮かべると、小屋の入口のほうにふり向いた。

「ランダム！」と声をあげた。「入ってきなさい。お父さんを紹介するから」

14

『ガイド』がひとりでに折り畳まれて、なめらかで黒っぽい円盤に戻ったとき、フォードはとんでもないことになったと悟った。というより、少なくとも悟ろうと努力した。しかし、あまりにとんでもなさすぎて、一度にすべてを飲み込むことはできなかった。頭はがんがんするし、足首はずきずきする。足首のことで泣きごとは言いたくなかったが、これはそのためばかりではない——多次元世界の込み入った理屈は、風呂に入っているときがいちばんよく頭に入ってくると前まえから思っていたのだ。考える時間が必要だ。時間と、カクテルと、豊かに泡立つバスオイルが。

ここを出なくては。『ガイド』をここから持ち出さなくては。ここに置いておいたら滅茶苦茶なことになる。

血走った目で部屋を見まわした。

考えろ、考えるんだ。なにか方法があるはずだ、単純で、当たり前の方法が。こっそり忍び込んできたこの不気味な予感が当たっていて、いま相手にしているのがこっそり忍び込んできた不気味なヴォゴン人だとしたら、単純で当たり前の方法ほどうまく行くはずだ。

はたと思いついた。

組織を出し抜こうとしてはいけない。ただ利用すればいいのだ。ヴォゴン人が恐ろしいのは、それがどんなに阿呆なことであろうと、いったんやると決めたら阿呆の一徹でなにがなんでもやり抜いてしまうことだ。理性に訴えようとしてもむだだ、あいつらは理性など持ってないんだから。しかし、度胸を決めてかかれば、なにがなんでも強引で偏狭であろうとする偏狭にして強引な、かれらの性格につけ込むこともできないわけではない。ヴォゴン人の場合、右手がなにをしているか左手が知っているとはかぎらないだけでなく、言ってみれば、右手自身もちゃんとわかっていないことがままあるのだ。

これを自分あてに郵送するなんて、そんなずうずうしいことができるだろうか。これを組織にゆだねて、フォードの手もとまでヴォゴン人に届けさせるなんて、そんなずうずうしいことができるだろうか——そのいっぽうでは、かれらはたぶんこのビルを粉々にしてでも、フォードがこれをどこに隠したか見つけようとするはずなのに。

答えはイエスだ。

大急ぎで箱詰めにした。包装した。宛て名を書いた。こんなことをしてほんとうに大丈夫かとちょっと迷ったが、ビル内の郵便物を集めるメールシュートにその小包を託した。

「コリン」と、空飛ぶ小さな球体にふり向いた。「ここでお別れだ。あとはひとりでやっていくんだぞ」

「喜んで」コリンは言った。

「がんばってくれよ」フォードは言った。「ていうのは頼みがあるんだ。あの小包がビルを出ていくから、ついていって面倒見てやってくれ。見つかったらたぶんおまえは焼却処分にされるだろうけど、ぼくはここを出てくから助けてやれない。焼却されるのは悲惨だし、ぼくもすごく残念だ。わかったな?」

「身震いするほどうれしいです」とコリン。

「よし、頼んだぞ!」フォードは言った。

コリンは言われたとおり、小包を追ってメールシュートに飛び込んだ。フォードはわが身の心配さえしていればよくなったが、それだけでもずっしり手ごたえのある心配だった。ドアの外を走る重い足音が聞こえてきた。こんなこともあろうかと、ドアには前もって鍵をかけておいたし、大きなファイリング・キャビネットを前に持ってきて塞いである。

心配なのは、すべてがあまりにうまく行きすぎることだった。すべてが恐ろしくぴったり嵌まっていく。無謀にも出たとこ勝負で突っ走ってきたのに、なにをやっても気味が悪いほどうまく行く。靴をなくしたこと以外は。あの靴は惜しかった。この落とし前はちゃんとつけてやるからな。

耳を聾する轟音とともに、ドアが内側に向けて爆発した。煙と埃の渦のなか、大きなナメクジそっくりの連中が突っ込んでくる。

なにもかもうまく行きすぎるって？　なにもかも思いどおりに進んで、まるで夢のような幸運が味方についてるみたいだって？　よし、試してみようじゃないか。

科学的探究の精神で、フォードはふたたび窓から身を躍らせた。

15

お互いのことを知るのに一か月かかった。その最初の一か月はちょっと大変だった。その一か月でお互いについて知ったことと折り合いをつけるのに、また一か月かかった。この二か月めはだいぶ楽だった。

そのあと箱が届いた。おかげで三か月めはかなり骨が折れた。

最初のうちは、一か月とはなにかと説明するだけで苦労した。ここラミュエラでは、アーサーにとってその問題はうれしいぐらい単純だった。一日は二十五時間とちょっと。つまり基本的に、毎日一時間長く寝ていられるということだ。もちろん毎日時計を合わせなおさなくてはならないが、アーサーはむしろそれが楽しかった。

また、ラミュエラの太陽と月の数――どちらもひとつずつ――も居心地がよかった。以前はときどき、とんでもない数の太陽や月を持つ惑星に流れ着くはめになったものだが。

そのただひとつの太陽のまわりを、この惑星は三百日かけて公転していた。この日数もありがたかった。一年を短めに切りあげられるからだ。月はラミュエラのまわりを年に九回ちょっと公転していて、これはつまり一か月が三十日ちょっとということで、これまたまったく申し分なかった。多少の余裕をもってその月の用事をすますことができるわけだから。地球に似ていて落ち着くというだけでなく、むしろ地球よりいいぐらいだった。

いっぽうランダムのほうは、くりかえす悪夢につかまって逃げられないように感じていた。発作的に泣きだし、月が自分をつかまえに出てくると言う。毎晩月は出てくるし、それがやっと沈んだと思ったら、今度は太陽が出てきてあとをついてくる。来る日も来る日も。

トリリアンはアーサーに釘を刺していった。ランダムは規則的な暮らしというものに慣れていない。順応するのに多少苦労するかもしれないというのだ。しかし、まさかほんとうに月に向かって吠えるとは思いもよらなかった。

言うまでもないが、そもそもの最初から思いもよらないことばかりだった。

ぼくの娘？

ぼくの娘だって？　トリリアンとは一度もそういうことは——いや、ひょっとして……？　ばかな、いくらなんでもやってたら忘れるはずがない。それにゼイフォードはどうしたんだ？

「種《しゅ》がちがうのよ、アーサー」トリリアンは言った。「子供を作ろうって決めたとき、遺伝子検査を残らず受けたんだけど、適合する遺伝子はどこへ行っても一種類しか見つからなかった。あとになって、ああそうかって思い当たったの。念のため確認してみたら、思ったとおりだった。ふつうは教えたがらないんだけど、どうしてもって言って教えてもらったのよ」

「それじゃ、ＤＮＡ銀行に行ったってこと？」アーサーは目の玉が飛び出しそうだった。

「ええ。でも、この子は名前ほどランダムにできた子じゃなかったわけね。だって、ホモ・サピエンスの提供者はあなたしかいないのはわかりきってるもの。それにしてもあなた、かなりの航宙会社の上顧客《フリークエントフライヤー》だったみたいね」

アーサーは目を丸くして、ふくれっつらの少女を見つめた。戸口にだらしなくもたれかかってこちらを見ている。

「だけど、いつ……何年……？」

「この子の年齢《とし》が訊きたいの？」

「うん」

「訊かないで」

「どうして」

「わたしにもわからないの」

「へっ？」

「わたしの時間線で言うと、生まれてから十年くらいになると思うんだけど、どう見てもこの子がたった十歳のはずないでしょう。わたし過去や未来を行ったり来たりしてるのよ、そういう仕事だから。できるだけ連れて歩くようにはしてたのよ。でも、そうはいかないときもあるじゃない。そういうときはデイケア時間帯に預けてたんだけど、いまでは時間管理がぜんぜんあてにならないの。朝に預けていくでしょ、夕方迎えに行ったときはいくつになってるかわからないんだから。声がかれるほど苦情を訴えたって、それでもとに戻せるわけじゃないし。一度そういうところに預けたら、数時間経って迎えに行ったときはもう思春期を過ぎてたの。わたしはできるだけのことをしてきたわ。アーサー、今度はあなたの番よ。わたし、戦争の取材に行かなくちゃならないの」

トリリアンが立ち去ったあとの十秒間は、アーサー・デントの人生でいちばん長い十秒間だった。だれもが知っているとおり、時間は相対的なものだ。星々のあいだを何光年も旅して戻ってきたとしよう。光速で旅していたとしたら、戻ったとき自分はほんの数秒しか歳をとっていないのに、双子の兄弟や姉妹は二十年、三十年、四十年と歳をとっているかもしれない。それはどれだけの距離を旅してきたかによって決まる。

そうなると個人的に大変なショックを受けるだろう。自分に双子の兄弟や姉妹がいたと知らなかったらなおさらだ。留守にしていた数秒間ぐらいで、そのショックに対して心構えなどできるわけがない。戻ってみたら、知らないうちに奇妙に家族が拡大しているのだから。

十秒間の沈黙は、アーサーにとってじゅうぶんな時間ではなかった。今朝起きたときには、自分に娘がいるなどとはまるっきり思ったことすらなかった。それなのに、自分自身と自分の人生に対する見かたを一から組み立てなおして、そこに自分の娘の存在をはめ込まなくてはならなくなったのだ。どんなに遠く、どんなに速く遠ざかろうとも、家族どうしの強い心のきずながたった十秒で生まれるはずがない。わが家の戸口に立ち、わが家の床を見つめている少女の姿に、アーサーは困りはててぼうぜんとするしかなかった。

途方にくれていないふりをしてもしかたがないと思った。歩いていって、両腕に抱き寄せた。

「愛してるって言えたらいいんだけど」彼は言った。「ごめんよ。なにしろいま会ったばっかりだもんな。でも、何分かすれば会ったばっかりじゃなくなるから」

現代のわたしたちは奇妙な時間に生きています。

また、生きている場所も奇妙な場所です。つまり、だれもがそれぞれ独自の宇宙に生きているのです。わたしたちが自分の宇宙に住まわせている人々は、自分の宇宙と交差するほかの宇宙全体の影なのです。目まいのしそうな無限の反復という複雑な世界、それをのぞき込んでいながら、「やあ、エドじゃないか！　よく日に焼けてるな。キャロルは元気？」などと言えるようになるためには、非常に高度なふるい分け《フィルタリング》の技術が必要です。あらゆる知的生命体はいつかかならずその技術を体得できるようになり、自分たちがそのなかを渦巻きのたくっている混沌を、じっと見つめたりしなくなります。というわけで、子供たちには気長に接してあげましょう。

『フラクタル的に狂った宇宙でわが子をどう育てるか』より

「これなに？」

アーサーはもう音《ね》をあげそうになっていた。これは言い換えれば、音をあげるつもりはないということだ。音をあげる気などまったくなかった。いまはまだ。いや、これからもずっと。しかし、彼が音をあげるタイプの人間だったら、そろそろ音をあげているころだっただろう。

不機嫌で、怒りっぽくて、古生代に行って遊びたがり、四六時中重力をがまんしなくてはならない理由を理解せず、ついてくるなと太陽に向かって怒鳴るだけではあきたらず、ランダムは彼の肉切りナイフで石ころをほじくり、変な目で見ていたと言ってピッカ鳥にその石を投げつけてくれたのだ。

アーサーは、ラミュエラに古生代があったかどうかさえ知らなかった。スラッシュバーグ老によると、あるヴルーンデイの午後四時半、巨大ハサミムシのへそで、この惑星はいまの形のまま見つかったのだそうだ。銀河系を広く旅してきた者として、またOレベルの試験［GCE（教育修了一般試験）の第一段階。ふつう十五、六歳でいくつか科目を選んで受験することになっていた。いまはこれに代わってGCSE（中等教育修了一般試験）がおこなわれる］では物理と地理で好成績をとった者として、アーサーはこの話にはかなり重大な疑いを抱いていたのだが、スラッシュバーグ老と議論をしても時間のむだだし、以前は議論する理由もあまりなかった。

刃こぼれして曲がったナイフを悼みながら、アーサーはため息をついた。きっとランダムを愛せるようになってみせる。たとえ死んでもだ。死んでもというか死にそうというかもう死にたいというか。父親業は楽ではない。いままで一度も楽だと言われたことはないが、ここではそれは問題ではない。なぜなら、そもそも父親業について人に尋ねてみたことが一度もなかったのだから。

彼はせいいっぱい努力していた。サンドイッチ作りのひまを見ては、ランダムといっしょに過ごし、話をし、いっしょに散歩に行き、丘のうえにふたりで腰をおろして、村のある谷の向こうに太陽が沈んでいくのを眺め、これまでどんなふうに生きてきたのか話を聞こうとし、自分がこれまでどんなふうに生きてきたのか語って聞かせようとした。たやすいことではなかった。ほとんど同じ遺伝子を持っているのを別にすれば、ふたりの共有する土俵の大きさは小石サイズだった。というより、ほぼトリリアン・サイズだった。そして、彼女に対するふたりの意見はちょっぴり食い違っていた。

「これなに？」

そのときやっと、アーサーはランダムに話しかけられているのに気がついた。それまで気がつかなかった——というより、その声に聞き憶えがなかったのだ。とげとげしくもなく、こちらに話しかけてくるときの、いつもの声とはちがっていた。とげとげしくもなく、嚙みつくようでもなく、ただふつうになにかを質問している。

アーサーは驚いてふり向いた。

ランダムは小屋のすみのスツールに腰をおろしていた。いつものように前かがみになって、膝をくっつけて両足を広げ、黒髪を顔に垂らして、両手になにかを持ってじっと見つめている。

アーサーはおっかなびっくり近づいていった。

ランダムの気分はいつもだしぬけに変化するが、これまでのところ、種類はちがえど険悪な気分なのはどれも同じだった。いきなり怒りだして人を非難しはじめたかと思うと、なんの前触れもなく激しい自己憐憫に陥り、と思ったらいつまでもむっつりとふさぎ込んでいる。たまに変化をつけるように、だしぬけに意味もなくモノに当たり散らしたり、電気クラブに連れていけと言いだしたりする。

ラミュエラには電気クラブがない。そもそもクラブが一軒もない。もっと言えば電気もない。鍛冶場とパン焼き小屋、手押し車が数台に井戸がひとつあるが、それがラミュエラ最高水準のテクノロジーだった。この惑星がこんなに遅れているのはぜんぜん理解できないと言って、ランダムはしょっちゅうすさまじい癇癪を起こしていた。

彼女の手首には小型のフレクソパネルが外科的に埋め込まれていたから、それでサブイーサ・テレビを受信することはできる。だが、テレビを見ても気分はちっとも晴れなかった。ここを別にすれば、銀河系じゅうどこでもあっと驚くことが起きているというニュースだらけだ。おまけに母親もしょっちゅう出てくる。ランダムを放り出して戦争を取材しに行ったのに、その戦争は起きないことになっているようだった。というより、諜報活動がまともにおこなわれていないせいで、少なくともすっかり予定が狂っているようだった。また、テレビでは壮大な冒険ドラマをいくつもやっていて、途方もなく金のかかった宇宙船が次から次に出てきては、たがいに衝突しあっていた。

こんなすばらしい魔法のまぼろしがランダムの手首のうえにひらめくのを見て、村人たちはすっかり心を奪われていた。宇宙船が大破するのをかれらは一度しか見たことがないが、それは見るも無惨なすさまじい大事故だったし、恐ろしい破壊と火災と死を引き起こしたものだから、うかつにもあれが娯楽だったとは気がつかなかったのだ。

スラッシュバーグ老はそれを見て大いに驚き、たちまちランダムをボブの使いと見なすようになったが、さほど経たないうちに前言を撤回して、彼の信仰を（忍耐心ではないとしても）試すために送り込まれた娘だと言いだした。スラッシュバーグはまた危機感をつのらせてもいた。彼のつむぐ聖なる物語に、宇宙船の衝突を何度も盛り込まなくてはならなくなったからだ。そうしないと村人たちはすぐに関心をなくして、しじゅうランダムの手首をのぞきに行ってしまう。

ただ、いま彼女がじっと見ているのは手首ではなかった。手首のパネルは消してあった。アーサーは無言でそばにうずくまり、なにを見ているのかとのぞき込んだ。

アーサーの腕時計だった。近くの滝に水浴びに行くときに外しておいたのだが、ランダムはそれを見つけて不思議がっていたのだ。

「ただの腕時計だよ」彼は言った。「時間を教えてくれるんだ」

「それはわかってるけど」とランダム。「でもいっつもいじってるのに、やっぱり合ってないじゃない。これじゃなんにもわかんないよ」

手首のパネルの画面を起動すると、自動的に現地時間が表示された。このパネルは、惑星の重力と軌道角運動量を測定するという仕事をひとりでにこなし、さらに太陽の位置を確認してその見かけの運動を観測する。ランダムがここに着いてから最初の数分でそこまでやってしまい、続いて周囲の環境からすぐに手がかりを見つけて地元の時間単位を理解し、それに基づいて時刻表示を設定しなおした。こういう処理をたえずやってくれるので、空間はもちろん時間のなかをしょっちゅう行き来する人にとって、これはじつにありがたい装置だった。

ランダムはまゆをひそめて父の腕時計をにらんだ。この時計はそういうことはなにもしてくれない。

アーサーはこの時計がとても気に入っていた。自分ではとうてい手が出ない高級品だ。二十二歳の誕生日に、裕福な名付け親が罪滅ぼしにプレゼントしてくれたものだった。罪滅ぼしというのは、なにしろ名付け親はこの年までいっぺんも彼の誕生日を憶えていたことがなく、それどころか名前すら憶えていなかったからだ。時計には曜日と日付と月相も表示できるようになっていて、「アルバートへ　二十一歳の誕生日に」という言葉と、まちがった日付が裏面に彫り込んであった。その裏面はへこみや引っかき傷だらけになっているが、文字はまだうっすら残っていて、いまでもなんとか読むことができる。

ここ数年間、この時計はさまざまなことをくぐり抜けて来たが、そのほとんどは保証の範囲をたぶん大きくはずれているだろう。もちろん、この時計が正確に動くのは地球の重力場と磁場のなかだけに限られるとか、一日が二十四時間で、その惑星が爆発しないかぎりにおいて保証するとか、そんなことが保証書にわざわざ書いてあるとは思えない。あんまり当たり前すぎて、いくら弁護士でも書こうとは思いつかないだろう。

幸いこの時計は巻き上げ式だった。というか、少なくとも自動巻きだった。電池式でなくてよかった。いくら地球上では標準だったといっても、寸法と電圧がぴったり合う電池は、銀河系じゅうどこを探しても見つからないだろうから。

「それで、この数字はなんなの」ランダムが尋ねた。

アーサーは娘の手から時計を受け取って、「この、縁のぐるりに書いてある数字は時刻を表してるんだ。右側の小さい窓にＴＨＵと出てる、これは木曜日って意味だよ。この14って数字は今日が十四日だってことで、こっちの窓に出てるＭＡＹっていうのは五月って意味だ。

それから、てっぺんにある三日月形の窓は月相を表してるんだ。つまり、夜空の月にどれぐらい太陽の光が当たってるかっていうことさ。これは相対的な位置関係で決まるんだ——太陽と月と、それから地球のね」

「地球」ランダムは言った。

「うん」

「そこで生まれたんでしょ。あたしのママもそうよね」

「うん」

ランダムはアーサーの手から時計を取り返し、またじっと眺めた。どうやら面食らっているようだ。やがて時計を耳に当てて、不思議そうな顔をした。

「この音なに？」

「時を刻んでるんだよ。時計を動かしてる機械の音だ。ぜんまい仕掛けって言って、いろんな歯車とばねが組み合わさって、時計の針が正確に一定の速度でまわって、時間と分を指したり、日付やなんかを表示できるようにしてるんだ」

ランダムはあいかわらず時計を眺めている。

「腑に落ちないことがあるみたいだね」アーサーは言った。「言ってごらんよ、なんだい」

「うん」ランダムはややあって答えた。「なんでぜんぶ機械式なの？」

散歩に行こうとアーサーは言ってみた。話しあうべきことがあるような気がした。このときはランダムも、素直にとか進んでとかはちょっと言えないが、少なくとも唸ったりはしなかった。

ランダムの視点から見ても、この状況はなにもかもおかしなことだらけだった。自分では、扱いづらい娘でいたいと思っているわけではない。ただ、なにをどうふるまっていいか、ほかの方法を知らないだけだ。

この人はどういう人だろう。ここでどんなふうに生きていけというのだろう。これから暮らしていくこの惑星は、いったいどういうところなのだろう。目と耳をたえず通りすぎていく、この宇宙はいったいなんだろう。なんのためにあって、なにを望んでいるのだろう。

ランダムは、どこかからどこかへ行く途中の宇宙船のなかで生まれた。そしてそのどこかへ着いたとき、そのどこかはそこからまた別のどこかへ行くべきどこかになっただけだった。それが延々と続いた。

自分の居場所がどこかよそにある、そう彼女が思うようになるのは自然なことだった。ここは自分の居場所ではないと感じるのは自然なことだった。

しかも、しょっちゅう時間旅行をくりかえしているせいで、問題はいよいよややこしくなった。いつしか、ここは自分のいるべき場所ではないといつも感じるだけでなく、そのいるべきでない場所にいるべきでない時間にいる、たいていそう感じるようになっていた。

自分がそんなふうに感じているとは気づいていなかった。それ以外の感じかたを知らなかったから。どこへ行ってもたいてい加重スーツか反重力スーツを着なくてはならないし、たいてい特殊な呼吸機をつけなくてはならないが、それをおかしいと思ったことがないのと同じだった。自分の居場所だと思えるのは、自分の好きなように自分でデザインした世界だけ——電気クラブの仮想現実の世界だけだった。現実の宇宙に自分を合わせられるなどとは夢にも思ったことがなかった。

そしてその現実の宇宙には、母親に置き去りにされたこのラミュエラという場所も含まれていた。そしてまた、ワンランク上の座席に移る見返りに、生命という得がたい魔法の贈り物をしてくれたこの人物も含まれていた。彼がわりあいやさしくて穏やかな人だったのは幸いだった。そうでなかったら厄介なことになっていただろう。まちがいなく。彼女のポケットにはわざと尖らせた石が入っていて、それでかなりの厄介ごとを引き起こせるはずだった。

ところで、他人の視点からものごとを見るのはときに非常に危険なことなので、ちゃんとした訓練も受けずにそういうことをするのはやめたほうがよい。

ふたりが腰をおろしているのは、アーサーがとくに好んでやって来る場所だった。谷を見おろす丘の中腹だ。太陽が村の向こうに沈んでいこうとしている。ただひとつちょっと気に入らないのは、隣の谷が少し目に入ることだった。そこには深く黒く乱れた溝が森に刻まれて、彼の宇宙船が墜落した場所を示している。しかし、いつも足がここに向かうのは、ひょっとしたらそのせいかもしれない。ラミュエラのなだらかな緑の野山を見渡せる場所はいくらでもあるのに、アーサーが引き寄せられる場所はここだった。恐怖と苦痛の暗いしみが、視野のすみに思わせぶりにうずくまっているこの場所。

宇宙船の残骸から引っぱり出されてから、アーサーは一度もそこに戻ったことはなかった。

戻る気はなかった。

とても戻れなかった。

じつを言えば、事故の翌日に途中まで戻ってみたことがある。事故のショックで、まだ頭がぼうっとして目まいのしているときだった。脚は骨折していたし、あばら骨も何本か折れていたし、火傷もひどかったし、ちゃんとものが考えられる状態でもなかったが、どうしても連れていけと言い張ったのだ。不安がりながらも、村人は聞き入れてくれた。しかし、事故の現場にほんとうに行き着くことはできなかった。大地が沸騰して溶けていたからだ。足を引きずりながら立ち去って、二度とその恐ろしい場所に近づくことはなかった。

まもなく、あそこには幽霊が取り憑いていると噂が広まり、あえて足を踏み入れようとする者はいなくなった。美しく緑豊かで快適な谷間がほかにいくらでもあるのに、わざわざ恐ろしい谷間に分け入ってなんになるだろう。過去は過去のままそっとしておくがいい。現在に現在を重ねて未来へ向かおう。

ランダムは時計を大事そうに両手で持ち、ゆっくりとまわして眺めていた。沈む太陽の斜めの光が当たって、厚いガラスの引っかき傷や擦り傷を暖かくきらめかせる。ほっそりした秒針がカチコチとまわるのを、ランダムは夢中で見つめている。秒針が一周するたびに、二本の太い針の長いほうが、文字盤のぐるりについた六十個の小さな刻みをひとつ先に進む。そしてその長針が完全に一周すると、短い針が大きな刻みをひとつ先に進む。

「もう一時間以上も見てるね」アーサーが静かな声で言った。

「うん」とランダム。「この大きな針がぐるっとまわったら、一時間だよね。そうだよね」

「そうだよ」

「それじゃ、これを見はじめてから、一時間と、十七……十七分経ったんだね」

なにがうれしいのか、ランダムは心からうれしそうににっこりした。わずかに身じろぎして、ほんのちょっとアーサーの腕に身を寄せた。この何週間かアーサーの胸に閉じ込められていたため息が、小さく抜けていった。娘の肩に腕をまわしたかったが、まだ早すぎるという気がした。怒って身体を引いてしまうかもしれない。しかし、なにか変化があらわれていた。娘のなかでなにかがほぐれようとしている。この腕時計は、彼女にとってなにか意味を持っているらしい。これまで出会ってきたなにものも持たなかったような意味を。それがなんなのか、自分にはまだちゃんとわかっていないという気はしたが、それでもアーサーは芯からうれしく、肩の荷が下りる思いがした。なにかが娘の心を動かしてくれたのだから。

「もういっかい説明して」ランダムが言った。

「あんまり説明することはないんだけどね」アーサーは言った。「ぜんまい仕掛けは大昔に発明されて、何百年もかけて……」

「地球年でだね」

「うん。地球年で何百年もかけて発達して、どんどん精密に、どんどん複雑になっていったんだ。高度な技術の必要な、細かい仕掛けだった。すごく小さくしなくちゃならなかったし、振りまわしたり落っことしたりしても、正確に動きつづけなくちゃならないから」

「でも、ひとつの惑星のうえだけででしょ」

「そりゃ、だってそこで作られたんだからね。太陽も月も磁場もなにもかもちがう、よその場所に持っていかれることがあるとは思ってなかったんだよ。つまり、その時計はいまでもちゃんと正確に動いているんだ。ただ、あまり意味がなくなってるけどね、こんなにスイスから遠く離れてしまったから」

「どこから遠く?」

「スイスだよ。こういうのが作られた場所。小さな山国で、うんざりするほどきちんとした国なんだ。この時計を作った人たちは、ほかの惑星があるってことさえあんまりわかってなかったんだ」

「ふうん、そんな当たり前のこともわからなかったんだ」

「まあ、そうだね」

「それで、その人たちはどこから来たの」

「その人たちっていうか、つまりぼくらだけど……ぼくらはただ、なんていうか、そこで育ったんだよ。地球で進化したんだ。たぶんヘドロかなにかから」

「この時計とおんなじだね」

「うーん、時計はヘドロから生まれたわけじゃないと思うけどね」

「なんにもわかってないじゃん！」

ランダムはいきなり、はじかれたように立ちあがってわめきだした。

「なんにもわかってない！　あたしのことだって、なんのことだって、なんにもわかってない！　あんたみたいなばか大っきらい！」

ランダムは狂ったように丘を駆けおりた。時計を握りしめ、大っきらい、大っきらいと叫びながら。

アーサーは驚き、面食らって立ちあがった。ランダムのあとを追って、細い草やこんもりした草のあいだを走った。走るのは楽ではなかった。墜落で脚を骨折したとき、きれいにぽっきり折れなかったせいできれいに治らなかった。よろめき、顔をしかめながら走った。

ふいにランダムは立ち止まり、こちらをふり向いた。その顔は怒りに引きつっていた。時計を振りかざしてみせ、「わかってないじゃん、これにはちゃんと居場所があるんだよ。役に立つ場所があるんだよ。ぴったりはまる場所があるんだよ」

また背を向けて走りだした。向こうは元気で足が速い。アーサーにはとても追いつけなかった。

子供を育てるのがこんなにむずかしいと予想していなかった、というわけではない。予想していなかったのはそもそも自分に子供がいるということで、それもこんな異星で、それもこんなにだしぬけに、なんの前触れもなく子供ができるとはとくにまったく予想していなかった。

ランダムはまたふり返り、こちらに向かってわめいた。どういうわけか、そのたびにアーサーは立ち止まらずにいられなかった。

「あたしのこと、なんだと思ってんの?」彼女は怒りもあらわに怒鳴った。「いい席に座るための手段? ママがあたしをなんだと思ってたかわかる? 切符みたいなもんよ、この切符で自分の捨てた人生に戻れると思ってたんだよ」

「なにを言ってるのかわからないよ」アーサーは息を切らし、痛みをこらえながら言った。

「だれがなに言ってもぜんぜんわかんないんだ！」

「なにを言ってるんだ」

「うるさい！　うるさい、うるさい!!」

「それじゃわからないじゃないか！　おかあさんが捨てた人生って、どういう意味だ」

「地球を離れなきゃよかったって思ってるのよ！　あの脳みそのとろけた、ノーテンキなゼイフォードなんかについてこなきゃよかったって思ってるのよ！　そうしたら、別の人生が送れたのにって思ってるのよ！」

「だけど」アーサーは言った。「そしたら死んでたんだぞ！　地球が破壊されたとき、いっしょに死んでたはずだよ！」

「それだって別の人生じゃん」

「そりゃ……」

「あたしのこと、産まなきゃよかったって思ってるのよ！　あたしがきらいなんだ！」

「ばかなこと言うもんじゃない！　いったいだれが、その、えー……」

「ママがあたしを産んだのは、そうすれば居場所が見つかるって思ったからなんだよ。それがあたしの役目だったの。だけど、あたしはママより居場所が見つけらんなかった！　だからあたしを放り出して、くだんない仕事をやってるんだ」

「くだんないって、そんなはずないだろ。きみのおかあさんはえらいよ、すごく活躍してるじゃないか。いろんな時間や空間に行って、どこのサブイーサ・テレビでも……」

「くだんない！　くだんない、くだんない、くだんない！」

ランダムはまたこちらに背を向けて走りだした。アーサーは追いつけず、とうとうへたへたと腰をおろし、しばらく休んで脚の痛みが治まるのを待った。頭のなかがごちゃごちゃで、どう整理をつけていいかさっぱりわからなかった。

脚を引きずり引きずり、一時間後に村に戻った。もう暗くなってきていた。すれちがう村人たちは挨拶の声をかけてくれたが、なにか落ち着かない雰囲気があった。なにが起きているのかわからず、どうしていいかわからないというような。村に入る前に、ひげをしきりにしごきながら月を見るスラッシュバーグ老の姿を見かけたが、それもまたよい徴候ではなかった。

アーサーは自分の小屋に入っていった。

ランダムは、テーブルに覆いかぶさるようにして静かにすわっていた。

「ごめんなさい」彼女は言った。「ほんとにごめんなさい」

「いいんだよ」アーサーは出せるかぎりのやさしい声で言った。「その、ちょっとおしゃべりするのはいいことだよ。おたがいに知らないことやわからないことがたくさんあるし、いっしょに暮らしてたら、いつも楽しいことばっかりじゃないし……」

「ほんとにごめんなさい」ランダムはまた言って、すすり泣いた。

アーサーは近づいていって、肩に腕をまわした。ランダムは肩をゆすりもせず、身体を引きもしなかった。そのとき、彼女がなにをあやまっていたのかアーサーは気がついた。

ラミュエラのランタンが投げる光の輪のなかに、アーサーの腕時計があった。ランダムはバターナイフの背で裏蓋をこじあけて、小さな歯車やばねやレバーをいじりまわしていたのだ。そのあとにはごちゃごちゃの小さい山ができていた。

「どんなふうに動いてるか見たかったの」ランダムは言った。「どんなふうに組み合わさってるのか見たかったの。ごめんなさい！　どうやっても元通りにできないの。ごめんなさい、ごめんなさい、ごめんなさい。どうしていいかわかんない。直してもらうから！　きっと直してもらうから！」

翌日、スラッシュバーグがわざわざやって来て、ボブがどうしたこうしたと長々話していった。ランダムを落ち着かせようと、幽玄な神秘の巨大ハサミムシについてよくよく考えてはどうかと勧めたが、巨大ハサミムシなんかいないとランダムは言った。スラッシュバーグはしばらく不機嫌に黙り込んだのち、世界の外の暗闇に放り出されるぞとおどかした。しかし、自分はそこで生まれたんだからべつに平気だとランダムは言った。

次の日、小包が届いた。

いろいろ事件がありすぎて、このところいささか落ち着かない。

実際、小包が届いたとき――配達の雄蜂型ロボットが雄蜂型ロボットらしい音を立てて空から降りてきたとき、それとともにある気分が、つまりこれはどうもよけいな事件だという気分が、じわじわと村じゅうに広がっていった。

雄蜂型ロボットに罪はない。「アーサー・デントのサインか拇印か、首筋の皮膚細胞をちょっとこすりとってもらえたら、すぐに出ていくとロボットは言った。空中に浮かんで待ちながら、なぜみんな怒っているのかと不思議がっている。ところで、身体の両側に頭のある魚をカープがまたつかまえていた。しかしよく調べてみたら、じつは二尾の魚を半分に切って、それを不器用に接ぎあわせてあるだけだった。以前のように双頭の魚に注目してもらおうと思ったのが裏目に出たばかりか、最初のときも偽物だったのではないかと大いに疑われるはめになった。なにもかもいつもどおりだと思っているのは、ただピッカ鳥だけのようだった。

雄蜂型ロボットは、アーサーのサインをもらうと立ち去った。アーサーは小包を小屋に持って戻り、腰をおろして眺めていた。

「あけようよ！」ランダムは言った。周囲でおかしなことばかり起きているものだから、今朝はいつもよりずっと機嫌がいい。だが、アーサーはだめだと言った。

「なんでだめなの」

「ぼく宛の荷物じゃないからね」

「そんなわけないじゃん」

「いや、あるんだよ。これは……これはその、フォード・プリーフェクト宛の荷物なんだ。アーサー・デント気付になってるだけで」

「フォード・プリーフェクト？　それって、あの……」

「そうだ」アーサーはそっけなく言った。

「いろいろ話は聞いてるけど」

「だろうね」

「いいじゃん、あけてみようよ。だってあけないでどうするの？」

「さあ」アーサーは言ったが、実際どうしていいかわからなかった。

今日は朝一番に、だめになったナイフ二丁を鍛冶場に持っていった。ストリンダーはそれを見て、なんとかできるかやってみると言った。

ナイフで空を切ったり、重心やしなりの中心点を探したりと、ふたりはふだんどおりに仕事をしようとした。しかし、いつもの興奮はそこにはなかった。アーサーは胸がふさがるようだった。サンドイッチを作って過ごせる日々は、もうあまり残っていないのではないだろうか。

彼はうなだれた。

〝どこも変でないけもの〟がまた現れるときは間近に迫っていたが、狩りとごちそうを待ち受けるいつものお祭り気分が、あやふやにしぼんでいくのが感じられる。ここラミュエラでなにかが起こっている。そのなにかとは自分のことではないかと、アーサーはいやな予感がしていた。

「なにが入ってるんだと思う?」ランダムは小包を両手で持って引っくり返した。

「さあ」アーサーは言った。「でも、どうせろくなもんじゃない」

「そんなのわかんないよ」ランダムが反論した。

「フォード・プリーフェクトと関係があるものは、たいていろくなもんじゃないんだ」アーサーは言った。「これは嘘じゃない」

「怒ってるの? なんで?」

アーサーはため息をついた。

「ちょっと心配でびくついてるだけだよ、たぶん」

「そうなんだ」ランダムは言って、小包をおろした。これをあけたら、まちがいなくアーサーは腹を立てるだろう。あけるなら留守のときにやることだ。

16

どっちがなくなっているのに先に気づいたのか、アーサーはよくわからなかった。いっぽうがないのに気づいたとたんにもういっぽうのことを考え、すぐに思い知った。両方ともここにはない。そしてその結果として、もう話にならないくらいよくないこと、対処のむずかしいことが起きるにちがいない。ランダムの姿がなかった。そして小包も。

彼は小包をよく見える棚のうえに置いて、一日じゅうそのままにしていた。信頼を養おうというわけだった。

親として、子供への信頼を態度で示さなくてはならない。親子関係の基盤には、信頼感と安心感がなくてはならないのだ。それはわかっていたが、とんでもなくばかなことをしているような不吉な予感もした。それでもともかくやってみて、やっぱりばかなことをしていたとはっきりわかったわけだ。生きていれば歳もとるが知恵もつく。ともかく歳はとる。

それにパニクることもある。

アーサーは小屋から走り出た。もう夕方だった。すでに日の光はあせて、嵐が近づいていた。どこにもランダムの姿は見えない。気配すらなかった。訊いてまわったが、だれも見ていなかった。また訊いてまわったが、またださもいなかった。人々はそろそろ寝に帰ろうとしている。村のはずれで小さく風が吹き、不気味なほどなにげなくものを巻きあげたり、転がしたりしていた。

スラッシュバーグ老を見かけて訊いてみた。スラッシュバーグはじっとアーサーを見つめていたが、やがてひとつの方向を指さした。それはアーサーが恐れていた方向であり、したがってランダムはそっちに行ったにちがいないと本能的に悟っていた方向だった。

最悪の事態だ。

あそこならアーサーが追ってこない、そう思う場所にランダムは向かったわけだ。

空を見あげた。どんよりと陰気な空で、筋をなす雲は鉛色だ。こういう空からなら、黙示録の四騎士〔疫病、戦争、飢饉、死を象徴する四人の騎士のこと。ヨハネの黙示録六章二～八節による〕もきまり悪い思いをせずに駆け出してこられるだろう。

特大の胸騒ぎを感じながら、隣の谷の森に通じる道をたどった。とうとう大きな雨粒が地面を叩きはじめるころ、アーサーは脚を引きずって走るまねごとをしようとしていた。

ランダムは丘のてっぺんまで登って、隣の谷を見おろした。思っていたよりずっと長くて骨の折れる登りだった。暗くなってから遠出するのは少し不安だったが、昼間はずっと父が小屋の近くをうろうろして、彼女に対してか自分に対してか知らないが、小包を見張っているのではないというふりをしていたのだ。それでも、ついにストリンダーとナイフの話をしに鍛冶場に出かけなくてはならなくなり、ランダムはこのチャンスを逃さず、小包を持って姿をくらましたわけだ。

小屋のなかはもちろん、村のなかでもあけてはまずい。それははっきりしていた。父にいつ見とがめられるかわからない。となれば、父がぜったいに追ってこない場所に行くしかない。

ここまで来ればもう大丈夫かもしれない。父が追いかけてこないだろうと思ってこっちのほうへ来たが、追いかけてきたとしてもこの丘の上なら見つかるまい。木が茂っているし、もう暗くなっているし、おまけに雨も降ってきた。

登ってくるあいだずっと、抱えた腕の下で小包は揺れていた。かさがあって、しっかりした手応えがある。ふたつきの四角い箱で、四辺の長さはランダムの前腕と同じくらい、高さは手のひらの長さと同じくらい。茶色のプラスティック紙《プラスパー》に包んであって、画期的な新発明の自動結び紐がかかっていた。振っても音はしなかったが、箱のまんなかあたりに重みが集中しているのがわかってわくわくした。

けれども、せっかく来たのにここで止まってはつまらない。このまま進んで、ほとんど禁断の領域になっている場所、父の宇宙船が落ちた場所まで降りていきたい。「取り憑かれている」という言葉の意味はよくわからないが、確かめにいくのも面白そうだ。やはり先へ進んで、包みは着いてからのお楽しみにとっておこう。

とはいえ、ずいぶん暗くなってきた。遠くからでも見えるからと思って、小さい懐中電灯はまだ使っていない。そろそろつけなくてはならないが、ふたつの谷を分ける丘の反対側に向かうのだからたぶん見られる心配はないだろう。

懐中電灯をつけた。とほぼ同時に、目の前の谷間を引き裂いて熊手のような稲光が走り、ランダムは腰を抜かしそうになった。闇が震えながら周囲に戻ってきて、大地にゴロゴロと雷鳴が響くのが聞こえたとき、急に自分が小さくなったような気がした。手の中で揺れる光がやけにか細く見える。やっぱりここで包みをあけてしまおうか。いっそ帰って、また明日来ようか。しかし、そんな迷いは一瞬で消えた。今夜は帰れないのはわかっていた。もう二度と、帰るときは来ないような気がする。

丘の斜面をくだりつづけた。雨足が激しくなってきている。ちょっと前まで大きな雨粒がぽつぽつ落ちてくるだけだったのに、いまは完全な土砂降りになっていた。雨は木々のあいだでザーザーと音を立て、地面は濡れて滑りやすくなってきた。

森のなかから聞こえてくるのは、ただの雨の音だ。たぶんそうだと思う。影が飛びあがり、こちらを横目で見ている。懐中電灯の光が木々を透かして揺れる。進め、下へ下へ。

ずぶ濡れになって震えながら、さらに十分か十五分ほど先を急いだ。そうするうちに、前方になにか別の光が見えるような気がしてきた。非常にかすかな光で、目の錯覚ではないかという気もした。試しに懐中電灯を消してみた。やはり、ぼうっと光るものがあるようだ。いったいなんだろう。また電灯をつけ、さらに斜面をくだって、そのなんだかわからないものに近づいていった。

しかし、この森にはどこかおかしなところがあった。

どこがどうとすぐには言えないが、明るい春の訪れを待ち受ける活き活きした健康な森には見えなかった。木々は不自然な角度に傾いていて、生気を失って荒廃して見える。かたわらの木が襲いかかってきそうに見えて一度ならずぞっとしたが、それはただの光のいたずらだった。懐中電灯の光に、木々の影がちらついたり揺れたりするせいだ。

いきなり、目の前の木からなにかが落ちてきた。ぎょっとして飛びすさり、その拍子に懐中電灯も小包も落としてしまった。腰を落としてうずくまり、わざと尖らせた石をポケットから取り出した。

木から落ちてきたものは動いていた。地面に落ちた懐中電灯がそちらを照らしている。

その光のなかを、大きくて異様な影がそろそろと忍び寄ってくる。絶え間ない雨音に混じって、かさこそ、きいきいとかすかな音が聞こえた。地面を手さぐりして、懐中電灯を見つけ、その生きものにまっすぐ向けた。

それと同時に、ほんの一、二メートル先の木からまた別のが落ちてきた。懐中電灯をめちゃくちゃに振って、こっちに向けたりあっちに向けたりする。石を投げようと振りあげた。

よく見たらずいぶん小さい。大きな影がぬっと立ちあがったのは、光の角度のせいだったようだ。小さいだけでなく、小さくてふわふわしていて可愛かった。もう一匹、また木から落ちてきた。懐中電灯の光のなかを落ちてきたので、今度のはかなりよく見えた。

それは地面にじょうずに着地して、向きを変え、最初の二匹と同じように、そろそろと、目当てありげにランダムに近づいてくる。

ランダムは足に根が生えたようだった。あいかわらずすぐに投げられるように石を構えてはいたが、すぐに投げられるように石を構えている相手は、見れば見るほどやっぱりどう見てもリスだった。ともかくリスに似た生きものだ。ふわふわした、むくむくした、可愛らしい、リスに似た生きものがこっちに近づいてくる。その近づいてきかたが、どうもあまり気味がよくないような気がした。

懐中電灯を最初の一匹にまっすぐ向けた。攻撃的な、威圧的な、きいきいという声をあげていて、そしてその小さい前足になにか持っていた。ぼろぼろの、濡れたピンク色の布の切れ端だ。ランダムは脅すように手に持った石を持ちあげてみせたが、リスはひるむ様子もなく、布切れを持って近づいてくる。

ランダムはあとじさった。どうしたらいいかまるでわからない。相手が獰猛な獣で、唸ったり涎を垂らしたり牙をむき出したりしていれば、迷わず石を投げつけていただろう。しかし、こんな変てこなリスが相手では対処のしようがなかった。

またあとじさった。二匹めのリスが、側面から攻めようとばかりに右側にまわり込んできた。こっちはカップを持っている。どんぐりかなにかのカップだ。三匹めがそのすぐ後ろにいて、こっちもやはり前進してくる。なにを持っているのだろう。濡れた小さな紙片のようだとランダムは思った。

またあとじさり、木の根に足を引っかけて仰向けに引っくり返った。

すかさず最初のリスが飛び出してきて、ランダムの身体のうえに乗っかった。お腹のうえを進んでくるリスの目は固い決意に冷たく光り、前足には濡れた布切れを持っている。

ランダムは飛び起きようとしたが、身体がほんの二、三センチはねあがっただけだった。お腹のうえのリスがびくっとして、それを見てランダムもびくっとした。リスは凍りつき、濡れたシャツ越しに彼女の皮膚に小さな爪を立ててしがみついた。それからそろそろ、じりじりと顔に近づいてきて、ふと止まり、布切れを差し出してきた。あまりの奇妙さと、リスの小さいきらきらする目に、ランダムは催眠術にかけられたようだった。リスはまた布切れを差し出してきた。何度も何度も押しつけてきて、しつこくきいきい言いつづける。しまいに、ランダムは恐る恐るその布切れを受け取った。リスはあいかわらずこっちを一心に見つめている。その目が彼女の顔をなめるように見ていた。どうしていいかさっぱりわからない。顔には雨と泥が流れているし、お腹にはリスが乗っかっている。目についた泥を布切れでぬぐった。

リスは得意そうに甲高く鳴き、布切れをまた取り戻すと、彼女の身体から飛び降りた。包み込むような暗闇にちょろちょろと走っていき、するすると木に登って幹のうろに飛び込むと、やれやれと煙草に火をつけた。

いっぽうランダムは、雨水の入ったどんぐりを持ったリスと、紙切れを持ったリスを追い払おうとしていた。座ったままあとじさりながら、「来るなったら!」と叫んだ。

「あっち行け!」

二匹はびくっとして飛びすさったが、また贈り物を手に飛び出してくる。ランダムは手に持った石を振りまわした。「あっち行けってば!」金切り声でわめいた。

リスたちは仰天してちょろちょろ走りまわった。やがて一匹がまっすぐこっちへ走ってきて、ランダムの膝にどんぐりのカップを置くと、くるりと向きを変えて夜の闇に走り込んでいった。もう一匹はしばらく震えながらじっとしていたが、紙切れを彼女の前にきちんと置くと、こちらもまた姿を消した。

ランダムはまたひとりになったが、わけがわからず震えていた。ふらつきながら立ちあがり、尖らせた石と小包を拾い、ふと紙切れに目を留めてついでに拾いあげた。ぐしょ濡れなうえにぼろぼろでよくわからなかったが、どうも宇宙船の機内誌の切れ端のようだった。

これはどういうことかとランダムが首をひねっていると、森のなかから男がひとり歩み出てきた。男は恐ろしげな銃を構え、こちらに向かって発砲した。

ランダムから三、四キロほど遅れて、アーサーは救いがたくじたばたしていた。まだ丘の反対側を登っているところだ。

出発して数分後、引き返してランプを取ってきた。電気式ではない。ここにある電気式の照明はランダムが持ってきたものだけだ。これは薄暗いハリケーンランプ〔風で火が消えないように火屋（ほや）で覆ったランプ〕みたいなものだった。ストリンダーの鍛冶場で作った金属製の筒に小さい穴をいくつもあけ、そのなかに可燃性の魚油を入れた容器と、干し草を結んで作った灯心が入っている。周囲を覆う透明な膜は、〝どこも変でないけもの〟の腸の皮膜を乾かしたものだ。

それが消えた。

アーサーは何秒間か、まったく無意味にそのランプを揺り動かした。土砂降りの雨のなか、消えた火がまたぱっとついたりするはずがない。それはわかりきっていたが、形ばかりでもやってみずにはいられなかったのだ。しかたなく、彼はランプを捨てた。どうしたらいい？　絶望的だ。全身ずぶ濡れで、激しい雨風に服は重くばたついている。しかも暗闇のなかで道に迷ってしまった。

とそのとき、目もくらむ閃光になにも見えなくなった。が、一瞬後にはまた真っ暗でなにも見えなくなった。

稲光のおかげで、少なくとも丘のてっぺんがすぐそこだということはわかった。あそこまでなんとかたどり着ければ……と思ったが、そのあとの当てがあるわけではない。たどり着いてから考えるしかあるまい。

足を引きずりながら上り坂を進みはじめた。

数分後、どうやら丘のてっぺんまで来てぜいぜい言っていた。ずっと下のほうに、なにかぼんやり光るものが見える。あれはなんだろう。見当もつかなかったが、じつを言えばあまり考えたくなかった。しかし、それ以外には目標にできそうなものがなかったので、そちらに向かって歩きだした。つまずきつまずき、途方にくれておびえながら。

殺人光線はランダムの身体を突き抜け、二秒ほどあとには、それを発射した男も突き抜けていった。突き抜けていった以外には、男はランダムに目もくれなかった。彼女の背後に立っていただれかに向けて発砲したのだ。ふり向いてみると、男は死体のそばにかがんでポケットをあさっていた。

そこで映像は凍りついて消えた。と思ったら、今度は巨大な二列の歯が現れた。ばかでかい、完璧につややかな赤い唇に囲まれている。同じく巨大な青い歯ブラシがどこからともなく現れて、泡を立てながらその歯をゴシゴシ磨きはじめた。雨のカーテンをちらちら光らせつつ、その映像はぼんやり輝いて中空に浮かびつづけている。

ランダムは二度ばかりまばたきして、やっと腑に落ちた。

これはコマーシャルだ。さっき彼女を撃った男は、ホログラム式機内映画の登場人物だったのだ。ということは、宇宙船が墜落した場所はもうすぐそこにちがいない。ほかは壊れたのに、こういう部分だけやけに頑丈にできていたと見える。

そこから七、八百メートルほどはとくに進みづらかった。寒いし、雨は降るし、真っ暗だし、おまけに宇宙船に積まれていた娯楽システムの断片がのたうちまわっている。宇宙船やジェットカーやヘリポッドが、まわりでひっきりなしに墜落炎上して闇に輝いているし、変てこな帽子をかぶった悪漢が、彼女の身体を突き抜けて危険な薬物を密輸するし、左手のちょっと離れた小さな木立のなかでは、ハラポリス国立歌劇場の管弦楽団と合唱団が合同で演奏していた。曲はリッガーの『ウーントのブラムウェラマム』の第四幕から終曲「アンジャクァンタイン星軍行進曲」だ。

気がつくと、見るも無惨なクレーターの縁に立っていた。その縁は沸騰して泡立った状態で固まり、クレーターの中心はいまも熱を帯びてかすかな光を放っていた。そうでなかったらカラメル化したばかりでかいチューインガムかと思いそうなもの、それが巨大な宇宙船の溶けた残骸だった。

ずいぶん長いことランダムはそれを眺めていたが、しまいにクレーターの縁に沿って歩きはじめた。なにを探しているのか自分でももうわからなかったが、おぞましいクレーターを左手に見ながら歩きつづけた。

雨足はやや弱まってきたものの、あいかわらずやむ気配はない。箱のなかになにが入っているのかわからないし、ひょっとしたら壊れやすい、濡らしてはいけないものかもしれない。あけるなら少しは乾いた場所を探したほうがいい。さっき落としたときに壊れていないといいのだが。

周囲の木々を懐中電灯で照らしてみた。このあたりでは木々はまばらで、ほとんど焦げたり折れたりしている。やや遠くに、ごたごたした岩の露頭が見えたような気がした。あそこなら雨宿りができるかもしれないと、そちらに向かって歩きだした。あたり一面に破片が散乱している。最後に火の玉と化す前に、空中分解していった船から落ちたものだ。

クレーターの縁から二、三百メートル離れたころ、毛羽立ったピンク色の破片に出くわした。ぼろぼろなうえにびしょ濡れで泥まみれで、折れた木々に混じってぐしゃりとつぶれている。父の生命を救った、脱出用の繭の残骸にちがいない。近づいてよく見てみたら、近くの地面になにか落ちているのに気づいた。半分泥に埋もれている。

拾いあげて泥を落としてみた。一種の電子装置で、大きさは小さな本くらい。彼女の手が触れたのに反応して、カバーに書かれた大きな読みやすい文字がかすかに輝きだした。**パニクるな**。それでなんだかわかった。父の『銀河ヒッチハイク・ガイド』だ。

急に元気が出てきて、雷雲の垂れ込める空をあおいだ。雨が顔を洗い、口のなかにも流れ込む。

首をふり、岩場のほうへ急いだ。岩をよじ登って乗り越えたとたんに、おあつらえ向きの場所が見つかった。洞穴の入口だ。懐中電灯でなかを照らしてみた。乾いているし、危険もなさそうだ。足もとに気をつけながら、なかに入ってみた。かなり広かったが、それほど深くはない。疲れたのとほっとしたので、手近の岩に腰をおろした。箱を足もとにおろし、さっそくあけにかかった。

17

いわゆる宇宙の〝行方不明物質〟はどこに行ったのかという問題については、古くからさまざまな推測や議論がなされてきた。銀河系じゅうの主要な大学の科学部門では、次々に高度な機器を入手しては、まずは遠くの銀河系の中心部、やがては全宇宙の中心の中心、辺縁の辺縁にまで、観測・調査の手をのばしたものだ。そしてついに行方を突き止めた結果わかったのは、その高度な機器を包んでいた包装材こそがそれだったということであった。

その箱には、かなり大量の行方不明物質が入っていた。行方不明物質の小さくて柔らかくて丸くて白い粒々《ペレット》をランダムは捨てた。現代の物理学者の知見が失われ、忘れ去られたころ、のちの世代の物理学者たちはまた一から追跡して、このペレットを発見しなおすことになるのだろう。

行方不明物質のペレットのなかから出てきたのは、のっぺりした黒い円盤だった。ランダムは座った岩のうえにそれを置いてから、残りの行方不明物質をかき分けて、取扱説明書や付属部品が入っていないか探したが、ほかにはなにもなかった。黒い円盤だけだ。

懐中電灯の光を当ててみた。

とそのとき、見たところのっぺりしていた表面にひびが入りはじめた。ランダムは不安になってあとじさったが、そのうちわかってきた。それがなんであれ、たんに折り畳まれていたのが開こうとしているだけのようだ。

その様子は目をみはる美しさだった。驚くほど精巧でありながら、単純ですっきりしている。オリガミが開いていくようだ。それとも、バラのつぼみが数秒でほころんで満開になるようと言おうか。

ついさっきまで、なめらかに曲線を描く黒い円盤があったところに、いまは一羽の鳥がいた。中空に浮いている。

ランダムは、そろそろと、鳥から目を離さずにあとじさりつづけた。

少しピッカ鳥に似ていたが、ただ少し小さめだった。というか、じつは少し大きめだった。正確に言えば、まったく同じ大きさだった。いや、少なくとも二倍の大きさだった。同時にピッカ鳥よりずっと青くてずっとピンク色で、それと同時に真っ黒でもあった。

また、すぐにどこがどうとは言えないが、それには非常に奇妙なところがあった。とはいえ、まちがいなくピッカ鳥と共通しているところもあった。人間には見えないものを見ているという印象を受けることだ。

だしぬけに鳥が消えた。

と思ったら、同じようにだしぬけにすべてが闇に包まれた。ランダムはぎょっとして腰を落としてうずくまり、またポケットに手を入れて、特別に尖らせた石をまさぐった。やがて闇は後退していき、ひとりでに丸まって球になった。気がついたら、闇はまた鳥に戻っていた。ランダムの目の前に浮かび、ゆっくり翼をはばたかせながらこっちをじっと見つめている。

「失礼ですが」いきなり口をきいた。「ちょっと自己調整しなくちゃなりませんので。これが聞こえますか？」

「これってどれよ」ランダムが噛みつくように尋ねる。

「けっこう」鳥は言った。「では、これは聞こえますか」今度はさっきよりずっと甲高い声だった。

「あたりまえでしょ！」

「ではこれは聞こえますか」今度は地の底から響くような低い声で言った。

「しつこい！」

ちょっと間があった。

「これは聞こえないようですね」ややあって鳥は言った。「けっこう、あなたの可聴範囲は明らかに二十キロヘルツから十六キロヘルツですね。これくらいだと聞きやすいのでは？」と、耳に快い明るいテノールの声で言った。「不快な倍音が高音域できいきい聞こえませんか。大丈夫そうですね。けっこう、これをデータ・チャネルとして使えますね。では、いまわたしは何羽見えていますか」

周囲はいきなり、重なりあう鳥で埋め尽くされた。ランダムは仮想現実空間には慣れっこだが、いままでこれほど変てこなものにお目にかかったことはない。まるで空間の形状が完全に変化して、継ぎ目のない無数の鳥の形に組み直されたかのようだった。

ランダムは息を呑み、顔の前で両手をふりまわした。その手が鳥の形の空間を動きまわる。

「ふーむ、どうも多すぎるようですね」鳥が言った。「これではどうです？」

空間がするすると折り畳まれて、鳥のトンネルに変化した。向かい合わせの鏡のあいだに鳥がいて、無限のかなたまで映り込んでいるようだった。

「あんたなんなの」ランダムはわめいた。

「それはもう少しあとで話しあいましょう」鳥は言った。「いまわたしは何羽見えていますか？」

「そりゃ、その……」ランダムは途方にくれて、遠くのほうを指さした。

「なるほど、いまも無限に広がって見えているんですね。でも少なくとも、次元は正しく合っているわけだ。けっこう。ちがいます、答えはオレンジが一個にレモンが二個です」

「レモンが二個？」

「レモンが三個にオレンジが三個あるとき、オレンジを二個、レモンを一個なくしたら、残りはいくつになりますか」

「はあ？」

「わかりました、あなたは時間をそういう方向に流れると思っているんですね。面白い。いまもわたしは無限に見えますか」と尋ねる鳥は、あっちに膨らんだりこっちに膨らんだりしはじめた。「無限に見えます？　どれくらい黄色に見えますか」

一瞬ごとに、鳥は形と広がりをくるくる変えていく。見ていると頭が滅茶苦茶になりそうだった。

「ついてけないよ……」ランダムは困りはてて言った。

「答えなくてもいいんですよ、いまはあなたの様子を見ていればわかります。では、いまわたしはあなたのお母さんですか？　岩ですか？　巨大に見えますか。ぐちゃぐちゃに見えますか。曲がりくねって入れ子になって見えますか。見えませんね。ではいまはどうです。後退しているように見えますか」

今度は鳥は完全に静止していた。

「ううん」ランダムは言った。

「そうですか、ほんとは後退してたんですけどね。時間を後ろ向きに進んでいたんです。ふうむ。さて、これでこの問題はすべて片づいたようですね。とりあえずお教えしておくと、あなたの宇宙では、空間と呼ばれる三つの次元をあなたは自由に動いています。時間と呼ばれる第四次元については直線的に移動していて、確率の第一成分である第五次元では一点に固定されています。それ以上についてはちょっと複雑になりますし、第十三から二十二次元ではそれこそさまざまなことが起きてますから、これはお話ししてもしかたがないでしょうね。いまのところはこれだけ言っておきましょう。この宇宙はあなたが思っているよりずっと複雑なんです。たとえ、最初からこの宇宙がめたくそに複雑だと思っていたとしてもですよ。『めたくそ』のような品のない言葉が気にさわるなら、使わないようにするのは簡単ですけど」

「好きに使えば」

「わかりました」

「あんたいったいなんなの」ランダムは非難がましく尋ねた。

「わたしは『ガイド』です。あなたの宇宙ではわたしはあなたの『ガイド』です。実際は、専門用語に言う〝ありとあらゆる全般的ぐちゃぐちゃ〟にわたしは住んでいるんです。これはつまり……そうだな、その目で見てもらいましょうか」

鳥は空中で向きを変え、すうっと洞穴の外へ飛んでいき、ひさしのように張り出した岩の真下、雨の当たらない岩に止まった。雨はまた激しさを増している。

「こっちに来て」鳥は言った。「ちょっと見てください」

ランダムは鳥などに指図されたくはなかったが、ともかくそのあとについて洞穴の入口まで出ていった。あいかわらずポケットの石をいじりながら。

「雨です」鳥は言った。「ね？　ただの雨です」

「雨ぐらい知ってるよ」

雨は滝のように夜の闇を掃き、そのすきまから月光がしみ込んでくる。

「それで、雨とはなんですか」

「雨とはなにかって、それどういう意味よ。ねえ、あんただれなの。あの箱のなかでなにしてたのよ。こんな夜に森のなかを走ってきて、狂ったリスを追っ払って、あたしのあの苦労はなんだったのよ。雨とはなにかって鳥に訊かれるためだったわけ？　雨なんか、ただ空から降ってくる水よ。それだけよ。ほかにもなんか訊きたいことある？　もう帰っていい？」

長い間があった。しまいに鳥は口を開いた。「帰りたいんですか」

「帰るとこなんかないよ！」ランダムは自分で言ってどきっとした。こんな大声でわめくつもりはなかったのに。

「雨の奥を見て……」鳥の『ガイド』が言った。

「雨の奥なら見てるよ！　ほかになにを見るものがあるっていうのよ」

「なにが見えます」

「それどういう意味よ、あんたばかじゃないの。雨がどっさり見えるだけよ。ただ水が空から落ちてきてるだけ」

「その水のなかに、なんの形が見えます？」

「形？　形なんかあるわけないじゃん。ただ、ただ……」

「ただのぐちゃぐちゃですね」鳥の『ガイド』が言った。

「うん……」

「それで、いまはなにが見えます？」

視感度ぎりぎりのかすかな細い光が、鳥の目から出て円錐状に広がっていた。天然のひさしの下、雨のかからない場所ではなにも見えなかった。だが、落ちてくる雨粒に光線が当たるところには、べた一色の光の幕ができている。明るくくっきりしていて、まるで実体をそなえているようだった。

「わあすごい。レーザーショーだ」ランダムはむっつりと言った。「こんなの見るの初めてだよ、ロックコンサートで五百万回ぐらい見たのを別にすればね」

「いいから、なにが見えます？」

「ただののっぺりした幕だよ！　このばか！」

「あそこには、いままであったもののほかはなにも増えてないんですよ。わたしはただ光を当てることで、瞬間瞬間の雨粒にあなたの意識を向けさせただけです。さあ、今度はなにが見えますか」

　光が消えた。

「なんにも」

「わたしはさっきと同じことをしてるんです。ただ、今度は紫外線を使っているからあなたには見えないだけで」

「あたしに見えないものを見せて、いったいなんになんのよ」

「見えると言うのはあると言うのとはちがう。それをわかってもらうためです。また、見えないと言うのもないと言うのとはちがいます。たんに、五感が意識になにを伝えているかを言っているにすぎない」

「そういうの退屈なんだけど」ランダムは言い、そこで息を呑んだ。

　雨のなかに、巨大で鮮明そのものの三次元映像が浮かびあがった。父だ。なにかに驚いている。

　ランダムから遅れること三キロほど、彼女の父は森のなかを苦労しいしい進んでいたが、そこで急に立ち止まった。彼が驚いて見ていたのは、なにかに驚いている自分自身の映像だった。三キロほど先の雨の降りしきる空間に、あざやかに浮かびあがっている。ここから三キロほど先だが、いま向かっている方向より右寄りだった。

彼は完全に道に迷いかけていて、寒さと雨と疲れでもうすぐ死ぬのだと思い、どうせなら早く死んだほうがましだという気になってきていた。おまけに一匹のリスにゴルフ雑誌を一冊持ってこられて、彼の脳みそはわめいたりうわごとを言ったりしはじめていた。

自分自身の巨大な明るい映像が空に浮かびあがったのを見て、結局のところ、わめいたりうわごとを言ったりするのはどうやら正しかったようだが、向かっていた方向についてはどうやら正しくなかったらしいと思った。

大きく息を吸って、その不可解な光のショーを目指して歩きだした。

「ふうん、でもこれがなんの証明になんの？」ランダムは噛みついた。さっき息を呑んだのは映像が現れたからではなく、それが父の映像だったからだ。初めてホログラムを見たのは生まれて二か月のときだった。そのホログラムのなかで遊ばされたのだ。いちばん新しいところでは、三十分ほど前に「アンジャクァンティン星軍行進曲」を演奏しているのを見たばかりだ。

「わたしが言いたいのはただ、あれがもうそこにはない――というより、もともとなかったということです。さっきの幕と同じですよ」鳥は言った。「いっぽうでは、空から一定方向に水滴が移動している。他方では、あなたの目の感知しうる波長の光が別方向に進んでいる。そのふたつが交差して生じる相互作用にすぎないのに、あなたの意識のなかでは、それが実体のある像のように見える。でも、ほんとうはみんな〝ぐちゃぐちゃ〟のなかの幻影でしかないんです。もうひとつ、別のを見せてあげましょう」

「おかあさん！」ランダムは言った。

「ちがいます」

「おかあさんは見ればわかるよ！」

映像の女性は、大きな灰色の格納庫めいた建物のなかで、宇宙船から降りてこようとしていた。いっしょにいる人々は、長身で瘦せていて、紫がかった緑色の肌をしている。女性はランダムの母だった。まちがいない。たぶんまちがいないと思う。だがトリリアンなら、重力の小さい場所でもあんなに危なっかしい歩きかたはしなかっただろうし、ありふれた古めかしい生命維持環境を見まわして、あんなに目を丸くしたりしなかっただろうし、またあんなに変てこな旧式のカメラを持っているはずもない。

「それじゃ、あれだれよ」

「確率軸に沿って伸び広がる、あなたのおかあさんの一部です」鳥の『ガイド』は言った。

「なに言ってんのかさっぱりわかんない」

「空間にも時間にも確率にも軸があって、それに沿って移動することが可能なんですよ」

「やっぱりわかんない。だけど……いいや、説明してよ」

「帰りたいんじゃなかったんですか」

「説明してってば！」

「生まれ故郷が見たくありませんか」

「見るって？　破壊されちゃったのに！」

「あなたの故郷は確率軸上に不連続的に存在します。ほら、ご覧なさい！」

非常に奇妙な、そしてすばらしいものが、雨のなかにゆらゆらと見えてきた。巨大な青緑色の球体だ。かすみと雲をまといつかせ、星の輝く闇を背景に、堂々とゆっくり回転している。

「いまは見えますが」と鳥は言った。「ほら、見えなくなった」

いまは三キロよりちょっと少なく遅れて、アーサー・デントは立ちすくんでいた。わが目を疑った。空に浮かんでいるのは、雨に囲まれながらも、夜空を背景に明るく、あまりに本物そっくりな――地球だ。息を呑んだ。だが、息を呑んだ瞬間に、それは消えた。そしてまた現れた。そして次には、完全にお手あげ、気がふれたにちがいないと思うことが起きた。地球がソーセージに変わったのだ。

ランダムも驚いた。巨大な、青と緑の、水と霧に覆われたソーセージが頭上に浮いている。それがずらずらとつながった数多くのソーセージの像に変わった。ひとつながりになってはいるが、ただあっちこっちに抜けがある。つながった輝くソーセージの全体が縦に横に回転して、見ていると頭痛のしそうなダンスを踊っている。その速度がしだいにゆるやかになり、少しずつ光が薄れて、やがてきらめきながら闇に呑まれるように消えた。

「いまのなんだったの」ランダムが小さな声で尋ねた。

「確率軸に沿って、不連続的に存在しうる物体を眺めたところです」

「ふうん」

「ほとんどの物体は、確率軸に沿って連続的に変形し、変質していくんですが、あなたの生まれ故郷の惑星は少しちがうんです。確率を地形にたとえるなら、いわばその断層線上に位置しているんですよ。そのために、多くの確率座標において存在がまるごと抜け落ちているんです。本質的に不安定なのですが、これは一般に〝多重〟区と呼ばれる場所に存在するものの特徴です。わかりました？」

「ぜんぜん」

「自分の目で見に行ったらどうです？」

「え……あの、地球を？」

「そうです」

「そんなことできるの」

『ガイド』はすぐには答えなかった。翼を広げ、ふわりと浮きあがると、いままた小やみになりはじめた雨のなかへ飛んでいった。

歓喜にわれを忘れたように夜空高く舞いあがる。閃光をまといつかせ、次元を震わせて飛んでいく。滑降し、方向転換し、輪を描き、また方向転換し、しまいに戻ってきて、ランダムの顔の真ん前、五、六十センチのところに浮かんだ。翼をゆったりと音もなくはばたかせている。

また話しかけてきた。

「あなたの目には、あなたの宇宙は広大に見えるでしょう。時間的にも、空間的にも。それは、フィルターを通して宇宙を知覚しているからです。しかし、わたしはフィルターをまったく持っていません。ですから、わたしは〝ぐちゃぐちゃ〟を知覚することができます。そこにはありうる宇宙のすべてが含まれていますが、それじたいはまったく大きさを持っていない。わたしに不可能はありません。わたしは全知全能で、途方もなくうぬぼれが強くて、しかも便利な自納式のパッケージに入って売られています。わたしの言葉がどこまでほんとうか、ご自分で確かめてみるんですね」

ランダムの顔に、じわりと笑みが広がった。

「いやなやつ。あたしをけしかけてるでしょう」

「さっきも言ったとおり、わたしに不可能はないんですよ」

ランダムは笑った。「わかった、それじゃ地球に行こうよ。その、なんとか軸のどこかにある地球に……」

「確率軸ですか？」

「そう、それ。吹っ飛ばされてないとこ。それじゃ、あんたは『ガイド』なわけね。宇宙船はどうやって見つけるの」

「逆行工作《リバース・エンジニアリング》です」

「はあ？」

「リバース・エンジニアリングですよ。時間の流れはわたしには無意味です。どうしたいか決めてください。そうしたらわたしはただ、それがもう起きてしまっているようにするだけです」

「冗談はやめてよ」

「わたしに不可能はありません」

ランダムはまゆをひそめた。「冗談言ってるんでしょ？」

「では、こう言い換えましょう」鳥は言った。「リバース・エンジニアリングを使えば、面倒ごとはすべて省くことができます。自分のいる広大な銀河宙区を通る宇宙船は年に数隻とかそこらで、しかもそのうちの一隻がヒッチハイカーを拾おうかどうしようかと心を決めるのを延々待つような、そんなことはしなくていいのです。乗りたいと思えば、宇宙船がやって来て乗せてくれます。そこで停まってヒッチハイカーを拾おうとなぜ思ったのか、パイロットはごまんと理由を思いつくでしょう。でもほんとうの理由は、わたしがそうさせると決めたからなのです」

「あんたいま、ものすっごいほらを吹いてない？」

鳥は答えなかった。

「わかったよ」ランダムは言った。「じゃ、あたしを地球に連れてってくれる宇宙船を呼んでよ」

「これでどうです？」

ほとんど音がしなかったので気づかなかったが、すでに一隻の宇宙船が降りてきていた。手を伸ばせば届きそうなほどだった。

アーサーは先に気づいた。あと一キロ半まで近づいたところだった。輝くソーセージの映像が終わった直後、雲の上から遠いライトのかすかな輝きが降りてくるのが見えた。最初のうちは、また派手な光のショーが始まるのだろうと思った。

気づくのにしばらくかかったが、それは本物の宇宙船だった。それからさらにしばらくかかってようやく思い当たったが、その宇宙船は娘がいると思われる場所にまっすぐ降りてこようとしていた。そのときだった、雨が降ろうが降るまいが、足が痛もうが痛むまいが、暗かろうが暗くなかろうが、アーサーはとつぜん命がけで走りはじめた。

そのとたんに転び、すべって膝を岩にしたたかぶつけた。泥のなかを這いずるようにして立ちあがり、また走りだした。恐ろしい予感に全身が冷える。ランダムとはもう二度と会えないのではないだろうか。足を引きずり、悪態をつきながら彼は走った。あの箱になにが入っていたのか知らないが、箱に書いてあった名前はフォード・プリーフェクトであり、アーサーが走りながら罵っていたのもその名前だった。

これほどぞくぞくする、これほど美しい船を、ランダムはめったに見たことがない。奇跡のようだった。銀色で、なめらかで、とても言葉では表現できなかった。

危うくRW6だと口走りそうになった。音もなくかたわらに着陸した船を見て、ほんとうにRW6だと気がついたときは、興奮のあまり息が止まりそうだった。RW6を拝めるのは、一般市民が読むと暴動を起こしたくなるたぐいの雑誌のなかだけなのだ。

彼女はまた、ひどく不安でもあった。船がこんなふうに、こんなタイミングで現れたことに胸が騒いでならない。これは万にひとつのとんでもない偶然だろうか。それとも、とてつもなく奇妙で恐ろしいことが起きているのだろうか。いささか身を固くして、船のハッチが開くのを待ち受けた。彼女の『ガイド』――いまでは自分のものだと思うようになっていた――は、右肩の上あたりに軽々と浮かんでいる。翼はろくにはばたいてもいない。

ハッチが開いた。薄暗い光がわずかに漏れ出してくる。ややあって、人影がひとつ現れた。男はしばらくじっと立っていた。暗闇に目を慣らそうとしているらしい。やがてランダムが立っているのに目を留めて、ちょっと驚いたようだった。歩いて近づいてくる。と、いきなり驚きの声をあげて駆け寄ってきた。

暗い夜、ランダムがちょっと緊張しているときに、そこへ駆け寄るのは賢いことではない。宇宙船が降りてくるのを目にした瞬間に、彼女はポケットのなかの石を無意識にいじっていた。

あいかわらず走ったり、すべったり、転んだり、木にぶつかったりしながら、アーサーは遅かったのを悟った。宇宙船はほんの三分ほどしか着陸していなかった。そしていま、音もなく、すべるように、船はまた木々のうえに上昇していく。嵐の残した小雨をぽつぽつと浴びながら、なめらかに方向転換し、上昇に上昇を続け、船首をあげたかと思うと、だしぬけに、やすやすとスピードをあげて雲を突き抜けていった。

船は去った。なかにランダムを乗せて。アーサーにはそうと知るよしもなかったが、それでも知るより先にもうわかっていた。ランダムは行ってしまった。父親を務めるという仕事をまかされて、こんなひどいへまをしでかすとは自分で信じられなかった。走りつづけようとしたが、足はあがらないし、膝は燃えるように痛むし、それにもう手遅れだとわかっていた。

これ以上にみじめでつらい気分はないと思った。だが、それはまちがっていた。足を引きずり引きずり、ようやく洞穴の前にたどり着いた。ランダムがそのなかで箱をあけた場所だ。近くの地面にはへこみが残っていて、ついさっき宇宙船がそこに着陸したことを物語っていたが、ランダムがいた形跡はどこにもなかった。暗い気持ちで洞穴のなかに入っていくと、空の箱が落ちていて、行方不明物質のペレットが一面に散乱していた。ちょっと腹が立った。使ったあとは片づけなさいと教えたのに。そんなことで腹が立ったおかげで、みじめな気分が少しやわらいだ。ランダムは行ってしまった。見つけるすべがないのはわかっている。

足先が思いがけずなにかにぶつかった。かがんで拾いあげてみて、心底驚いた。彼が持ち歩いていた古い『銀河ヒッチハイク・ガイド』ではないか。どうしてこんなところに落ちているのだろう。事故現場へ拾いに戻ったりはしなかった。あの現場をまた訪れたいとは思わなかったし、『ガイド』をまた読みたいとも思わなかった。死ぬまでずっと、このラミュエラでサンドイッチを作って過ごすのだと思っていたからだ。どうしてこれがこの洞穴に落ちているのだろう。起動されていた。カバーの文字がひらめいて、**パニクるな**と語りかけてきた。

洞穴を出ると、あたりはぼんやりした陰気な月光に照らされていた。古い『ガイド』を調べようと岩に腰をおろしたところで、それが岩でないのに気がついた。人間だった。

18

アーサーは恐ろしさにぎょっとして飛びあがった。どちらがより恐ろしかったのかはよくわからない——うっかり人のうえに座ってしまってけがをさせたのではないかということと、うっかり人のうえに座ってしまって仕返しをされるのではないかということ。

よく見てみると、第二の問題についてはいますぐ心配する必要はなさそうだった。彼が座ってしまった相手は意識がなかった。こんなところに寝っころがってなにをしているのか、これでかなり説明がつくだろう。しかし、呼吸は正常のようだった。脈をとってみた。こちらも正常だ。

その男は脇を下にして横たわり、なかば身体を丸めていた。応急手当を最後にやったのははるかな昔、はるかに遠くでのことだったので、アーサーはどうしていいかよく思い出せなかった。やがて、最初にやるべきなのは救急箱を持ち歩くことだったと思い出した。話にならん。

仰向けに寝かせたほうがいいのか、そうでないのか。骨が折れていたら。舌をのどにつまらせたら。もし訴えられたら。そういうことはともかくとして、この男はだれだろう。

そのとき、意識不明の男が声をあげてうめき、自分で寝返りを打って仰向けになった。アーサーは、どうしたものかと首をかしげ——

男の顔を見た。

もういちど見た。

念のためにさらにもういちど見た。

これより低くは沈めないほど沈んだ気分だと思っていたのに、下には下があると思い知らされた。

その人物はまたうめき、そろそろと目をあけた。目の焦点を合わせるのにしばらくかかったが、やがてまばたきし、はっと身を固くした。

「きみか!」フォード・プリーフェクトは言った。

「きみか!」アーサー・デントは言った。

フォードはまたうめいた。

「今度はなにを説明しろって言うんだ?」彼は言って、やけを起こしたように目を閉じた。

五分後、フォードは上体を起こして座り、側頭部にできたかなり大きなこぶをさすっていた。

「あの女はいったいだれだ」彼は言った。「なんでここはリスに取り囲まれてるんだ、あいつらいったいなにが目当てなんだ?」

「ひと晩じゅうリスにつきまとわれてるんだよ」アーサーは言った。「雑誌とかそういうのをくれようくれようとするんだ」

フォードはまゆをひそめた。「ほんとに?」

「それと布切れとか」

フォードは考えた。

「そうか」彼は言った。「ここは、きみの宇宙船が墜落した場所の近くなんだろ」

「ああ」アーサーは言った。ちょっと堅苦しい口調だった。

「たぶんそのせいだ。ときどきあるんだよ。船の客室ロボットが壊れてるのに、ロボットを制御する人工知能が生き残ってて、近くの野生生物に取り憑きだすんだ。ひどいときは、生態系全体が役にも立たないサービス産業みたいになっちまうこともある。通りがかりの人間に、熱いタオルとか飲物を差し出してよこすんだ。たしか禁止する法律があったんだけどな。たぶん。でもたぶん、それを禁止する法律をつくっちゃいかんって法律もあったと思う。人をさんざんいらつかせてうれしいんだろうな。ちょっと待った、いまなんか言った？」

「言ったよ。きみの言うその女はぼくの娘だ」

フォードはこぶをさする手を止めた。

「もういっぺん言ってくれないか」

「きみの言うその女は、ぼくの娘なんだよ」アーサーは不機嫌に言った。

「きみに娘がいたとは知らなかった」

「そりゃきみだって、ぼくのことをなんでも知ってるわけじゃないだろうさ」アーサーは言った。「もっともぼく自身、ぼくのことをなんでも知ってるわけじゃなさそうだけど」

「いや、こりゃ驚いた。それで、いつできたんだ」

「よくわからないんだ」

「なるほど、そういうことならぼくにもよくわかる」フォードは言った。「母親はいるのか」

「トリリアンだ」

「トリリアン？　知らなかったよ、まさか……」

「誤解だ。あんまり体裁のよくない話なんだよ」

「子供ができたってトリリアンから聞いた憶えはあるけど、話のついでにちょっと漏らしたただけだったからな。たまに連絡はとってるけど、子供といっしょのとこは見たことがなかった」

アーサーは黙っていた。

フォードはいささか考え込むように、またこぶをさすりはじめた。

「まちがいなく、あれはきみの娘だったと思うか？」

「なにがあったか話してくれ」

フォードはやれやれと息を吐き出して、「話せば長いんだがね。ぼくは小包を受け取りに来たんだよ、ここにきみ気付で自分宛に出しといたやつ」

「そうだ、あれはいったいなんのまねだったんだ」

「ひょっとしてあれは、とんでもなく危険なものじゃないかと思う」

「そんなものをぼくに送りつけてきたのか」アーサーはむっとして言った。

「一番安全だと思ったんだよ。きみなら頼りになるからな、すごく退屈なやつだから絶対あけないだろ。ともかく、ここに着いたのが夜だったから、村だかなんだかが見つけられなかったんだ。あんまりくわしい情報は手に入らなかったんでね。信号らしいものも見当たらなかったし。ここには信号とかそういうのはないんだろ」

「だからぼくはここが気に入ってるんだ」

「そしたら、きみの古い『ガイド』が出してるかすかな信号を拾ったんで、それを狙って降りたんだ。きみのところに行けると思ってさ。降りたところは森みたいなとこで、なにがどうなってるのかわからない。船から降りてみたら、女がそこに立ってる。挨拶しようと近づいていったら、女があれを持ってたんだよ！」

「あれって？」

「ぼくがきみに送ったやつだよ、新しい『ガイド』、鳥みたいなやつさ！　この役立たず、きみに送っとけば安全だと思ってたのに、女の肩のそばにあれがいるじゃないか。走って近づいていったら、その女に石で殴られたんだ」

「なるほど」とアーサー。「それできみはどうしたんだ」

「どうしたもこうしたも、引っくり返ったよ。当然だろ、ひどい殴られかたしたんだからな。女と鳥はそのままぼくの船に向かって歩きだした。言っとくけど、ぼくの船ってのはRW6なんだぞ」

「アール、なんだって？」

「RW6だよ、くそいまいましい。ぼくのクレジットカードと『ガイド』の中央コンピュータのあいだには、いま夢みたいな関係ができあがってるのさ。アーサー、あの船はすごいぞ、なにしろ……」

「それじゃ、RW6ってのは宇宙船のことなんだな」

「あったりまえだろ！　あれは——まあいいや。いいかアーサー、ちょっとは頭を使ってくれよ。それが無理なら、ちょっとはカタログでも見てくれよ。ともかく、それでぼくはひどくこわくなった。それに脳震盪《のうしんとう》を起こしかけてたと思う。ぼくはがっくり膝をついて、血はだらだら流れてるし、できることったらひとつしか思いつかなかった。泣きつくことさ。頼むから、船をとっていかないでくれって言ったよ。頼むから、こんな未開の森のまんなかに捨てていかないでくれってさ。薬もなんもないのに、頭にけがしてるんだから。ただごとじゃ済まないかもしれないし、それはきみだっておんなじだって」

「そしたら？」

「またぼくの頭を石で殴りつけてくれたよ」

「まちがいないね。それはぼくの娘だよ」

「かわいい子もいたもんだ」

「きみはあの子のことをよく知らないんだ」

「よく知ったら手加減してくれるのか」

「いや」とアーサー。「ただ、いつよけたらいいかだんだんわかってくる」

フォードは頭をあげて、あたりをまっすぐ見ようとした。

空は西のほう（太陽はこちらから昇ってくる）から明るくなってきていた。アーサーはとくに日の出が見たい気分ではなかった。今夜のようにひどい夜のあとでは、またいまいましい一日が訪れて大きな顔をしてまわるかと思うとうんざりだった。

「アーサー、きみはこんなとこでなにをしてるんだ」フォードが突っかかるように尋ねた。

「そうだな」とアーサー。「おもにサンドイッチを作ってるよ」

「なんだって」

「小さな村で、サンドイッチ作りをやってる――やってたと言うべきかもしれないな。実際、ちょっと情けない話だったんだよ。最初ここにやって来たとき、というのはつまり、この惑星に墜落した超ハイテクの宇宙船の残骸から助けてもらったときだけど、村の人たちにはすごく親切にしてもらったから、お返しに役に立つことをしたいと思ったんだ。なにしろぼくは教育を受けた男だし、高度な技術をもつ文明世界で生まれたんだから、ひとつやふたつは教えられることがあると思ったんだ。だけど、もちろんなんにもなかった。なにかが実際にどう動いてるかってことになると、まるっきりなんにもわからないんだ。ビデオデッキみたいな機械のことじゃないぜ、あんなもんの原理を知ってる人間なんかいやしないからな。ぼくが言ってるのは、ペンとか掘り抜き井戸とか、そういうもののことだよ。まったく見当もつかなかった。ぜんぜん役に立てなかったわけさ。ある日、ぼくはふさぎ込んでサンドイッチを作ってた。それを見て、みんながいきなり目を輝かせたんだ。いままでサンドイッチを見たことがなかったんだよ。そんなこと思いつきもしなかったらしい。ぼくはサンドイッチを作るのがけっこう好きだから、だんだんそういうことになっていったんだ」

「それで楽しいのか？」

「うん、まあね。けっこう楽しんでるよ、正直な話。いいナイフを手に入れたり、いろいろね」

「それじゃたとえば、脳みそが腐ったり気が狂ったりあっと驚いたりむかむかしたりするほど退屈だとは思わないのか」

「まあその、思わないね、そこまでは。むかむかしたりとかはしないな」

「変わってるな。ぼくならするけどな」

「それはまあ、考えかたがちがうんだと思うね」

「そうだな」

「ピッカ鳥みたいなもんだね」

フォードはアーサーがなにを言っているのかわからなかったが、わざわざ訊こうとはせず、こう言った。「それで、どうしたらここを出られる？」

「そうだね、ここからだといちばん簡単なのは、この道をたどって谷から平原に降りることだろうな。たぶん一時間ぐらいかかると思う。そこからぐるっとまわって歩かなくちゃならない。ぼくはあっちの丘を登って降りてきたけど、またあれをやる気にはなれないし」

「そこからぐるっとまわってどこに行くんだ」

「そりゃ、村に戻るんだよ。たぶんね」アーサーはいささか打ちしおれてため息をついた。

「ぼくはしみったれた村に行く話をしてるんじゃない！」フォードはぴしゃりと言った。

「ここを出ていくんだ！」

「どこへ？　どうやって」

「ぼくにわかるもんか、きみが教えてくれよ。ここに住んでるんだろ！　このくされ惑星から出ていく手段があるはずだ」

「どうかな。ふつうはどうやるんだ？　じっと座って、宇宙船が通りかかるのを待つんじゃないのか」

「へえ、そうかい。それで、このど田舎のけちくさい惑星に、近ごろどれくらい宇宙船が来たって？」

「そうだな、数年前にぼくの乗った船がまちがって墜落したよ。それから、えーと、トリリアンが来ただろ、それからあの小包が届いて、今度はきみが来て、それで……」

「ああ、だけどそういうんじゃなくて、意外な真犯人の登場はないのか？」

「そうだな、えーと、ぼくの知ってるかぎりじゃ、あんまり来てないと思うな。ここらはすごく静かなとこなんだ」

その言葉に反論しようとするかのように、長く低く遠雷の音が響いた。フォードはかっとして立ちあがり、うろうろと行ったり来たりしはじめた。弱々しい不快な夜明けの光が、空にすじを描いている。肝臓の切れ端を引きずったあとのようだ。

「きみはわかってないんだ、これはすごく重要なことなのに」フォードは言った。

「なんだって？　ぼくの娘がたったひとりで銀河系に放り出されたことを言ってるのか？　きみはまさか、ぼくが――」

「銀河系を気の毒がるのはあとにしてくれよ」フォードは言った。「これはものすごく重大な問題なんだ。『ガイド』社は乗っ取られたんだ。買収されたんだよ」

アーサーもはじかれたように立ちあがった。「そりゃまた重大だな」彼はわめいた。「いますぐ出版社の経営についてくわしく教えてくれよ。このところぼくはそのことばっかり考えてたんだ！」

「きみはわかってない！『ガイド』は完全に生まれ変わったんだ！」

「そうかい！」アーサーはまたわめいた。「そうか、そいつはすげえや！　あんまり興奮してまともに口もきけないぐらいだ！　発売が待ちきれないよ、発売されたらさっそく、この世でいちばんエキサイティングな宙港はどこか調べるんだ。聞いたこともない球状星団にあって、そこをうろついたらさぞかし退屈できるんだろうな。売ってる店にいますぐ駆けつけようじゃないか！」

　フォードは不審げに目を細めた。

「それはいわゆる皮肉ってやつだな？」

「よくわかったな、ぼくもそうだと思うよ。ぼくの言葉の端々には、いわゆる皮肉っていう変てこなもんがしみ込んできてるんじゃないかって気がひしひしとするよ。フォード、ぼくは昨夜《ゆうべ》、もういやってほどさんざんな目に遭ったんだぞ！　悪いけどね、少しはそれも考慮に入れてもらえないかな、この次に屁のつっぱりみたいなどうでもいい雑学をひけらかして、ぼくを悩ましてくれたくなったときは」

「落ち着けよ」フォードは言った。「考えてみなくちゃ」

「なにを考えることがあるんだ。ただふたりしてここに座って、唇をぶるんぶるん言わせてたらいいじゃないか。しばらくのんびりよだれでも垂らして、ちょっと頭のネジを外してだらだらしていようじゃないか。フォード、ぼくはもうたくさんなんだよ！　あれこれ頭をしぼったり、どうするか考えたりするのはもううんざりだ。逆上してたわごとをわめいてるだけだって、きみは思ってるかもしれないが……」

「そんなこと、夢にも思ってなかったよ」

「……ぼくは本気で言ってるんだ！　いったいなんになる？　なにかするたび、ぼくらはちゃんとわかってるつもりでいる。それをやることでどんな結果が出るか、というのはつまり、少なくともどんな結果を出すつもりでいるか、自分でわかってる気でいるんだ。それは正しいとはかぎらないってだけじゃない。ほんとうはとんでもなく、途方もなく、救いようもなく、いかれたノータリンの虫けらみたいにまちがってるんだ！」

「同感だよ。ぼくもそれが言いたかったんだ」

「そりゃどうも」アーサーは言って、また腰をおろした。「なんだって？」

「時間的逆行工作《テンポラル・リバース・エンジニアリング》さ」

アーサーは両手に顔を埋めて、ゆっくり左右にふった。

「なにかうまい断り文句はないもんかな」彼はうめいた。「そのテンポラル・リバースなんたらかんたらの話をやめてもらうには、なんて言って断ったらいいんだ」

「無理だね」フォードは言った。「だって、きみの娘が完全にそれに巻き込まれてるんだから。これはすごく深刻な事態なんだ」

遠雷の響くなか、しばしの沈黙があった。

「わかったよ」アーサーは言った。「聞こう」

「ぼくは高層ビルの窓から飛び降りたんだ」

これを聞いて、アーサーは顔を輝かせた。

「そうか！」彼は言った。「もういっぺんやったらどうだ」

「やったよ」

「ふうん」アーサーはがっかりして、「見たとこ、なんの役にも立たなかったみたいだな」

「最初に飛び降りたときなんとか助かったのは、これは自慢じゃないけどね、あっと驚く独創的な機転を働かしたおかげだった。それにすばやい身のこなしと、みごとな足さばきと自己犠牲もあるけどな」

「自己犠牲って？」

「すごく気に入ってて、たぶん二度と手に入らない靴の片方を捨てたんだ」

「それがどうして自己犠牲なんだ」

「ぼくの靴だからさ！」フォードがむっとして言った。

「どうもぼくらは価値観がちがうみたいだな」

「ぼくの価値観のほうが上だ」

「そう思うのはきみの……ああ、そんなことはどうでもいい。それで、いっぺんあざやかに助かったあとで、きみは賢明にもまた飛び降りたわけだな。理由は説明してくれなくていいから、どうしてもって言うならそのときなにがあったか教えてくれ」

「落ちたところに、コックピットにだれも乗ってないジェット・タウンカーがちょうど通りかかったんだ。パイロットはまちがって緊急脱出ボタンを押しちゃってたのさ。ほんとは、ステレオにかかってる曲を変えようとしただけだったのに。いまになってみると自分でも、ぼくのやりかたはあんまり賢くなかったような気がするよ」

「それはどうかな」アーサーはうんざりして言った。「たぶんきみは、前の晩にそのジェットカーに小細工してたんだろ。それで、パイロットの嫌いな曲がかかるようにしといたとか、そういうことじゃないのか」

「ぼくはやってない」フォードは言った。

「訊いてみただけだよ」

「ただおかしな話だけど、だれかがやったんだ。問題はそこだよ。決定的な事件とか偶然とか、そういうのの連鎖や別れ道をさかのぼっていくと、新しい『ガイド』の、あの鳥のしわざだったたってわかるんだ」

「どの鳥?」

「見てないのか」

「見てない」

「そうか。危険きわまりないやつだよ。見かけはきれいで、でかい口を叩いて、自分の好きなように波形を選択的に収縮させることができるんだ」

「それはどういう意味だ」

「テンポラル・リバース・エンジニアリングだよ」

「ああ」とアーサー。「ああ、そうか」

「問題は、あいつがほんとはだれのために働いてるのかってことなんだ」

「じつを言うと、ポケットにサンドイッチが入ってるんだけど」アーサーは言って、手を突っ込んだ。「ひと口どう」

「ああ、もらおう」

「ちょっとつぶれてるし、雨に濡れてると思うけど」

「かまやしないよ」

ふたりはしばらくもぐもぐやっていた。

「これほんとにいけるな」フォードは言った。「なんの肉だ」

「〝どこも変でないけもの〟」

「初めて聞くな。それで問題はだ」フォードは続けた。「あの鳥が、ほんとはだれのために働いてるのかってことだ。ほんとはなにが目的なのか」

「うんうん」アーサーは食べるのに忙しかった。

「ぼくがあの鳥を見つけたとき」フォードは言葉を継いだ。「それだって偶然に偶然が重なった結果だったし、それじたい不思議なことなんだけどさ、ともかくそのとき、それまで見たこともない、すごく派手な多次元の光のショーをあいつはやってみせたんだ。それで、あなたの宇宙ではわたしの能力を好きなように使っていいって言った。ぼくはけっこうな話だけどけっこうだって断った。ところがさ、気に入ろうが入るまいが関係なくやるって言うんだ。やれるもんならやってみろって言ったら、言われなくてもやるし、じつはもうやってるって言う。そうは行くかって言ったら、それがそう行くんですだとさ。そんとき決心して、あいつを梱包して持ち出すことにした。それで、安全のためにきみんとこに送ったわけさ」

「へえ、安全のためにね。だれの？」

「まあ、いいじゃないか。で、そのあといろいろあって、また窓から飛び降りるのが賢明だと思った。ほかの選択肢が切れたばっかりだったんでね。ジェットカーが来あわせたのは幸運だったよ。そうでなかったら、独創的な機転と、身の軽さと、たぶんもう片方の靴にも頼らなくちゃならなかっただろうし、ほかがみんなだめとなったら、腹をくくって地面におまかせするしかなかっただろうからね。だけどこれはつまり、気に入ろうが入るまいが、『ガイド』はたしかにその、ぼくのために働いてたってことだ。それがひどく恐ろしかった」

「なんで」

「だって、『ガイド』を手に入れた人間は、『ガイド』は自分のために働いてるってみんな思うからさ。そのときからずっと、なにもかも面白いほどすらすら運んだよよ。ところが石を持った小娘に出くわしたとたん、ガツンとやられて、はいそれまでさ。ぼくはもう用なしってわけ」

「いまのはぼくの娘のことか」

「これでも精いっぱい遠慮したんだがね。今度はあの子が、なにもかも夢みたいにうまく行くって思う番だ。地形の一部で人の頭を好きにぶん殴ってまわっても、なにもかも好都合に運ぶんだ。だがそれも、やらされるはずのことをやってしまうまでの話だ。そうなったら、あの子にとってもはいそれまでになるんだよ。それがテンポラル・リバース・エンジニアリングだからね。それなのに、いまなにが野放しにされてるか、どう見てもだれもわかってないんだ！」

「うん、たとえばこのぼくもわかってないな」

「えっ？　やれやれ、ちゃんと聞いてろよ、アーサー。いいか、もういっかい説明するからな。新しい『ガイド』は研究所から生まれた。無制限知覚っていう新しいテクノロジーを利用してるんだ。どういうことかわかるか？」

「あのな、ぼくはずっとサンドイッチを作ってたんだぞ。ボブにかけて――」

「だれだ、ボブって」

「いいんだ、先を続けてくれ」

「無制限知覚っていうのは、すべてを知覚するって意味だよ。わかった？　ぼくはすべてを知覚してるわけじゃない。きみだってそうだ。ぼくらにはフィルターがあるからな。新しい『ガイド』には、感覚のフィルターがなんにもない。すべてを知覚するんだ。技術的にはとくに複雑な発想じゃない。ただ一部を取り除くってだけの問題だからね。わかった?」

「とりあえずわかったって言っとくよ。そうすりゃ、どっちにしろきみは話を続けられるだろ」

「ああ、そうだな。それでつまり、ありうる宇宙のすべてをあの鳥は知覚できるわけだから、ありうる宇宙のすべてにあいつは存在してるんだ。わかる?」

「わかる……かな」

「それでどうなったかって言うと、マーケティング部門と経理部門のばかどもが、そりゃあよさそうだ、それはつまり、ひとつ作りさえすりゃ、それを何度でも無限に売れるってことじゃないかって言うんだ。アーサー、そんな変な目で見るなよ。それが会計士のものの考えかたなんだよ!」

「だけど、それはいい考えじゃないか」

「とんでもない! こんなばかな話は空前絶後だよ! いいか、あの機械はただの『ガイド』なんだぜ。抜群に冴えた人工知能を積んでるけど、無制限知覚を持ってるから、あいつがやることはどんなささいなことでも、ウイルスみたいな影響力を持ってるんだ。時間とか空間とかほかの無数の次元のいたるところに、それが広がっていく可能性があるってことだよ。きみやぼくの生きてるどの宇宙の、どこでもなんでも影響を受ける可能性があるんだ。あいつのパワーは再帰的なんだ。コンピュータ・プログラムみたいなもんだよ。どこかにひとつ重要な命令《インストラクション》があって、そのほかはみんな自分自身を呼び出す関数なんだ、つまり無限のアドレス空間に果てしなく括弧が重なっていくだけなんだ。その括弧が壊れたらどうなる？　ＩＦ文の終わりを示す〝end if〟がどこまで行っても見つからないんだぜ。言ってることわかるか？　アーサー？」

「ごめん、ちょっとうとうとしてた。なんか宇宙の話だったよな？」

「ああ、なんか宇宙の話だよ」フォードはうんざりして、また腰をおろした。

「よし、わかった」彼は言った。「こんなふうに考えてくれ。『ガイド』のオフィスでぼくがだれに会ったと思う。ヴォゴン人だよ。ああ、やっときみにも通じる言葉が見つかったな」

アーサーはがばと立ちあがった。

「あの音」彼は言った。

「どの音だ」

「雷だよ」

「あれがどうした」

「あれは雷じゃない。〝どこも変でないけもの〟の春の大移動だ。もう始まったんだ」

「さっきからその話ばっかりしてるけど、そのけものはなんなんだ」

「その話ばっかりしてやしない。ただ、その肉をサンドイッチに使ってるだけだ」

「なんで〝どこも変でないけもの〟なんて呼ばれてるんだ？」

アーサーは説明した。

そうしょっちゅうあることではなかったが、アーサーはこのとき、フォードが驚いて目を丸くするさまを拝むことができた。

19

それは何度見ても、慣れることもなければ飽きることもない眺めだった。アーサーとフォードは、谷間に沿って流れる小川の岸をたどって先を急いだ。ついに平原の縁にたどり着いたとき、ふたりは大木の枝に登り、銀河系が生み出した最も奇妙にして最もすばらしい光景のひとつをとっくり眺めた。

何千頭何万頭という〝どこも変でないけもの〟の大群が、堂々たる列をなし、大地を揺らして、アンホンドー平原を疾駆していた。早朝の淡い光のなか、巨体から蒸発する汗と、力強い蹄の巻きあげる泥水のしぶきとが混じりあう、そのかすかなもやを突いて巨大なけものが突進していく。そのさまはそれでなくてもいささか現実離れしていて、まるで夢のなかの光景のようだ。しかし、見ていて心臓が止まりそうになるのは、かれらがやって来て去っていく場所のせいだった。無から生じて無に帰っていくようにしか見えないのだ。

けものたちは隙間のない密集陣形をなして突っ走る。幅は百メートルほど、長さは八百メートルほどのまま、その密集陣形はまったく動かない。それが存在しつづける八日から九日のあいだ、わずかに側方や後方に少しずつずれていくのが見られるだけだ。しかし、密集陣形はだいたい一定しているのだが、それを構成する大きなけもののほうは時速五十キロを超すスピードでたえず走っている。平原のいっぽうの端に忽然と出現し、反対側の端で同じく忽然と消え失せるのだ。

どこから来るのか、どこへ行くのか、知っている者はだれもいない。けものたちはラミュエラ人の生活に欠かせない存在だから、みな問いを発するのをこわがっているかのようだった。スラッシュバーグ老はあるとき、答えが与えられるなら、ときに問いは奪われてもよいと言ったことがある。スラッシュバーグもたまにはいいことを言うじゃないか、と陰で言いあった村人たちもいたが、ちょっと議論した結果、あれはただのまぐれだったのだろうということで落ち着いた。

大地を蹴る蹄の音は強烈で、ほかの音はなにも聞こえないほどだった。

「いまなんて言った?」アーサーは大声で言った。

「これは次元浮動の証拠かなんかみたいだなって言ったんだよ」

「なにがなんだって?」アーサーはまた叫び返した。

「いまさ、時空が滅茶苦茶になってるってのが真剣に心配されてるんだよ。時空に起きてるあらゆることに、その徴候が表れてるっていうんだ。いまかなりの数の惑星で、大陸が滅茶苦茶になって動きまわってるんだぜ。野生動物の季節移動のルートが妙に長いっていうか、曲がりくねってるのを見ればわかるんだよ。これもそういう現象の一種かもしれない。ぼくらの生きてる時間はねじれてるんだ。それでも、ここにはまともな宙港がないわけだから……」

アーサーは、凍りつきでもしたようにフォードを見つめた。

「それ、どういう意味だ」

「どういう意味ってどういう意味だよ」フォードが叫ぶ。「訊かなくてもわかってるだろ。あれに乗ってここを出ていくんだ」

「本気で言ってるのか、〝どこも変でないけもの〟に乗ろうだなんて」

「ああ。どこへ行くのか確かめようぜ」

「ふたりとも死んじまうぞ！　いや」アーサーはふいに言った。「死ぬはずはないな。少なくともぼくは死なない。フォード、スタヴロミュラ・ベータって惑星を聞いたことないか」

フォードはまゆをひそめた。「憶えがないな」そう言うと、傷だらけの古い『銀河ヒッチハイク・ガイド』を引っぱり出してアクセスした。「変わったスペルなのか？」

「さあ。ぼくもいっぺん聞いたことがあるだけなんだ。それも、他人の歯を口いっぱいに生やしたやつからだったんでね。憶えてないかな、アグラジャッグの話をしただろ」

フォードはちょっと考えた。「きみに何度もくりかえし殺されてるって思い込んでたやつのことか?」

「うん。スタヴロミュラ・ベータってとこで一度ぼくに殺されたって、あいつが言ってたんだ。だれかがぼくを撃とうとしたらしいんだけど、ぼくがよけたせいで、アグラジャッグに――というか少なくとも、おおぜいいる彼の生まれ変わりのひとりに当たったんだとさ。まちがいなくある時点で起きてることみたいだから、スタヴロミュラ・ベータで弾丸《たま》をよけるまでは、少なくともぼくは死ぬはずがないと思う。ただ、だれに聞いてもそんな惑星は聞いたことがないって言うんだよ」

「ふーん」フォードは『銀河ヒッチハイク・ガイド』をさらに何度か検索してみたが、該当項目は出てこなかった。「見当たらないな」

「ただ……いや、やっぱり聞いたことがない」しまいにフォードは言った。しかし、そこはかとなく心当たりがあるような気がするのはなぜだろう。

「よし」とアーサー。「ラミュエラの猟師たちが、〝どこも変でないけもの〟を罠にかけるのをぼくは見てるからね。群れといっしょに走ってるとこへ槍を刺したら、そのまま踏みつぶされちゃうだろう。だから、一度に一頭ずつおびき出して仕留めなくちゃならないんだ。やりかたは闘牛士によく似てて、派手なマントを使う。一頭が突っ込んできたところでわきへよけて、マントをこうかっこよくさっと振り抜くんだ。なんか持ってないかな、派手なマントみたいなの」

「これでどう」と、フォードはタオルを差し出した。

20

一トン半の〝どこも変でないけもの〟が、時速五十キロで大地を揺らして駆け抜けていく。その背中に飛び乗るのは最初に思うほど簡単ではない。ラミュエラの猟師たちのやることを見ていて思うほど簡単でないのはたしかであり、きっとむずかしいだろうとアーサー・デントも予想していた。

しかし、彼が予想していなかったのは、そのむずかしい段階へ近づくことさえとんでもなくむずかしいということだった。そこは簡単だろうと思っていた段階が、実際にやってみたら不可能に近かったのだ。

こっちに注意を向けさせることすらできなかった。〝どこも変でないけもの〟たちは、蹄で大地を叩き、頭を下げ、肩を前に突き出し、後足で泥をかきまわして、雷鳴そこのけの轟音を立てることに一心不乱で、本物の天変地異でも起こさないかぎり、気を惹くことはできそうになかった。

しまいには、怒濤のスピードとすさまじい地響きだけでも、アーサーとフォードの手には負えなくなってきた。二時間近くも飛んだりはねたりし、中くらいの大きさの花柄、のバスタオルを振りまわして、あとになるほどどんどんばかなまねをしたものだが、大きなけものたちは大地を揺らしてかたわらを疾走していくばかりで、こちらにちらと目をくれるものさえ一頭もいなかった。

水平の雪崩となって驀進する汗まみれの巨体から、一メートルと離れずにふたりは立っていた。もっと近づいたらたちまち命がないだろう——時系列的理屈に合おうが合うまいが関係ない。年若い未熟な猟師が誤って槍を投げるのを、アーサーは見たことがある。その槍は、まだ群れとともに疾走中の〝どこも変でないけもの〟に突き刺さった。一度よろめいたらそれっきりだった。スタヴロミュラ・ベータで死神と先約があるぐらいでは（スタヴロミュラ・ベータがどこにあるのか知らないが）、わが身にしろだれの身にしろ救うことなどできはしない。大地を揺るがす力強い蹄にぐしゃぐしゃにつぶされてしまうだろう。

とうとう音をあげて、アーサーとフォードはよろめきながら後退した。がっくり落胆してへたへたと腰をおろし、お互いのタオルさばきにけちをつけはじめた。

「もっとすばやく動かさなきゃ」フォードが文句を言った。「ひじからのフォロースルーがなってない。あれじゃあ、あんな突っ走ってるやつらが気がつくわけがない」

「フォロースルーだって？」アーサーは反論した。「きみこそ、手首のしなりが足りないよ」

「振ったあとに派手さが足りないんだよ」フォードがやり返す。

「そもそもタオルの幅が足りないんだ」とアーサー。

「なによりも」と別の声が言った。「ピッカ鳥が足りぬのだ」

「えっ？」

声は背後から聞こえてきた。ふり返ると、そこに、ふたりの背後に、朝の光を浴びて立っていたのはスラッシュバーグ老だった。

「〝どこも変でないけもの〟の気を惹くには」と、こちらに近づいてきながら彼は言った。「ピッカ鳥が入り用なのだ。こういうのがな」

身に着けた粗織りの式服のような服の下から、小さなピッカ鳥を引っぱり出した。スラッシュバーグ老の手に落ち着かない様子で止まり、鳥はなにかを一心に見つめている。なにを見ているのかわからないが、それは鳥の目の前一メートル十センチほどのところを飛びまわっているらしかった。

フォードはとっさに身をかがめ、一種の警戒体勢をとった。なにが起きているのかわからないとか、どうしていいかわからないとき、彼はよくこういうことをする。相手が気味悪がってくれるのを期待して、両手を非常にゆっくりまわしていた。

「だれだ」フォードは声を殺して尋ねた。

「スラッシュバーグ老だよ」アーサーは小声で答えた。「ぼくだったらそんな変なまねはやめとくね。こけおどしにかけちゃ、きみにまさるとも劣らない強者なんだ。一日じゅうお互いのまわりを踊って過ごす破目になるぞ」

「あの鳥は」フォードはまた声を殺して言った。「あの鳥はなんだ」

「ただの鳥だよ！」アーサーはいらいらと答えた。「ほかの鳥とどこも変わりやしない。卵を生むし、人には見えないものに向かってピーピーキーキーチュンチュンやってるよ」

「あの鳥の卵を見たことがあるのか」フォードは猜疑心いっぱいに尋ねた。

「なに言ってんだ、当たり前だろ。見たどころか何百個と食べてるよ。オムレツにするとけっこううまい。コツは、冷たいバターを小さく割って、軽く泡立てるように……」

「だれがレシピなんか訊いてるんだよ」フォードは言った。「ぼくはただ、あれがほんとに鳥かどうか知りたいだけだ。多次元世界の人工知能の悪夢なんかだったら願い下げだからな」

かがんだ姿勢からゆっくりと立ちあがって、服の埃を払いはじめた。あいかわらず鳥をにらんでいる。

「はてさて」とスラッシュバーグ老はアーサーに話しかけてきた。「ひとたびは与えたもうた祝福なる〝サンドイッチ作り〟を、ボブはふたたび取り戻さるる定めなるか」

フォードはもう少しでまたしゃがみそうにした。

「心配ないって」アーサーがささやいた。「いつもこういう話しかたなんだよ」そこで声を高めて、「ああその、尊いスラッシュバーグ師よ。えーと、その、わたしはどうも、そろそろおいとましなくちゃいけないみたいなんです。でも、弟子のドリンプルが、わたしの代わりに立派にサンドイッチ作りを務めるでしょう。ドリンプルには素質があるし、サンドイッチを深く愛していますし、これまで技術も身に着けてきたし、まだまだ未熟ではありますが、時とともに腕をあげて、えーと、つまりその、きっとうまくやっていくだろうと思います。ぼくが言いたいのはそういうことです」

スラッシュバーグ老は重々しくアーサーを見つめた。老いた灰色の目を悲しげに動かし、やがて両手を高くあげた。いっぽうの手にはいまもピッカ鳥が止まってひょこひょこしており、もういっぽうの手には杖を握っている。

「おお、ボブに遣わされた〝サンドイッチ作り〟よ！」朗々と声をあげた。そこでいったん言葉を切り、ひたいに皺を寄せ、目を閉じて、神妙に黙想にふけった。「あんたがおらんようになったら、この世はいまよりずっと変てこでなくなるだろう」

アーサーは胸を衝《つ》かれた。

「あのさ、こんなうれしいことを人に言ってもらったのは、生まれて初めてのような気がするよ」彼は言った。

「そろそろ再開しないか？」フォードが言った。

すでに変化は現れていた。スラッシュバーグの掲げた腕の先にピッカ鳥が止まっているのが、驀進する群れのなかに興味のさざ波をかき立てている。ときどき、ちらとこちらに目を向けるけものも出てきた。アーサーは何度か〝どこも変でないけもの〟狩りを見物してきたが、そのときのことをだんだん思い出してきた。そう言えば、マントを振りまわす猟師兼闘牛士のほかに、背後に立ってピッカ鳥を差し出している者の姿がいつもあった。あれは自分と同じく、たんに見物に来ているだけだとアーサーはずっと思っていたのだ。

スラッシュバーグ老は前に進み出て、怒濤の大群にもう少し近づいた。ピッカ鳥に興味を惹かれて、頭を振りあげるけものの姿も見える。

スラッシュバーグ老の差し伸ばした腕が震えている。

ただピッカ鳥だけは、まわりで起きていることになんの関心もないようだった。とくにどこということもない空中をなんということもない粒子が漂っている、それをきらきら輝く目で一心に見入っている。

「さあ！」スラッシュバーグ老がついに叫んだ。「さあ、そのタオルで呼び寄せるがよい！」

アーサーはフォードのタオルを持って前に進み出た。猟師兼闘牛士がやっていたように、伸びやかに颯爽と歩こうとしたが、まったく板についていなかった。しかし、どうすればいいかはわかっているし、それでうまく行くのもわかっていた。何度かタオルを振りまわしたりひらめかしたりして、その瞬間にそなえて練習する。それから群れを観察した。

少し離れたところに、手ごろな〝けもの〟を見つけた。頭を下げた格好で、こっちに早駆けで向かってくるところだ。群れのちょうど端っこを走っている。スラッシュバーグ老が鳥をひょいと動かすと、〝けもの〟は目をあげ、頭をふりあげた。その頭がまた降りてきたのを見計らって、アーサーはそいつの視線の先でタオルを振った。〝けもの〟はおやとばかりにまた頭をふりあげ、目でタオルの動きを追った。

〝けもの〟の注意を惹きつけることに成功した。

そこまで来たらこっちにおびき寄せるのは雑作もなく、こんな簡単なことはないように思えたほどだ。〝けもの〟は頭をあげ、ちょっと横にかしげた。早駆けが駆け足になり、やがてだく足になった。そして数秒後には、三人に囲まれてじっと立っていた。鼻を鳴らし、息を切らし、汗をかき、興奮してピッカ鳥のにおいを嗅ごうとする。ピッカ鳥のほうは、〝けもの〟が寄ってきたのに気づいたそぶりも見せない。奇妙に空気を掃くように腕を動かして、スラッシュバーグ老は〝けもの〟の鼻先にピッカ鳥を差し出し、〝けもの〟の鼻面が届かないようにしながら、着実にその手を下げていった。奇妙に空気を掃くようにタオルを動かして、アーサーは〝けもの〟の注意をこちらからあちらへと惹きつけながら、同じく着実にタオルを下げていった。

「こんなばかばかしい話は見たことも聞いたこともない」フォードはひとりつぶやいた。面食らいながらも、〝けもの〟はついにおとなしく膝を折って身体を沈めた。

「いまだ！」スラッシュバーグ老が声を殺してフォードをせっついた。「さあ早く、乗れ！」

フォードは巨大な生物の背中に飛びつき、長いもつれた毛のなかでじたばたして手がかりを探した。これでよしと落ち着いたところで、毛の束をわしづかみにして身体を支えた。

「さあ、〝サンドイッチ作り〟、乗るがよい！」と言うと、込み入ったしるしを結び、儀式的な握手をしたが、アーサーには意味がわからなかった。どう見ても、それはスラッシュバーグ老がいま即席にでっちあげたものだった。老人に背を押されて前に出ると、大きく深呼吸をして、アーサーはフォードの後ろによじ登った。大きく熱く、隆々たる背にまたがり、しっかりしがみついた。トドなみの巨大な筋肉が、彼の身体の下で波打ち、収縮する。

スラッシュバーグ老は、いきなり鳥を高く掲げた。〝けもの〟の頭がそれを追ってぐいと持ちあがる。ピッカ鳥を片手に持ったまま、スラッシュバーグ老は両腕をくりかえし高く高くふりあげた。やがて、〝どこも変でないけもの〟は折った膝をゆっくり伸ばしてのっそりと身を起こし、巨体をかすかに揺らしてついに立ちあがった。乗ったふたりは肝を冷やして、力いっぱいしがみついた。

　アーサーは突っ走るけものの海を眺め、その向かう先を見極めようと目をこらしたが、陽炎《かげろう》のほかはなにも見えなかった。

「なにか見えるか」フォードに声をかけた。

「いや」フォードは身をよじって後ろをふり返った。けものたちがどこから来るのか手がかりでもないかと思ったが、やはりなにも見えない。

　アーサーは、足もとのスラッシュバーグ老に向かって叫んだ。

「なにか知りませんか、こいつらがどこから来て、どこへ行くのか」

「〝かの王《ザ・キング》〟の領土だよ！」スラッシュバーグ老が叫び返す。

「〝王《キング》〟ですって？」アーサーは驚いた。「どの王です？」〝どこも変でないけもの〟が、落ち着かない様子で身体を前後左右に揺らしている。

「どういう意味だな、どの王かとは」スラッシュバーグ老は言った。「〝かの王《ザ・キング》〟と言うたろう」

「でも、これまで〝キング〟の話なんか一度も……」アーサーはいささか面食らって叫び返した。

「なんだね？」スラッシュバーグ老が叫んだ。一千もの蹄の響きにかき消されて声は聞きとりにくいし、おまけに彼は目下の作業に気をとられている。

あいかわらず鳥を高く掲げたまま、彼は〝けもの〟をゆっくりと誘導して、大群の進行方向と同じほうを向くようにまた持っていった。彼が前進すると、〝けもの〟はついていく。また前進する。またついていく。しまいにはのしのしと歩きだし、少しずつその足どりに勢いがついてきた。

「これまでどんな〝キング〟の話も聞いたことがないって言ったんですよ！」アーサーはまた叫んだ。

「どんなキングもこんなキングもない」スラッシュバーグ老は叫んだ。「〝ザ・キング〟と言うたのだ」

彼は腕をいったん引き戻したかと思うと、力いっぱいその腕を前に突きあげ、ピッカ鳥を群れのうえに放り出した。ピッカ鳥は完全に不意を衝かれたようだった。まわりでなにが起きているか、どうやらほんとうに気がついていなかったらしい。なにがあったかやっとわかったらしく、ややあって鳥は畳んでいた小さな翼を広げ、いっぱいに伸ばして飛びはじめた。

「行け！」スラッシュバーグが叫んだ。「行っておのれの運命《さだめ》を知るがよい、〝サンドイッチ作り〟よ！」

アーサーは、自分の運命を知ることじたいにはとくに関心はなかった。どこに向かうにしろ早くそこに行き着いて、この生きものの背から降りたい一心だった。このうえではいっときも安心していられない。〝けもの〟はしだいに足を速めてピッカ鳥のあとを追った。そして巨大な生きた河のほとりに達すると、たちまち頭を下げ、ピッカ鳥のことは忘れて、また群れとともに走りはじめた。群れが忽然と消え失せる場所がぐんぐん近づいてくる。アーサーとフォードは、怪物めいた動物の背に命がけでしがみついていた。四方八方どこを見ても、突っ走る肉の小山に囲まれている。

「行け、〝けもの〟に乗って!」スラッシュバーグは叫んだ。その遠い声が耳にかすかに反響する。「〝どこも変でないけもの〟を駆れ! 駆れ、駆ってゆけ!」

フォードがアーサーの耳もとで叫んだ。「こいつらの行き先はどこだって言ってた?」

「なんかキングがどうこうって言ってたけど」アーサーは必死でしがみつきながら叫び返した。

「どのキングだ」

「ぼくも訊いたよ。そしたら、ザ・キングだってさ」

「ザ・キングがそんなにいたとは知らなかった」とフォード。

「ぼくもだ」とアーサー。

「もちろん、**ザ**・キングは別だけどな」とフォードが叫んだ。「でも、まさかあの人のことじゃないだろう」

「どのキングだって？」

消滅の地点はもう目の前に迫っていた。前を見れば、〝どこも変でないけもの〟たちはわき目もふらず無に突っ込んでいき、そして消えていく。

「どういう意味だよ、どのキングかって」フォードは怒鳴った。「どのキングかなんかぼくが知るわけないだろ。まさか**ザ**・キングのことじゃないだろうし、だからだれのことだかわからないって言ってるだけだよ」

「フォード、いったいなんの話だ？　ぼくにはさっぱりわからないよ」

「だから？」フォードは言った。とそのとき、だしぬけにどっと星々が現れ、ふたりの頭のまわりでぐるぐる回転し、と思ったら同じくだしぬけに消えた。

21

ぼんやりした灰色の建造物が現れ、ちらついた。それががくがく揺れるのがとてもみっともなかった。

あれはどういう施設なのだろう。

なんに使うものだろう。なにかに似ているような気がするのだが。

なんのつもりで建ててあるのか、わかると思うほうがまちがっている。いきなり別の惑星にぽんと連れていかれて、そこでは文化がちがうどころか基本的なものの見かたまでちがい、おまけにあきれるほど特徴のない建物が意味もなく建っているのだから。

建物のうえの空は、冷たく敵意に満ちた暗黒だった。太陽からこれほど遠く離れれば、星々は目もくらむまぶしい光の点のはずなのに、巨大な分厚いドームのせいでどんよりぼやけて見える。アクリル樹脂かなにかだろう。ともかくぱっとしない分厚いなにかだ。

トリシアはまたテープを最初まで巻き戻した。

ちょっとおかしなところがある。

正確には、ちょっとおかしなところならもう数えきれないほどある。しかし、ひとつみょうに引っかかることがあるのだが、それがなんだかよくわからない。

ため息をつき、あくびをした。

テープが巻き戻されるのを待ちながら、汚れた発泡スチロールのコーヒーカップを片づけた。編集デスクに積みあがっていたやつを、まとめてごみ入れに放り込む。

ここは、ソーホーにある番組制作会社の小さな編集室。ドアには全体に「入室禁止」の札がべたべた貼ってあるし、交換台で電話はすべてシャットアウトされている。もともとはあっと驚く一大スクープを隠すためだったが、いまでは恥ずかしくて自分が隠れるための手段になっていた。

もういちど、テープを頭からぜんぶ見なおしてみよう。我慢して見ていられればの話だが。あっちこっち早送りすれば大丈夫かも。

いまは月曜の午後四時ごろ。なんだか胸がむかむかする。このかすかなむかつきはなぜだろうとちょっと考えてみたら、それらしい原因はそれこそいくらでも思いついた。

第一に、ニューヨークから夜の便で戻ってきたばかりだった。夜間飛行はつらいものと相場が決まっている。

そのあと自宅の庭で異星人に声をかけられて、惑星ルパートに飛んだ。何度もやったわけではないから、それがつらいものと決まっていると言えるかどうかはわからない。しかし賭けてもいいが、いっぺん経験したら二度とごめんと言わない人はいないだろう。

近ごろはどんな雑誌を見ても、かならずストレス度チェックの表が載っているものだ。失業はストレス度五十点。離婚や髪形を変えるのは七十五点、などなど。自宅の庭で異星人に声をかけられて惑星ルパートに連れていかれる、というのをそういう表で見たことはないが、きっと数十点はつくにちがいない。

その旅じたいがとくにストレスになったというわけではない。むしろ退屈も退屈だった。その直前に大西洋を渡ってきた旅にくらべたら、ずっとストレスが小さかったのはまちがいない。しかもかかった時間は約七時間、どちらもだいたい同じくらいだった。

考えてみればかなりすごいことではないだろうか。太陽系のいちばん外側まで飛ぶのと、ニューヨークからここまで飛ぶのと、どちらもかかる時間が同じだなんて。あの船には、聞いたこともないような驚異的な推進装置がついているにちがいない。尋ねてみると、たしかにけっこうすごいと異星人たちも認めた。

「でも、どうやって動かしてるんです?」彼女は勢い込んで質問した。最初のころはまだかなり有頂天だったのだ。

テープのそのあたりを見つけて再生してみた。グレビュロン人——かれらはそう名乗っていた——たちは親切に、どのボタンを押すと船が飛ぶのか教えてくれた。

「ええ、でもどういう原理で動いてるんですか?」カメラの後ろからそう食い下がる自分の声が聞こえる。

「ああ、つまりワープ駆動とかそういうことが知りたいんですね」かれらは言った。

「ええ」とトリシア。「どういうものなんです?」

「たぶんそういうものだと思いますよ」

「そういうものって?」

「ワープ駆動とか、光子駆動とか、そういうものですよ。航宙機関士に訊いてもらわないと」

「どのかたです?」

「わかりません。わたしたちはみんな頭がからっぽなので」

「ああ」トリシアはいささか力ない声で言った。「そうおっしゃってましたね。それで その、具体的には、どうして頭がからっぽになってしまったんですか」

「わかりません」かれらは辛抱強く答えた。

「それもやっぱり、頭がからっぽだからですね」トリシアは暗い声で引き取った。

「テレビでも見ませんか。長い旅になりますからね、わたしたちはテレビを見るんです。面白いですよ」

この大興奮の物語はみんなテープに記録されていて、まったく大した見ものだった。まず第一に、画質がことのほか劣悪だった。なぜそんなことになったのか、トリシアにはよくわからない。グレビュロン人たちの目が反応する光は、いくらか波長の範囲がずれているのかもしれない。照明にかなりの紫外線が含まれていて、それでビデオカメラがおかしくなったのではないだろうか。画面には干渉縞やスノーノイズもかなり出ている。ワープ航法と関係があるのかもしれない、かれらがワープ航法についてなにも知らないということはさておき。

というわけで、テープに映っているのは基本的に、痩せぎみで顔色のおかしい人物数名が、座ってテレビを見ている場面だった。しかもテレビに映っているのはネットワーク局の番組である。座席の近くにちっぽけな展望窓があり、カメラはその窓の外の光景もとらえていた。星々が少し筋を引いて見える映像がきれいに撮れている。これが本物なのを彼女は知っているが、しかし三、四分もあればでっちあげることができるだろう。

肝心のルパートで使うために貴重なビデオテープをとっておこうと、彼女はしまいに撮影を中断し、座っていっしょにテレビを見た。しばらくは居眠りさえしたほどだった。

つまり、胸がむかつくのはひとつにはこのせいだったわけだ。驚くべきテクノロジーで建造された異星の宇宙船に何時間も乗っていたのに、そのあいだずっと、『マッシュ』とか『キャグニーとレイシー』とかの再放送を見ながら居眠りをしていたとは。しかし、ほかにどうすればよかったのだろう。もちろん写真も何枚か撮っていたが、現像所から戻ってきたのを見たらどれもひどくぼやけていた。

ルパート着陸の経験も、胸のむかつきの原因になっていると思う。少なくともあれは、劇的で身の毛のよだつ経験だった。船は空を払うように降りていき、眼下の大地は暗く荒涼としている。母星の熱や光から絶望的に離れたその惑星の地形は、親に棄てられた子の心理的な傷痕の地図のようだった。

凍てつく闇を貫いてライトが明々とともり、船を一種の洞窟の入口に誘導していく。かれらの乗る小型船を受け入れるために、その入口はひとりでに広がったように見えた。あいにく、船の近づいていく角度が悪かったうえに、小さく分厚い展望窓が船殻に深く埋め込まれていたせいで、そのどれにもビデオカメラをまっすぐ向けることができなかった。彼女はテープのそのあたりを飛ばした。

カメラはいま、まっすぐ太陽に向けられている。

こんなことをしたら、ふつうはビデオカメラをひどく傷めてしまう。しかし、太陽はおよそ五億キロメートル〔原文ママ〕のかなたにあるから、ここではなんの害もない。それどころか、それはまったく面白みのない映像だった。画面の中央に小さな光点が映っているだけで、なにが映っているのかもわからない。無数にある星のひとつでしかなかった。

トリシアはテープを早送りした。

ああ、ここから先はかなり期待できると思っていた部分だ。船から降りて、広大で灰色の格納庫のような建物に入っていく。見るからに異質なテクノロジーが壮大な規模で眼前に展開されていく。暗いアクリル樹脂のドームの下に並ぶ、巨大な灰色の建造物群。

これは最後のほうにも映っていた。数時間後、ルパートから地球に戻るために宇宙船に乗り込むときにまた撮影したのだ。なにに似ていると言えばいいだろう？

なにに似ていると言って、まっさきに思い出すのは映画のセットだった。この二十年間に作られた、どの低予算ＳＦ映画に出てきたと言ってもおかしくない。もちろんずっと大きいが、画面で見るとあくまでも安っぽく、作りものめいて見えた。画質のひどさは別としても、慣れない重力に思いがけず悪戦苦闘してしまった。はっきりわかるほど重力が地球より小さく、そのせいでどうしてもカメラががくがく揺れてしまう。素人の撮ったビデオのようで見苦しく、おかげで細かいところは見分けられなかった。

画面では、いま〝リーダー〟がこちらに進み出てきていた。歓迎のしるしに笑顔で手を差し出している。

彼はただそうとだけ呼ばれていた。〝リーダー〟と。

グレビュロン人はだれも名前を持っていなかった。その最大の理由は、名前をひとつも思いつけなかったことだ。地球のテレビ番組を見ているから、その登場人物の名を借りようと思ったこともあったようだが、ウェインとかボビーとかチャックとか呼びあってみてもうまくいかなかったらしい。生まれ故郷の遠い星々のもとで培われた文化的無意識の奥に、残滓のようなものがひそんでいるのだろう。そのせいで、そんな名前はだめだ、おかしいと感じたのにちがいない。

〝リーダー〟はほかのメンバーとあまりちがわなかった。あるいはちょっと太めだったかもしれない。彼女のテレビ番組をとても楽しみにしていると彼は言い、自分は彼女の大ファンであり、わざわざルパートまで来てくれてとてもうれしい、彼女が来るのを全員で首を長くして待っていた、ここまでの旅が快適だったらよいのだが、というようなことをまくしたてた。星々からの使者だとか、そういうふうに感じさせるところはとくに見当たらなかった。

それどころか、こうしてビデオで見ていると、扮装してメイクをしてセットの前に立っているとしか見えなかった——それも、寄りかかったらすぐに倒れそうなセットの前に。

彼女は両手を頬にあてて画面を見つめながら、ぼうぜんとしてゆっくり首をふっていた。

ひどすぎる。

ひどすぎるのはここだけではない。次になにが始まるかもわかっている。〝リーダー〟が旅のあとで空腹ではないかと彼女に尋ね、よかったら部屋で食事でもどうかと勧めるのだ。軽く食事をしながらいろいろお話ししましょうと。

そのとき自分がなにを考えていたか憶えている。

異星人の食物。

どう対処したらいいのだろう。

ほんとうに食べなくてはいけないだろうか。ペーパーナプキンがあれば吐き出すこともできるだろうが、そんなものが手近にあるだろうか。地球にはない免疫系関連の問題が山ほどあるのでは。

出てきたのはハンバーガーだった。

たんに出てきたのがハンバーガーだっただけでなく、出てきたハンバーガーはまったく明らかに、どう見てもマクドナルドのハンバーガーだった。それも電子レンジで温めなおしたやつだった。見かけがそのままだというだけではない。匂いが同じというだけでもない。あの発泡スチロールの蓋つき容器、全面に「マクドナルド」の文字が印刷されているあれに入っていたのだ。

「どうぞ！　ご遠慮なく！」〝リーダー〟は言った。「大事なお客さまには、最高のおもてなしをさせてもらわないと！」

そこは彼の私室だった。トリシアは困惑して室内を見まわした。その困惑は恐怖に近かったが、それでもすべてをビデオに収めるのは忘れなかった。

部屋にはウォーターベッドがあった。ＭＩＤＩのハイファイ装置があった。電気で光らせる例の背の高いガラス製品もあった。たいていテーブルのうえに飾ってあって、なかに大きな精液のしずくが浮かんでいるように見えるあれだ。壁はビロードで覆われていた。

〝リーダー〟は茶色のコーデュロイのビーンバッグチェアにゆったり腰かけ、口内に口臭予防スプレーを吹きかけた。

トリシアは急にひどく恐ろしくなった。彼女の知るかぎりでは、これほど地球から遠く離れた人類はかつていなかったし、いま目の前にいるのは異星人だ。それなのに、その異星人は茶色のコーデュロイのビーンバッグチェアにゆったり腰かけ、口内に口臭予防スプレーを吹きかけている。

ここでへまはしたくなかった。警戒心を抱かせてはまずい。しかし、どうしても訊かねばならないことがある。

「これをどうやって……その、どこで……手に入れたんですか」と、恐る恐る部屋じゅうを身ぶりで示した。

「この内装ですか?」〝リーダー〟は言った。「お気に召しましたか。すごく趣味がいいでしょう。わたしたちグレビュロン人は趣味のいい人種なんです。趣味のいい耐久消費財は……通信販売で買ってます」

トリシアはここで、恐ろしくゆっくりとうなずいた。

「通信販売ですか……」

〝リーダー〟はくすくす笑った。ブラックチョコレートのように口当たりのよい、励ますようなくすくす笑いだった。

「ここまで届けてもらってるのかと思っていますね。まさか、ははは！　ニューハンプシャーに特別な私書箱番号を用意してあるんです。定期的にとりに行くんですよ。ははは！」ビーンバッグチェアにくつろいで寄りかかり、温めなおしたフライドポテトをとって端をかじった。その口もとには愉快そうな笑みが漂っている。

トリシアは、脳みそがごくかすかに泡立ちはじめたような気がした。それでもビデオはまわしつづけた。

「それで、どうやって、その、こういう素敵な……商品の代金は、どうやって払っているんですか」

〝リーダー〟はまたくすくす笑った。

「アメリカン・エキスプレスですよ」と、こともなげに肩をすくめた。

トリシアはまたのろのろとうなずいた。あのカードは、厳しい審査のすえにだれにでも発行されるのだ。

「それで、これは？」と、先ほど出されたハンバーガーを持ちあげてみせた。

「簡単なことですよ」〝リーダー〟は言った。「列に並んで買うんです」

背筋を冷たいものが走った。なるほどそれはもっともだ、とまた思った。

また早送りボタンを押した。ここには使えそうな場面はなにもない。なにもかも悪夢のように狂っている。自分ででっちあげたほうが、ずっとそれらしいものが作れるくらいだ。

この救いがたくひどすぎるビデオを観ているうちに、別のむかつきが広がってきた。そしてきっとそれが答えにちがいないという気がしはじめて、だんだん恐ろしくなってきた。

たぶん……

頭をふって気を落ち着けようとした。

夜の便で東に飛んで……それを乗り切ろうと睡眠薬を服《の》んだ。睡眠薬の効きをよくするためにウォトカを飲んだ。

ほかには？　そう……十七年間の強迫観念がある。刺激的な男、ふたつある頭のいっぽうを、かごに入ったオウムだと言ってごまかしていた。パーティで彼女を引っかけようとしたが、しびれを切らして空飛ぶ円盤で別の惑星へ飛んでいってしまった。ふいに、この話には心配なところがいくつもあるような気がしてきた。いままで一度もそんなふうに思ったことはなかった。この十七年間、ただの一度も。

こぶしを作って口に押し込んだ。

わたしは病気だ。

しかも、宇宙人が庭に着陸したなどとエリック・バートレットにわあわあ言われた。それにその前に……ニューヨークは、そう、とても暑くていらいらした。夢は大きく、落胆は苦かった。占星術の一件もあった。

きっとノイローゼになっていたのだ。

そうにちがいない。疲れ果ててノイローゼになって、帰国してしばらくしてから幻覚を見はじめたのだ。なにもかも夢だったのだ。異星の人種が自分自身の現在も過去も失って、太陽系の辺境で身動きがとれなくなり、文化的な真空を人類の文化的がらくたで埋めているなんて。ばからしい！　これは本能が警告しているのだ――金のかかる病院にいますぐ駆け込めと。

とんでもなく気分が悪かった。それに強いコーヒーも山ほど飲んだ。何杯飲んだことかとカップを見やり、息が荒く速くなっているのに気がついた。

どんな問題も、それに気づくことが解決の第一歩なのだ、と自分に言い聞かせた。呼吸を鎮めようとした。手遅れにならないうちに気づいてよかった。自分がどういう状況にあるかわかってよかった。なにかの精神的危機に瀕していたのが、その崖っぷちから引き返してきたのだ。だんだん気分が落ち着いてきた。ゆっくりと心が鎮まっていく。

椅子に深く腰かけて目を閉じた。

しばらくして、呼吸が正常に戻ったところで目をあけた。

では、このビデオテープはどこから持ってきたのだろう。

まだ画面に映っている。

そうか、でっちあげだ。

自分ででっちあげたのだ。きっとそれだ。

でっちあげたのが自分なのはまちがいない。サウンドトラックじゅうに、質問する声が残っている。ときどき場面の最後にカメラが下に振れることがあって、そんなときは自分の靴を履いた自分の足が映っている。自分ででっちあげておきながら、でっちあげた記憶もなければ、なぜそんなことをしたのかもさっぱりわからない。

息がまた荒くなってくる。スノーノイズだらけのちらつく画面を見つめた。

きっと、まだ幻覚を見ているのだ。

頭をふり、幻覚を追い払おうとした。このどう見ても偽造のビデオを、自分で偽造した記憶がまったくなかった。この偽造ビデオそっくりのことがあったという記憶は、逆にたしかに残っているような気がする。ぼうぜんとして、魅入られたように画面を眺めつづけた。

妄想のなかでは〝リーダー〟と呼ばれていた人物が、占星術のことを質問していた。彼女はそれによどみなく落ち着いて答えている。その声にはパニックの気配がつのっていたが、うまく隠しているから気がつくのは彼女だけだろう。

〝リーダー〟がボタンを押し、栗色のビロードの壁がスライドして開くと、そこにはフラットパネルのモニター画面がずらりと並んでいた。

画面のそれぞれに、さまざまな映像が万華鏡のように映し出されている。クイズ番組が数秒、刑事ドラマが数秒、スーパーの倉庫の監視映像が数秒、だれかのホリデイ・ムービー〔祝日(とくにクリスマス)に必ず見られる定番映画〕のビデオが数秒、ポルノが数秒、ニュースが数秒、コメディ番組が数秒。〝リーダー〟がこれを大いに得意がっているのは明らかで、指揮者のように両手をふりまわしながら、まったくのたわごとをしゃべりつづけている。

次に彼が両手をふると、すべての画面がいったん消えて、ひとつの巨大なコンピュータ画面に変わった。太陽系の全惑星が模式図で表示され、背景をなす星座にきちんとマッピングされている。画面は完全に静止していた。

「われわれはすぐれた技能を持っています」〝リーダー〟がしゃべっている。「コンピュータ技術、宇宙三角法、三次元航法の計算法。すぐれた技能です。じつにすぐれた技能です。ただ、われわれはそれを失ってしまいました。非常に残念なことです。技能を持っていたいのにそれはどこかへ行ってしまった。宇宙のどこかを飛んでいるのです。われわれの名前や、故郷の惑星や愛する人々の情報とともに。どうぞ」と、コンピュータの前に腰をおろすよう身ぶりでうながした。「あなたの技能を貸してください」

この場面をそっくり撮影しようというわけで、トリシアは手にしたビデオカメラを三脚に据えかえたようだ。手早くすませてから画面に入ってきて、巨大なコンピュータ画面の前に落ち着いて腰をおろした。インタフェースに慣れようとしばらくいじっていたが、やがてぬけぬけと、そして巧妙に、どうすればいいか多少はわかっているふりをしはじめた。

　実のところ、そうむずかしくなかった。

　なにしろ大学では数学と宇宙物理学をやっていたし、社会ではテレビ番組の司会の経験を積んでいる。この年月に忘れてしまった科学的知識のほうは、はったりでじゅうぶんすぎるほどごまかせた。

　コンピュータを使ってみて、グレビュロン人の文明がきわめて高度で洗練されたものだということがよくわかった。いまのぼかんとした状態からは想像もつかない。そのコンピュータの力を借りて、およそ三十分ほどで、太陽系の簡単な作業モデルをつくりあげた。

　とりたてて正確なモデルではなかったが、見てくれは悪くなかった。惑星がぐるぐるまわる軌道は、シミュレーションとしてそこそこよくできていたし、宇宙の時計細工ともいうべき星系の全体的な運動は、非常に大ざっぱではあったものの、太陽系のどこを視点として見ることもできた。たとえば地球から見たところ、火星から見たところというように。そしてもちろん、惑星ルパートの地表を視点として見ることもできた。トリシアはわれながらよくやったと感心したが、コンピュータ・システムの性能にも舌を巻いた。地球のワークステーションを使って同じことをやったら、プログラムするのに一年かそこらはかかるだろう。

作業が終わったとき、〝リーダー〟が背後にやって来て画面を見物しはじめた。その出来ばえに、彼はたいへん喜び、満足したようだった。

「すばらしい」彼は言った。「では今度は、いま設計してくれたシステムを使って、この本の情報をルパート用に翻訳してみせてもらえませんか」

そう言うと、そっと一冊の本を彼女の前に置いた。

それは、ゲイル・アンドルーズ著『惑星が語るあなたの運命』だった。


トリシアはまたテープを止めた。

いまはもう完全に、どうしようもなく頭がくらくらしていた。幻覚を見ているような気はしなくなったが、だからと言ってそれで状況がよくなるわけでも、頭がすっきりするわけでもなかった。

編集デスクを押して椅子を引き、どうしたものかと考えた。何年も前、天文学研究の分野を離れたのは、疑いの余地もなにもなく、別の惑星から来た生命体に出会ったと知っていたからだ。それもパーティで。そしてこれまた疑いの余地もなにもなく、そんなことを口にしたら笑いものになることもわかっていた。しかし、天文学についてこれほど重要なことを知っていながら、それをだれにも言わずに研究しつづけることがどうしてできるだろう。となればできることはただひとつ、その世界を離れることだった。

いまはテレビの世界で仕事をしているが、ここでもまた同じことが起きてしまった。ここにビデオテープがある。驚愕の事実を取材した本物のビデオテープだ。マスコミ史上、いや、なんの歴史上であろうと、これほどの事件はかつてなかった。われらが太陽系のいちばん外側の惑星に、忘れられた異星の前哨部隊が取り残されているのだ。

実際にその事実を取材した。

実際に現場へ行った。

実際にこの目で見た。

実際にビデオテープに撮影した。撮影したのだ。

それなのに、これを人に見せたら笑いものにされるだけだ。

これが事実だとどうしたら証明できるだろう。考えるだけ時間のむだだ。どんな角度からどう見たところで、まるっきり悪夢としか思えない。頭がずきずきしてきた。バッグにアスピリンが入っていた。狭い編集室を出て、廊下の端にあるウォータークーラーに向かった。アスピリンを服み、水をコップに何杯か飲んだ。

みょうに静まりかえっていた。ふだんはもっとおおぜい人がいて走りまわっている――というより、ふだんは少なくとも人がいて、走りまわっている。隣の編集室の前を通りかかったとき、首を傾けてドアの向こうをのぞいてみた。だれもいない。

自分の編集室に人を寄せつけないように、トリシアはずいぶん極端なことをしていた。「入室お断り」の貼り紙には、続けてこう書いてあった――「夢にも入ろうなどと思わないこと。どんな理由があってもだめ。当方多忙につき問答無用」

なかに戻ろうとしたとき、内線電話のメッセージランプが点滅しているのに気がついた。いったいいつからついていたのだろう。

「もしもし？」受付に電話をかけた。

「ああ、ミス・マクミラン、お電話くださってよかった。みんなが捜してますよ、テレビ局の人たちが、どうしても連絡をとりたいって。お電話してあげてください」

「どうしてつないでくれなかったの」トリシアは言った。

「だれからどんな電話があってもつなぐなっておっしゃったでしょう。ここにいることも言うなって。どうしていいかわからなくて、メッセージをお伝えしようと思ったんですけど、でも……」

「わかったわ」自分で自分をののしりながら、トリシアは局に電話をかけた。

「トリシア！　この鼻血が出るほどくそ大変なときに、いったいどこ行ってたんだ？」

「編集室で――」

「そこにはいないって――」

「ええ、なにがあったの」

「なにがあったかだって？　大したことじゃないさ、ただの宇宙船だよ！」

「なんですって？　どこに？」

「リージェントパーク。大きな銀色のやつで、鳥を連れた女の子だ。英語を話してて、人に石は投げるし、時計を修理しろって言うし、とにかく急いでくれ」


トリシアは目をみはった。

グレビュロンの船ではなかった。いきなり地球外の乗物にくわしくなったわけではないが、こちらはすらりと美しい銀白色の船で、大きさは大型の外洋ヨットぐらい。外見もそれによく似ていた。これにくらべたら、巨大なグレビュロン船を解体してつくったあの建造物は、軍艦の旋回砲塔のようだった。旋回砲塔。そうだ、あののっぺりした灰色の建物はそれに似ていたのだ。なにかおかしいと思ったのは、帰りぎわに小型船に乗ろうとしてその前を通りかかったとき、前に見たときと向きが変わっていたからだった。

そんなことをちらと思いながら、タクシーを降りて走りだした。

「女の子はどこ？」撮影班に合流すると、彼女は声をはりあげた。ヘリコプターやパトカーのサイレンですさまじい騒音だった。

「あっちだ！」プロデューサーが叫んだ。音響技師がさっそく、トリシアの服に無線マイクを取り付けにかかる。「なんでも並行宇宙だかなんだかじゃ、親父さんとおふくろさんがここらの出身だったんだそうだ。親父さんの時計を持ってきたとか……よくわからん。なにがなにやらさっぱりだ。早く準備して、外宇宙から地球へ来た感想をインタビューしてくれ」

「わかりました」トリシアはもごもご答え、マイクがちゃんと取り付けられているか確認し、技師相手に簡単に音量のテストをし、大きく深呼吸して、頭をふって髪を払い、プロのレポーターの顔になった。慣れた世界だ、なにが起きても対応できる。

少なくとも、たいていは。

ふり向いて少女の姿を捜した。あれにちがいない。髪を振り乱し、目をぎらぎらさせている。少女がこちらに顔を向けた。目を丸くした。

「おかあさん！」わめくなり、トリシアに向かって石を投げはじめた。

22

日の光が周囲で爆発した。熱く重い太陽。陽炎のなか、前方には砂漠が横たわっている。雷鳴にも似た蹄の響きとともにそこに突っ込んでいく。

「跳べ！」フォード・プリーフェクトが叫んだ。

「えっ？」アーサー・デントは命がけでしがみついたまま叫んだ。

返事はなかった。

「いまなんて言った？」アーサーはまた叫んだが、気がつけばフォード・プリーフェクトの姿はもうなかった。うろたえてきょろきょろするうちに、身体がすべり落ちはじめた。これ以上しがみついてはいられない。アーサーは思いきり横っ飛びに飛び、身体を丸めて地面に落ちると、驀進する蹄を逃れてごろごろ転がった。

なんて日だ。そう思いながら、激しく咳き込みはじめた。肺に土埃を吸い込んでしまったのだ。地球が吹っ飛ばされたとき以来、こんなひどい一日は初めてだった。どうにか膝をついて身を起こし、次には立ちあがって走って逃げはじめた。なにから逃げてどこへ行くのかわからなかったが、いまは逃げるのがいちばんいいような気がした。

走るうちにフォード・プリーフェクトにぶつかった。突っ立って景色を眺めている。

「見ろよ」フォードは言った。「ぼくらに必要なものがあそこにある」

アーサーはまた咳き込んで土を吐き出し、髪や目からも土を払い落とした。ぜいぜい言いながら、フォードがなにを見ているのかとふり向いた。

あまり王《キング》の領土のようには見えなかった。ザ・キングであれどんなキングであれ、それは同じだ。しかし、かなり親しみやすそうなところに見えた。

まずは背景だ。ここは砂漠の惑星だった。乾いた大地はかちかちに固まっている。前夜のお祭り騒ぎでアーサーはだいぶあちこち擦りむいていたが、まだ擦りむけていなかった部分も残らずきれいに擦りむけた。前方やや遠く、砂岩らしい大きな岩壁がそびえている。風と、このあたりにはたぶんほとんど降らないであろう雨に浸食されて、岩は突飛で不思議な形をしていた。乾燥したオレンジ色の大地のあちこちに、やはり不思議な形をした大きなサボテンがにょきにょき生えていて、例の岩壁とよく釣り合っている。

しばし、アーサーの胸にちょっと虫のよすぎる希望が湧いてきた。意外にも、アリゾナかニューメキシコか、ひょっとしたらサウスダコタにたどり着いたのではないだろうか。しかし、数多くの反証がそれはちがうと言っていた。

まず第一に、〝どこも変でないけもの〟がいまも大地を揺らして驀進していた。何万頭もの群れがはるかな地平線から殺到してきて、いきなり完全に消え失せ、八百メートルほど置いてまた現れ、反対側の地平線に向かって大地を揺らして驀進していく。

それに宇宙船が何隻か駐まっていた。簡易食堂《バー&グリル》の正面に――なるほど。〈ザ・キングの領土〉というのはこの店の名前だったか。ちょっと拍子抜けだな、とアーサーは胸のうちで思った。

実際には、ほかの三隻は店の側面の駐機場に駐めてあった。しかし、人目を惹くのは正面に駐まっている宇宙船は一隻だけで、〈ザ・キングの領土バー&グリル〉の正面に駐まっている宇宙船は一隻だ。すばらしく決まっていた。全体に派手なフィンがついていて、そのフィン全体にこれでもかとクロムめっきが施してあり、本体のほうはほぼ完全にショッキングピンクに塗られている。考えごとをしている巨大な昆虫のようにうずくまっていて、いまにも跳躍して二キロ先のなにかに飛びつきそうに見えた。

途中でささやかな次元移動をしなければ、〝どこも変でないけもの〟がまっすぐ突っ込んでくるであろう場所のどまんなかに、〈ザ・キングの領土バー&グリル〉はあった。〝けもの〟に踏みつぶされることもなく、一軒ぽつんと建っている。ふつうのバー&グリルだった。トラック運転手の立ち寄る簡易食堂だった。どこでもない場所のまんなかのどこか。静かだ。ザ・キングの領土。

「あの宇宙船を買おう」フォードが静かに言った。

「買う?」とアーサー。「らしくないことを言うんだな。欲しいものはたいてい盗んで

「多少は敬意を払わなくちゃいけないときもあるんだよ」とフォード。

「多少は金も払わなくちゃいけないんじゃないの」アーサーは言った。「ああいうのはいったいいくらぐらいするんだろう」

控えめな動作で、フォードはポケットから〈ダイノチャージ〉クレジットカードを取り出してみせた。見れば、それを持つ手がわずかながら震えている。

「ぼくにレストラン評なんかやらせたらどうなるか、目にもの見せてやる……」ささやくように言った。

「どういう意味だい」アーサーは尋ねた。

「いま教えてやるよ」目に底意地の悪い光をたたえてフォードは言った。「ちょっと散財してやろうじゃないか」

「ビールをふたつ」フォードは言った。「それから、そうだな、ベーコンロールかなんか、そういうのをふたつ。ああそうだ、それと外にあるあのピンクのやつ」

カードをカウンターに放り出し、さりげなく店内を見まわした。

ある種の沈黙が落ちた。

それまでもとくに騒々しかったわけではないが、いまは明らかにある種の沈黙が落ちていた。この〈ザ・キングの領土〉を注意深く避けている〝どこも変でないけもの〟の遠いとどろきさえ、急に少しばかりくぐもったように思えた。

「あれにまたがってきたんでね」フォードは言った。そのことであれほかのなんであれ、おかしなことなどなにもないような顔をしている。厭味なほどだらりとしてカウンターに寄りかかっていた。

店内にはほかに三人ほど客がいて、テーブル席に着いてビールをちびちびやっていた。約三人。ぴったり三人だと言う人もいるだろうが、ここはそういう場所ではない。そんなに自信たっぷりに断言できるような場所ではないのだ。そのほかに、小さなステージで大柄な男が楽器を調整していた。古ぼけたドラムキット。ギターが二本。カントリーミュージックふうの楽器だ。

バーテンは、フォードの注文を聞いてきぱき動きだすということはなかった。というより、まったく動いていなかった。

「あいにく、あのピンクのやつは売物じゃないんで」しまいに、話すのにかなり時間のかかりそうな訛りで言った。

「そんなことないだろ」フォードは言った。「いくらなら売る？」

「それが……」

「値段を言ってよ。その倍出すから」

「そう言われても、あたしんじゃないんで」バーテンは言った。

「じゃ、だれの？」

バーテンは、ステージの準備をしている大男のほうにあごをしゃくった。大柄の太った男はのろのろと動きまわっている。頭は禿げかけていた。

フォードはうなずき、にっと笑った。

「なるほど」彼は言った。「じゃ、ビールとロールを頼むよ。勘定はまだ締めないでおいといて」

アーサーはカウンター席に座ってくつろいでいた。なにがどうなっているのかわからないのには慣れている。それで気楽だった。ビールはなかなかいけたし、飲んだら少し眠くなるのも悪くなかった。ベーコンロールはベーコンロールではなく、〝どこも変でないけもの〟ロールだった。バーテンとロール作りについて専門家どうしの意見交換をした。フォードにはフォードの好きなようにやらせておけばいい。

「決まった」フォードはスツールに戻ってきた。「しぶいぜ。あのピンクのやつを手に入れたよ」

バーテンは度肝を抜かれていた。「あれをお客さんに売るって？」

「ただでくれるってさ」フォードは言いながら、ロールをかじった。「ちょい待ち、だけど勘定はまだ締めないで。あとで足すもんがあるから。このロールうまいな」

ビールを盛大にあおった。

「ビールもうまい。あの船もいい」と、ピンクとクロームの大きな昆虫めいた船に目をやった。バーの窓越しに一部が見えている。「いいことずくめだ。言うことない」フォードは深く腰かけて、考え込むように言った。「こんなときには、時空構造のことかとか多次元確率マトリックスの因果の整合性とか、〃ありとあらゆる全般的ぐちゃぐちゃ〃の波形が全部収縮する可能性とか、そういう頭の痛い問題がみんな、ほんとに頭を悩ます価値があることなのかって疑いたくなってくるな。ひょっとしたら、あの大男の言うとおりかもしれないって気がする。なにもかも好きにしていい。気にすることはない、好きにしていいんだって」

「どの大男？」アーサーは言った。

フォードはただ、ステージのほうにあごをしゃくった。大男は、マイクに向かって二度ほど「ワン、ツー」と言っていた。いまではほかにふたりの男がステージにあがっている。ドラムとギターだ。

しばらく無言だったが、やがてバーテンが口を開いた。「ほんとに、あの船をお客さんにやるって言ったんですか」

「ああ」とフォード。「好きにしていいって言ったよ。船はやる、正式にくれてやる、大事にしてやってくれって。大事にするつもりだよ」

またビールをぐっとあおった。

「さっきも言ったけど」彼は続けた。「いまみたいに、好きにしろって気になるときもある。だけど、〈インフィニディム・エンタープライズ〉みたいな連中のことを思い出すと、あいつらをのうのうとのさばらせといていいもんかって思うんだよな。目にもの見せてやるって。あいつらに目にもの見せてやるのは、ぼくにとって神聖な義務なんだ。あのさ、あの歌手に渡すぶんを勘定に追加させてよ。特別にリクエストして、話をつけてきたからさ。勘定につけとくことになってるんだ。いいかな」

「そりゃあ……」バーテンはうさんくさげに言ったが、やがて肩をすくめた。「いいですとも、お客さんがそう言うんなら。いくらつけます？」

フォードが数字をあげると、バーテンは壜とグラスのあいだに引っくり返った。フォードはすぐにカウンターを乗り越え、バーテンの無事を確かめ、手を貸して立ちあがらせた。バーテンは指とひじを少し切っていたし、いくらかふらふらしているようだったが、そのほかはけがもなかった。大男が歌いはじめた。バーテンはフォードのクレジットカードをとり、照会しによたよたと奥に引っ込んだ。

「ぼくの知らないうちに、ここじゃいまなんか起きてるわけ？」アーサーはフォードに尋ねた。

「いつものことじゃないか」とフォード。

「そんな言いかたないだろ」アーサーは目が覚めてきた。「そろそろ出かけたほうがいいんじゃないのか」そこでふいに言った。「あの船で地球に行けるかな」

「もちろん」

「そうだ、ランダムは地球に向かってるんだ！」アーサーははたと思いついて、「追いかけていけるぞ！　だけど……えーと……」

フォードはアーサーに自分で考えさせておいて、そのあいだに古い『銀河ヒッチハイク・ガイド』を取り出した。

「だけど、いまぼくらは、その確率軸とかで言うとどこにいるんだろう」アーサーは言った。「地球はあるのかないのか、どっちだろう。ぼくはずいぶん長いこと地球を捜しまわったけど、見つかるのはちょっと似てる惑星とかぜんぜん似てないのとか、そんなのばっかりだった。大陸を見れば場所が合ってるのはたしかなんだけど。いちばんひどかったのはナウホワットって惑星で、そこでみすぼらしい小さい生きものに嚙みつかれたよ。それがそいつらの言葉なんだよ、嚙みつくことで意志を伝えあってるんだ。力いっぱい嚙むんだぜ。それでもあればまだましで、二回に一回ぐらいはなくなってたしね、ヴォゴン人に吹っ飛ばされたあとでさ。ぼくの言ってること、意味わかるか？」

フォードはなにも言わなかった。なにかにじっと耳を傾けたまま、『ガイド』をアーサーに渡して画面を指さした。そこに呼び出されていたのは、「地球――ほとんど無害」。「つまりここにはあるんだな！」アーサーは興奮して声をあげた。「地球がある！　ランダムは地球に向かってるんだ！　嵐のなかで、あの鳥はランダムに地球を見せてたし」フォードはアーサーに、もう少し声を小さくしろと身ぶりで伝えた。あいかわらず耳をそばだてている。

アーサーはだんだん待ちきれなくなってきた。バーの歌手が歌う「ラブ・ミー・テンダー」なら以前にも聞いたことがある。ここで――ここがどこだか知らないが、少なくとも地球でないことはたしかなこの場所で、この歌を聞くとは意外な気がした。だがそうは言っても、このごろアーサーはなにがあっても以前ほど驚かなくなっていた。この手の曲が好きなら、バーの歌手にしてはけっこう聞かせる歌手だったが、いまアーサーは気もそぞろだった。

腕時計をちらと見た。だが、もう嵌めていないのを思い出しただけだった。時計は、というより少なくとも時計の残骸は、ランダムが持っているのだ。

「そろそろ出かけたほうがよくないか」彼はフォードをせっついた。

「しーっ！」とフォード。「この歌を聞くために金を払ったんだ」彼の目には涙が浮かんでいるようで、それを見てアーサーはちょっと不安になった。とてつもなく強烈な酒は別として、フォードがなにかに心を動かされるところなどついぞ見たことがない。たぶん埃のせいだろう。曲のリズムとは無関係に、いらいらとカウンターを指で叩きながら待った。

曲が終わった。歌手は続けて「ハートブレイク・ホテル」を歌いだした。

「どっちみち、このレストランの批評記事を書かなくちゃならないし」とフォードはささやくように言った。

「なんだって?」

「批評記事を書かなくちゃならないんだよ」

「批評記事? この店の?」

「記事を登録しないと必要経費が認められないんだ。もっとも、完全に自動的に、痕跡も残さずに認められるように細工しておいたけどね。ここの勘定にはどうしても照会が必要だろうし」と静かに付け加えた。不気味ににやにやしながらビールを見つめている。

「ビール二杯とロールのためにかい」

「それと歌手に渡すチップだ」

「それで、いくらチップを渡したの」

フォードはまた数字をあげた。

「いくらぐらいなのかぼくにはわからないよ」アーサーは言った。「イギリス・ポンドに直すといくら? なにが買える?」

「そうだな、たぶんだいたい……えーと……」フォードは暗算しようとして目を天井に向けた。「スイスが買えるぐらいだ」しまいにそう言うと、『銀河ヒッチハイク・ガイド』を手にとり、原稿をタイプしはじめた。

アーサーはわかったような顔をしてうなずいた。いったいフォードがなにを言っているのか理解したいと思うときもあるが、ちょうどいまのように、理解しようなどとは思わないほうが身のためだと感じるときもある。フォードの肩ごしにのぞき込みながら、

「そう長くはかからないんだろうな」

「ああ、すぐにすむよ」フォードは言った。「ロールはかなりいけるし、ビールはよく冷えててうまいし、珍しい野生動物が見られるし、バーの歌手は既知宇宙で最高の歌手だって、それぐらいだからな。長々書く必要はないんだ。ただの照会のためだから」

画面のＥＮＴＥＲと書かれた部分に触れると、記事は亜空間《サブイーサ》通信網に消えていった。

「じゃあ、あれはすごくいい歌手だってきみは思ったわけか」

「ああ」フォードは言った。そこへバーテンが戻ってきた。手に持った紙が震えているようだ。

なにか不安と畏敬にぎくしゃくした手つきで、彼はその紙をフォードに差し出した。

「おかしな話なんですが」バーテンは言った。「最初の二回ははねられたんですよ。正直、驚きゃしませんでしたがね」ひたいに汗の玉が浮いていた。「それがいきなり、あ

あなんだ、いいよってなもんで……通っちまって、ほんとにそんな感じで。それでその……署名をお願いします」

フォードは用紙にざっと目を走らせた。歯のあいだから息を吸って、「これじゃ〈インフィニディム〉もかなりこたえるだろう」と気がかりそうな顔をしてみせた。「まあいいか」と小声で付け加えた。「ざまあ見やがれ」

派手にサインをして、用紙をバーテンに返した。

「大佐〔エルヴィス・プレスリーのマネージャーを務めたトム・パーカー大佐のこと〕の指示で、ずっとカスみたいな映画に出たり、ラスベガスのカジノで歌ったりして稼いだ総額より多い」フォードは言った。「いちばん得意なことをやって稼いだんだ。つまりバーの客の前で歌うことさ。しかも今回は自分で交渉したんだから、きっと喜んでると思う。ぼくが礼を言ってたって伝えてくれないかな。それから、これで飲物を」と、カウンターに硬貨をいくつか放った。バーテンがそれを押し返してきた。

「それにゃ及びません」いささかしゃがれ声で言った。

「これはぼく個人からだから」フォードは言った。「よし、それじゃ行こうか」

暑く埃っぽい戸外に出て、ふたりは驚きと賛嘆のまなざしでピンクとクロームの大きなしろものを眺めていた。少なくとも、フォードは驚きと賛嘆のまなざしで眺めていた。

アーサーはただふつうに眺めていた。「ちょっと派手すぎると思わないか」なかに乗り込んでから、彼はまた同じことを言った。座席も操縦装置も、上等の毛皮や皮革やスエードでめったやたらと覆われていたのだ。主制御パネルには大きな黄金のモノグラムが入っていた――ただ「EP」と。

「あのさ」フォードは船のエンジンを点火しながら言った。「エイリアンに誘拐されたっていうのはほんとうかって訊いてみたんだ。そしたらなんて言ったと思う?」

「だれが」とアーサー。

「ザ・キングだよ」

「どのキング? ああ、このやりとりは前にもやったな」

「まあいいさ」フォードは言った。「ほんとかどうかはわからないけど、答えはノーだった。自分の意志で出てきたんだってさ」

「だれの話をしてるのか、ぼくはまだわかってないんだけど」アーサーは言った。

フォードは首をふった。「見ろよ、きみの左側の、あっちの区画にテープがある。よさそうな曲を選んでかけてくれ」

「いいとも」アーサーは言って、ボール箱をざっと見ていった。「エルヴィス・プレスリーは好きかい」

「ああ、じつは好きなんだ」フォードは言った。「さてと、このマシンが見かけ倒しでなく、ちゃんと飛びあがってくれるといいんだが」メイン・ドライブを入れた。

「ヒヤッホーイ！」フォードは喊声をあげた。顔が裂けそうなスピードで船はぐんぐん上昇していく。

見かけ倒しでないのはたしかだった。

23

ニュース番組の制作者は、こういうことがあると憂鬱になる。もったいないと思うのだ。ロンドンのまんなかに、まごうかたなき宇宙船がどこからともなく降りてきたら、それは超弩級のセンセーショナルなニュースになる。しかし、それから三時間半後にまったく別のがやって来ても、なぜかそちらはそうはならないのだ。新聞の一面や新聞売場の広告板には「第二の宇宙船現る！」の文字が躍った。「今度はピンク」と。しかし、これが二、三か月後だったらこんなものではすまなかっただろう。さらに三十分後、第三の宇宙船——四人乗りのフルンディ型小型乗用船だった——がやって来たが、こちらはローカルニュースにしかならなかった。

フォードとアーサーは成層圏から轟音とともに降りてきて、ポートランドプレース通り〔ロンドンの通り。BBC本部がある〕にきれいに駐めた。夕方六時半を少しまわっていたから、通りに駐めても駐車料金はとられずにすむ。集まってきてじろじろ見ている野次馬にしばらく混ざっていたが、だれも警察に電話しないのなら自分たちがすると大声で言って、うまいこと脱出した。

「帰ってきた……」アーサーは言った。涙にかすむ目であたりを眺めていると、声がどうしてもかすれてくる。

「めそめそするのはやめろよ」フォードがぴしゃりと言った。「きみの娘を見つけなくちゃならないし、あの鳥を見つけなくちゃならないんだ」

「どうやって」アーサーは言った。「この惑星には五十五億の人間が……」

「ああ。だけど、外宇宙から大きな銀色の宇宙船に乗って、機械の鳥を連れてやって来たばっかりなんてのはひとりしかいないぜ。とにかくテレビが見られればいいんだ。それに、テレビを見ながら飲むものが要るな。ちゃんとしたルームサービスのあるとこに行こう」


ふたりはランガム・ホテルの広い二寝室つきスイートにチェックインした。フォードの〈ダイノチャージ〉カードは五千光年以上もかなたの惑星で発行されたものなのに、なぜかホテルのコンピュータはなんの問題も感じないようだった。

フォードはすぐに電話をかけはじめ、いっぽうアーサーはテレビを探しにかかった。

「もしもし」とフォード。「マルガリータを注文したいんだけど。ピッチャーふたつぶんね。シェフ・サラダを二人前、それにフォアグラをありったけ持ってきて。あともうひとつ、ロンドン動物園を頼むよ」

「ニュースに出てる！」アーサーが隣の部屋で大声をあげた。

「そうだよ」フォードが受話器に向かって言う。「ロンドン動物園だよ。請求はこの部屋につけといて」

「ランダムが……なんてこった！」アーサーが叫んだ。「いまだれにインタビューされてると思う？」

「あのさ、英語わかんないの？」フォードは続けた。「動物園だよ、ここから道路を行ったすぐのとこにある。今夜はもう閉まってるって、そんなことはどうでもいいんだ。入園券が買いたいわけじゃない、動物園を買いたいだけだってば。きみが忙しかろうがぼくには関係ないね。これはルームサービスの番号だろ、それでぼくは宿泊客で、サービスを求めてるんだ。メモ用紙ある？　それじゃ、やってもらいたいことを言うから書いといて。野生に返しても心配ない動物はぜんぶ野生に返すこと。専門家のちゃんとしたチームを作って、生息域で経過を監視させること。ちゃんとやってけるか確認するんだよ」

「トリリアンだぞ！」アーサーが叫んだ。「いや、それとも……えーと……ちくしょう、この並行宇宙ってやつはなんとかならないのか。まったく頭がこんがらがってくるよ。これは別のトリリアンみたいだな。トリシア・マクミランって言ってる。トリリアンもむかしはそう名乗ってたんだ、つまりその……あれの前には……こっちに来てテレビを見ろよ、きみならわかるかもしれないし」

「すぐ行くよ」フォードは大声で返事をしてから、ルームサービス担当者相手の交渉に戻った。「それから、野生でやってけない動物のために自然保護区を作んなくちゃなら ない。チームを作って、そのためにいちばん適当な場所を調べさせなくちゃな。ひょっとしたらザイールかどっかを買わなくちゃならないかもね。どこかの島とか。マダガスカルとか、バフィン湾の島とか、スマトラとか、なんかそういう場所。なにしろいろんな生息地が必要になるからさ。あのさ、なんでそんなに困ってるのかわかんないんだけどね。人を使うことを覚えなさいよ。だれでも適当な人を雇えばいいんだよ。さっそく取りかかって。調べてみればわかると思うけど、ぼくのクレジットカードは有効だからね。そうだ、サラダにはブルーチーズ・ドレッシングをかけてくれる？　どうも」

受話器をおろすと、部屋を出てアーサーのそばに行った。ベッドのふちに腰かけてテレビを見ている。

「フォアグラを注文しといた」フォードは言った。

「なんだって？」アーサーの目と耳は完全にテレビに釘付けになっていた。

「フォアグラを注文したって言ったんだよ」

「ああそう」アーサーは上の空だった。「あー、ぼくは前々から、フォアグラはちょっとどうかって思ってたんだよね。ガチョウがちょっとかわいそうだろ？」

「ガチョウがなんだよ」フォードはベッドにどさりと腰をおろしながら、「そんななにからなにまで気にしちゃいられないよ」

「そりゃ、きみがそう言うのは勝手だけど……」

「もういいって！」フォードは言った。「いやならぼくがきみのぶんも食べてやるよ。いまどうなってる？」

「滅茶苦茶だよ！　完全に滅茶苦茶だ！　トリリアンだかトリシアだかだれだかに向かって、ランダムはずっとぎゃあぎゃあ言ってるんだ。最初はランダムを棄てたって非難してて、次にはいいナイトクラブに連れてけって言いだした。トリシアは泣きだしちゃって、ランダムには会ったこともないし、まして産んだこともないって言ってたんだけど、そのうち急にルパートとかいうやつがどうこうってわめきだしたんだ。そいつは頭がからっぽになってるとかなんとか。正直言って、そのあたりはよくわからなかった。そしたらランダムがものを投げはじめたんで、いまコマーシャルが入ったとこだよ。そのあいだに収拾をつけようっていうんだろうな。あっ、スタジオに戻った！　黙って見よう」

　画面に現れたニュースキャスターはかなりおろおろしていたが、お見苦しいところをお目にかけたことを視聴者のみなさんにお詫びします、と切り出した。とくにはっきりお伝えできることはないのですが、ただランダム・フリークェントフライヤー・デントと名乗る不思議な少女は、その、興奮状態だということで先ほどスタジオを離れました。トリシア・マクミランのほうは、たぶん明日には仕事に戻れると思います。ところで、UFOの活動について新しい情報が入ってきましたので……

フォードはベッドから勢いよく立ちあがり、手近の電話をつかんで番号を押した。

「接客係《コンシェルジュ》？　このホテルのオーナーになりたくない？　トリシア・マクミランがどこのクラブのメンバーか、五分以内で調べてくれたらオーナーはきみだ。費用はみんなこの部屋につけといて」

24

漆黒の宇宙のかなたで、目には見えないが動くものがあった。

目に見えないというのは、多重帯《ブルーラル・ゾーン》という奇妙で不安定な場所の住民の目に見えないということだ。このゾーンの中心にあるのは、無限に多くの可能性として存在する地球と呼ばれる惑星である。かれらの目に見えない問題の動きはしかし、かれらに無関係な動きではなかった。

太陽系の最外縁で、緑色の合成皮革のソファにうずくまり、ずらりと並ぶテレビやコンピュータの画面を不機嫌に眺めながら、グレビュロン人のリーダーは不安でならなかった。彼は手すさびにものをいじりまわした。占星術の本をいじりまわし、コンピュータのコンソールをいじりまわし、グレビュロンの監視機器からたえず映像が流れてくる画面をいじりまわした。その監視機器はすべて惑星・地球に焦点を合わせている。

彼は気がふさいでいた。かれらの任務は監視することだ。しかし、ひそかに監視しなくてはならない。正直言って、この任務にはいささかうんざりしていた。彼の任務は本来、何年もぶっ通しでのらくらテレビを見て過ごすことだけではないはずだ。船にはほかにもさまざまな装置が積んである。ああいう装置にはなにか用途があったはずだが、不運な事故のためになにもわからなくなってしまった。彼は人生に目的が欲しかった。だからこそ占星術に頼ったのだ。頭と心のまんなかにぽっかり口をあける深淵を、それで埋められると思った。占星術はきっとなにかを教えてくれるだろう。

そう、たしかに教えてくれた。

占星術の教えるところによると、少なくとも彼にわかるかぎりでは、これからの一か月は最悪の一か月になるはずだった。事態を正確に把握し、自分の頭で考えて自分から積極的に動かなければ、状況はいっそう悪化するだろうという。

まちがいなかった。彼の星図を見ればそれはあまりに明らかだった。その星図は、占星術の本と、コンピュータ・プログラム——関連する天文学的データを三角法によって再構成するために、トリシア・マクミランが親切にも設計してくれた——を使って彼が自分で作成したものだった。占星術は地球を基準にしているから、グレビュロン人が使うためにはデータをぜんぶ計算し直さなくてはならない。なにしろここは太陽系の凍てつく辺縁、第十惑星のうえなのだ。

その再計算の結果、このうえなく明瞭に、また疑問の余地なくわかったのは、これからの一か月が彼にとって最低最悪の一か月になるということだった。その一か月は今日から始まる。なぜなら今日、地球が山羊座宮に入るからだ。グレビュロンのリーダーは、典型的な牡牛座生まれの性格的特徴をすべて備えているのだが、その彼にとってはこれが非常に悪い影響をもたらすのである。

ホロスコープが語っているように、いまこそ積極的な行動に出なくてはならない。困難な決断を下し、なにをなすべきか判断してそれを実行しなくてはならない。それはいずれも彼にとって非常にむずかしいことだったが、困難なことを実行するのが困難なのは当たり前のことだ。コンピュータはすでに、惑星・地球の位置を毎秒ごとに追跡・予測しつづけている。彼は巨大な灰色の砲塔を旋回させるよう命じた。

グレビュロンの監視機器はすべて惑星・地球に焦点を合わせていた。そのため察知できなかったのだが、太陽系にはもうひとつ情報源が出現していた。

このもうひとつの情報源――巨大な黄色い土木建設船――が、監視機器によってぐうぜん発見される確率は事実上ゼロだった。それはルパートと同じくらい太陽から遠く離れていたが、ほとんど正反対の位置にあって、ほとんど太陽の陰に隠れていた。

ほとんど――だが、完全にではない。

巨大な黄色い土木建設船は、相手に気づかれずに第十惑星上の動向を監視しようとしていた。そしてそれにみごとに成功していた。

位置が正反対であるだけでなく、この船はほかのあらゆる点でもグレビュロン人とは正反対だった。

そのリーダーすなわち船長は、自分の目的をきわめて明瞭に認識していた。それはきわめて単純にして明快な目的であり、もうかなり長期にわたって、彼はそれを単純明快なやりかたで追求しつづけていた。

それがどんな目的か知ったら、無意味で忌まわしい目的だとだれもが言うだろう。生の価値を高めるような目的ではなく、人の心を明るくするような、鳥が歌い花が咲くような目的でもない。むしろその逆だった。まったく正反対だった。

しかし、そんなことを気にするのは彼の役目ではなかった。彼の役目は彼の役目を果たすことで、彼の役目とは彼の役目を果たすことだった。視野が狭いとか思考が堂々めぐりだとか言われても、そんなことを心配するのは彼の役目ではなかった。そういう問題に出くわしたら他人にまわすだけだし、その他人はまた別の他人にまわすだけだろう。

ここから何光年も離れて、というよりどんなところからも何光年も離れて、とっくの昔に見捨てられた憂鬱な惑星ヴォグスフィアがある。霧に閉ざされ、悪臭ただようこの惑星の泥の岸辺のどこかに、薄汚い割れた空っぽの甲羅――宝石をちりばめた最後のハシリガニの殻である――に囲まれて、小さな石碑が立っている。それが示しているのは、ヴォゴン・ヴォゴンブルルトゥスという種が初めて海からあがったと言われている場所だ。その石碑には霧のなかを指す格好で矢印が彫り込んであり、矢印の下には明快にして単純な文字でこう書かれている――「責任者はあちら」

醜怪な黄色い船の奥深く、ヴォゴン人の船長は唸り声をあげながら、目の前に置いた紙切れに手を伸ばした。いささか色あせて、四隅はめくれあがっている。破壊命令書だ。

船長の役目、それは彼の役目を果たすことであるところの彼の役目を果たすことなのだが、そのそもそもの始まりを突き止めようとすれば、最後にはすべてこの一枚の紙切れに行き着くだろう。これはずっと昔、船長が直属の上司から渡されたものだった。この紙切れには命令が書かれていて、船長の目的はその命令を実行することであり、実行したあとでその横の四角に小さいチェック印を入れることだった。

彼はかつてその命令をたしかに実行したのだが、数々の厄介な事情のせいで小さい四角にチェックを入れることはできなかった。

厄介な事情のひとつは、この銀河宙区の〝多重《プルーラル》〟性である。ここでは、可能性はたえず蓋然性によって干渉を受ける。単純に破壊しただけではなんの効果もない。貼りかたのまずい壁紙の気泡を押し下げるのと同じで、破壊しても破壊してもまたひょっこり出てくるのだ。だが、その問題はまもなく解決するはずだった。

もうひとつは、そこにいるはずのときにいるはずの場所にいつもいようとしない連中がいるということだった。だがこの問題もまた、まもなく解決するはずだった。

三つめは、目障りでちゃらんぽらんな小さい装置、人呼んで『銀河ヒッチハイク・ガイド』だった。この問題はいまでは完全に解決されている。それどころか、時間的逆行《テンポラル・リバース》・工作《エンジニアリング》という驚異的な技術によって、これこそがほかのすべての問題を解決する手段になっているのだ。船長がここへやって来たのは、たんに劇の最終幕を見届けるためにすぎなかった。彼自身は指一本あげる必要もない。

「見せろ」彼は言った。

鳥の形をした影が翼を広げ、近くの空中に浮きあがった。闇がブリッジを包んだ。せつな、かすかな光が鳥の黒い目にひらめいた。命令アドレス空間の奥の奥で、重なる括弧がついに閉じていき、ＩＦ節が最終的に完結に向かい、反復ループが停止しはじめ、再帰関数が自身を呼び出すのもあと数回のことになる。

闇に輝かしいまぼろしが浮かびあがった。みずみずしい青と緑のまぼろし。管状のそれが空間を流れていく。あちこち抜けのあるひとつながりのソーセージのよう。

満足げに鼻を鳴らすと、ヴォゴン人の船長は椅子に深く腰かけてまぼろしを眺めた。

25

「そこ、四十二号のとこ」フォード・プリーフェクトがタクシー運転手に向かって叫んだ。「ここだ！」

タクシーはがくんと揺れて停まり、フォードとアーサーは飛び降りた。途中で何度も現金自動支払機に立ち寄っていたので、フォードはわしづかみにした札を助手席の窓から運転席目がけて放り込んだ〔ロンドンのタクシーでは、料金は降りてから助手席の窓越しに支払う〕。

クラブの入口は暗く、洗練されていたが地味そのものだった。クラブの名はごく小さな銘板に書いてあるだけだ。メンバーは場所を知っているし、メンバーでなければ場所がわかってもしかたがない。

ニューヨークにあるもうひとつの〈スタヴロ〉には一度行ったことがあるが、フォード・プリーフェクトはこちらの〈スタヴロ〉のメンバーではなかった。とはいえ、非常に簡単な対処法を身に着けているおかげで、メンバーでなくても困ることはなかった。ドアが開くなりするりとなかに入ったかと思うと、彼は後ろのアーサーを指さし、「こいつは大丈夫、ぼくの連れだから」と言ってのけた。

暗い豪華な階段をはずむような足どりで降りながら、新しい靴をはいてビッとした気分だった。スエードの青い靴だ。あれこれいろいろあるにもかかわらず、突っ走るタクシーの後部座席から、ショーウィンドウのこの靴に目を留めたのだ。われながら目ざといと鼻高々だった。

「ここには来るなと言っただろう」

「えっ？」フォードは言った。

痩せた顔色の悪い男だった。ゆったりしたイタリアふうの服を着て、階段を登ってこちらとすれ違い、煙草に火をつけ、そこで急に立ち止まったのだ。

「あんたじゃない」彼は言った。「こいつだ」

男はまっすぐアーサーを見ていたが、やがて少し面食らったような顔になった。

「こりゃ失礼」彼は言った。「どうも人違いだったようで」また階段を登りはじめたが、またすぐにふり返った。さっきよりさらに面食らった顔をして、アーサーをじっと見つめた。

「今度はなんだ《ナウ・ホワット》？」フォードは言った。

「いまなんて？」

「ナウ・ホワット？」フォードがいらいらとくりかえした。

「そうだ、そうだと思う」男は言って少しふらつき、手に持っていたマッチブックを落とした。口を力なくぱくぱくさせ、片手をひたいに当てた。

「失礼した」彼は言った。「さっきなんの薬を服んだのか思い出そうとしてるんだが、記憶力をにぶらせる薬の一種だったみたいで」

男は首をふり、またこちらに背を向けて、階段を登って男子トイレに向かった。

「行こう」フォードは言って、急いで階段を降りていった。アーサーは不安な気分でそのあとに続いた。いまの男の言葉にひどく心をかき乱されたのだが、それがなぜなのかわからない。

こういう店は好きになれなかった。地球に、故郷に戻るのを何年も夢見てきたというのに、いまはただただラミュエラの小屋が、自分のナイフと自分のサンドイッチが恋しかった。スラッシュバーグ老さえ恋しかった。

「アーサー！」

それは仰天の音響効果だった。名前をステレオで呼ばれたのだ。

身をよじってそのいっぽうを見た。彼の背後、階段のうえからトリリアンがあわてて降りてくる。着ているのは、あのみごとに皺の寄ったリンプロン™だ。と見るうちに、彼女はぎょっとして目をみひらいた。

なににぎょっとして目をみひらいたのかと、アーサーは今度は反対側に身をよじった。階段の下にトリリアンが立っていた。着ているのは……いや、これはトリシアだ。ついさっき、テレビで取り乱してヒステリックに叫んでいたトリシアだ。そしてその向こうにランダムがいた。いつにも増して目をぎらぎらさせている。その背後、洗練された薄暗いクラブの奥で、ほかの客たちは活人画のように凍りつき、階段での対決を不安げに見守っている。

数秒間、全員が身じろぎもせず立ち尽くしていた。カウンターの奥で鳴っている音楽だけが、鼓動のようにリズムを刻みつづけている。

「あの子の持ってる銃は」フォードが押し殺した声で言い、ランダムのほうにわずかにあごをしゃくった。「ワバナッタ・スリーだ。ぼくから盗んでった船のなかにあったんだ。じつを言うとかなり強力なやつだぜ。しばらく動かないほうがいい。みんな、落ち着こう。あの子がなんで興奮してるのか探らないと」

「あたしはどこにいればいいの?」ランダムがいきなりわめいた。銃を持つ手はぶるぶる震えている。もういっぽうの手でポケットを探り、アーサーの腕時計の残骸を引っぱり出した。それを振りあげてみせた。

「ここになら居場所があると思ったのに」彼女は叫んだ。「あたしはこの惑星から生まれたんだから! なのに来てみたら、おかあさんまであたしがだれだかわからないんだ!」払いのけるように時計を力まかせに放り投げた。時計はカウンター奥のグラスにぶつかり、内部の部品が飛び散った。

しばらくは寂《せき》として声もなかった。

「ランダム」ややあって、トリリアンが階段のうえから静かに声をかけた。

「うるさい！」ランダムは叫んだ。「あたしを棄てたくせに！」

「ランダム、とても大事なことなのよ。話を聞いてちょうだい」トリリアンはひるまず、静かに言葉を継いだ。「もうあんまり時間がないの。ここを出ていかないと。みんな出ていかなくちゃいけないのよ」

「なんの話よ？　あたしたち、いつだって出ていってばっかりじゃない！」いまは両手で銃を構えていたが、その手は両方とも震えている。とくにだれかに狙いをつけているわけではない。ただ全世界に向けて銃を突きつけているのだ。

「聞いて」トリリアンはまた言った。「あなたを置いていったのは、テレビ局の仕事で戦争の取材をすることになったからなのよ。とても危険だったから。少なくとも、とても危険になるはずだったのよ。でも向こうに着いてみたら、戦争は急に起きないことになっていたの。時間の異常があって……聞いて、とにかく聞いてちょうだい！　偵察に出た戦艦が現れなかったものだから、艦隊全体がちりぢりになって、大混乱で戦争どころじゃなくなったのよ。いまではこういうことがしょっちゅう起きているの」

「それがどうしたっていうのよ！　くだんない仕事の話なんか聞きたくない！」ランダムは叫んだ。「あたしは帰れる場所が欲しいの！　居場所が欲しいのよ！」

「ここはあなたの帰る場所じゃないわ」トリリアンは、あいかわらず穏やかな声で続けた。「あなたには帰れる場所なんかないの。あなたにもわたしにも。いまではもう、そんな場所のある人なんかほとんどいないのよ。さっき行方不明の戦艦の話をしたでしょう。その戦艦の人たちにも帰る場所がないの。自分たちがどこから来たのかわからないのよ。それどころか、自分たちがだれなのか、なにをしているのかってことさえ忘れてしまっているの。そのせいで心細くて、どうしていいかわからなくて、とてもおびえているのよ。その人たちはこの太陽系に来ているの。そしていま、とても……とても見当違いなことをしようとしているの。心細くて、どうしていいかわからないから。いますぐに、ここを出ていかなくちゃならないわ。どこに行くことになるかわからないけど。たぶん行くべき場所なんかどこにもないのよ。でも、ここにはいられないわ。お願い、もう一度だけ、いっしょに来てちょうだい」

パニックと困惑とで、ランダムは震えていた。

「大丈夫だよ」アーサーがやさしくいった。「ぼくがいるかぎり、ここは安全だ。いまはちょっと説明できないけど、でもぼくは安全なんだ。だからここにいればみんな安全なんだよ。いいね?」

「なんの話をしてるの?」トリリアンが言った。

「みんな落ち着こう」アーサーは言った。とても穏やかな気分だった。彼は不死身だ。

なにもかも現実とは思えなかった。

ゆっくりと、少しずつ、ランダムは落ち着きを取り戻しはじめた。それと同時に少しずつ銃口も下がっていく。

そのとき、同時にふたつのことが起きた。

階段を登りきったところで男子トイレのドアが開き、先ほどアーサーに声をかけた男が出てきて鼻をすすった。

突然の動きにぎくりとして、ランダムがまた銃をあげた。ちょうどそのとき、彼女の後ろに立っていた男が、銃を取りあげようと手をのばしてきた。

アーサーは前に飛び出そうとした。耳を聾する爆発音。トリリアンが飛びかかってきてアーサーはぶざまに押し倒された。音がやんだ。顔をあげると、さっきの男が階段のてっぺんに立ってこちらを見おろしていた。ぼうぜんとした表情を浮かべている。

「おまえ……」彼は言った。やがてゆっくりと、見るも無惨に、男の身体はばらばらに崩れていった。

ランダムは銃を投げ捨て、がっくりと膝をついてすすり泣いた。「ごめんなさい!」彼女は言った。「ごめんなさい、ほんとに、ほんとにごめんなさい……」

トリシアが駆け寄った。トリリアンが駆け寄った。

アーサーは階段に座りこみ、両手で頭を抱えていた。どうしていいか見当もつかない。

フォードはアーサーより下の段に腰をおろしていた。なにかを拾いあげ、しげしげと眺めていたが、それをアーサーに渡してよこした。

「これをどう思う?」

アーサーは受け取った。死んだ男が落としていったマッチブックだった。それにはこのクラブの名が入っていた。このクラブのオーナーの名が入っていた。こんなふうに——

ベータ

スタヴロ・ミュラー

しばらく見つめるうちに、頭のなかでゆっくりと、すべてが収まるべき場所に収まっていく。どうすればいいのかと思ったが、なにか他人ごとのようだった。まわりでは人々が走りまわったり、大声で叫んだりしはじめていたが、彼はだしぬけにはっきりと悟った。いまも、これからも、もうなにをどうすることもできない。いままでとはちがう奇妙な音と光のなか、見分けられるのはフォード・プリーフェクトの姿だけだった。頭をのけぞらせて狂ったように笑っている。

恐ろしいほどの心の平安が襲ってきた。ついにそのときが来た。今度ばかりはもう次はない。いまこそ、すべてがいよいよ終わるのだ。

ヴォゴン船の心臓部、ブリッジの暗闇のなか、プロステトニック・ヴォゴン・ジェルツはたったひとりで座っていた。いっぽうの壁を覆う船外展望画面に、つかのま光がひらめいた。青緑色の水をたたえた不連続のソーセージが、彼の頭上でひとりでに溶けていく。選択肢は収縮し、可能性は互いのなかに畳み込まれていき、ついには全体が溶けて消え失せた。

深い闇が降りた。ヴォゴン人の船長は、いっときじっとその闇にひたっていた。

「明かりをつけろ」彼は言った。

答えはなかった。あの鳥もまた崩れ去り、すべてのあり得る世界から消え失せていた。

ヴォゴン人は自分で明かりをつけた。またあの紙切れを取りあげて、小さな四角に小さなチェックを入れた。

これでよし。彼の船は漆黒の虚無にひっそりと消えていった。

このうえなく積極的な行動だと思って実行したのに、グレビュロンの〝リーダー〟はやはり最悪の一か月を迎えていた。それまでの月とほとんど変わりはなかったが、ただいまはもう、テレビにはなにも映らなくなっている。代わりに軽音楽をかけることにした。

訳者あとがき

本書は、『銀河ヒッチハイク・ガイド』シリーズ第五作 *Mostly Harmless* の全訳である。底本に用いたのは二〇〇二年刊の Picador 版で、同じく二〇〇二年にアメリカの Ballantine Books から出た *The Ultimate Hitchhiker's Guide to the Galaxy*（シリーズ全五作を一冊にまとめたもの）も参考にした。

第四作の発表が一九八四年のことで、これで『銀河ヒッチハイク・ガイド』シリーズはとりあえず完結を見た。神の最後のメッセージの内容は明かされたし、ゼイフォードとトリリアンが結婚して落ち着いたらしいということも（フォードの台詞でちょっと触れられるだけとはいえ）わかった。アーサーはようやく幸せを手に入れ、マーヴィンもつらく苦しく虐げられるばかり（少なくとも主観的には）の一生の最期に、神からの謝罪の言葉を目にして心安らかに死んでいった。ファンからは続編を希望する声も少なからずあっただろうが、アダムスはもう『銀河』シリーズを書く気はなかったようだ。

にもかかわらず八年後の一九九二年、アダムスはシリーズ第五作の本書を発表する。これはなぜだったのか、その理由について本人はあまり語りたがらなかったようだが、ひとつには経済的な動機もあったのかもしれない。本書執筆の契約を出版社と結んだのは実は一九八八年のことなのだが、その数年前、信頼していた会計士の横領が発覚して、アダムスは多額の損失をこうむっているのだ。とはいえ、八七年、八八年に相次いで発表した『ダーク・ジェントリー』シリーズも好評だったし、実際にはそれほど経済的に追いつめられていたわけではなさそうだが、アダムスは金銭にうとい人だったためか、必要以上に深刻に考えていたように見受けられる。「それまでお金の心配なんかぜんぜんしてなかったのに、急にもう破産寸前みたいに思いつめてしまった」とさるインタビューで語っているほどだ。ということで、この八八年にはまとめて二冊の執筆契約を結んだわけだが（うち一冊は結局書かれず、契約はのちにキャンセルされた）、しかし例によってなかなか執筆にとりかかることができず、そうこうするうちに九一年には義父（実母の再婚相手）が癌のため死亡し、そんなこんなで本書執筆中のアダムスは精神的にかなりつらい状況にあった。そんな「暗い状況をはねのけたくてこの本を書いたが、できあがってみたらその暗い状況をそのまま反映した暗い作品になってしまった」とアダムスは語っている。

本作品については「アダムスの最高傑作」と激賞する声があるいっぽうで、「シリーズ最低最悪の作品、書かれなかったほうがよかった」という声もあるようだ。訳者としてはどちらの評価ももっともだと思う。本書がひとつの作品として非常に完成度が高いことは、まずだれしも認めるところだろう。シニカルな乾いたユーモアはこれまでどおり健在だし、なにしろ作品全体を流れる息詰まるほどの緊張感、最後の破局になだれ込んでいくめくるめく疾走感はすばらしい。とくにアーサーとフォードの章が交互に語られる中盤以降、場面転換のタイミングも見事なら、ふたりが合流したのちに、すべてのストーリーラインが一気に収束していく構成も文句のつけようがない。SF的なアイデアやガジェットの使いかたも手慣れたものだし、〝どこも変でないけもの〟の大移動の迫力ある描写もみごとだ。一九八八年ごろから、アダムスは絶滅の危機にある動物を見てまわるという仕事をしているが（その成果として発表されたのが、動物学者カーウォディンとの共著 *Last Chance to See* である）、この描写にはそのときの経験が生きているのだろう。

しかし、『銀河』シリーズのファンとしては、「こんなひどい作品はない、こんなの『銀河ヒッチハイク・ガイド』シリーズじゃない」と言いたくなる気持ちは痛いほどわかる、というよりわたし自身まったくそういう気持ちである。最後まで読んで本を閉じたとき、あんまりな結末に「そんなばかな」とぼうぜんとした読者は少なくないと思う。アダムス自身、この虚無的というもおろかな救いのない結末はまずかったとあとで考えなおし、『銀河』シリーズにはもっと明るい締めくくりがふさわしい、第六作をそのうち書くつもりだと語っていたそうだ。せめてもう何年かアダムスが生きていてくれたら、と思わずにはいられない話である。

　結末の暗さはべつとしても、本書が『銀河』シリーズの作品として異色作なのはまちがいないと思う。第一から第四作までは、どの作品にも能天気なほどの楽天性（いささか斜に構えたところはあっても）が一貫して感じられたし、それが『銀河』シリーズの大きな魅力だったのに、その楽天性が本作品ではすっかり抜け落ちている。代わって色濃く感じられるのは喪失感であり、また失われたものへの哀惜の念である。アーサーは故郷の惑星と愛する女性を失い、トリリアン（とトリシア）は「手に入れそこねたもうひとつの人生」を惜しんでいる。しかしいちばんはっきり描かれているのは、お気楽の権化だったフォードが、よく憶えていないが重要だったことはまちがいない青春の夢（なんだそれ）を失って憤っているということだ。しかも彼の場合は、「青春の夢」だった『銀河ヒッチハイク・ガイド』が夢でなくなったばかりか、危険きわまりない怪物に変質してしまったのを知って危機感を抱いている。その怪物の誕生に手を貸しながら、その変質を防ぐのを怠った責任をとろうとフォードは行動に出る（だがじつはそれは、多次元宇宙の悪夢と化した『銀河ヒッチハイク・ガイド』に操られてのことだったわけだが）。失われた青春の夢とその後始末、それが本書のひとつのテーマだと見ることもできると思う。

　そう考えてくると、やや唐突に「ザ・キング」ことエルヴィスが出てくる理由もわかるような気がする。無責任無軌道、しかし純粋無垢な青春の輝きを象徴する存在として、エルヴィス・プレスリー以上のはまり役はほかにいまい。「ロックンロールの帝王」の意味で「ザ・キング」と呼ばれ、「ザ」のつくキングと言ったらエルヴィスのことと決まっていた。世界中がエルヴィスに熱狂し、エルヴィスに恋をした。死後だいぶ経ってからも「エルヴィスを見た」とか「エルヴィスはエイリアンにさらわれた」とかいう伝説が根強く残っているのもそのためだろう。そのエルヴィスがすっかり太って髪も薄くなって、宇宙の片すみのバーでひっそりと、それでも既知宇宙じゅうで最高の歌を歌っている。あざといほど美しくも哀しい図ではないか。そしてエルヴィスの歌う「ラブ・ミー・テンダー」を聞いて涙するフォード。感動的な場面だが、しかしそのいっぽうで、コレハふぉーどデハナイという怒りにも似た違和感がふつふつと湧いてくるのもまた事実だ。これまでとちがうこのフォードの姿には、第五作の異質さ（と、おそらくはダグラス・アダムスの心境の変化――あるいは成熟と呼ぶべきかもしれないが――）が端的に表れているような気がする。

ところで、本作品の結末があんまりだと思っているのは一般のファンだけではないようで、ＢＢＣが二〇〇五年に製作・放送したラジオの第五シリーズ（訳者はラジオ放送は聞いていないので、ここで述べるのはあくまでそれを録音したＣＤ－ＲＯＭ版 *The Hitchhiker's Guide to the Galaxy: Quintessential Phase* の話である）では、まったくちがう結末が付け加えられていた。地球が破壊されるところまではほぼ原作どおりなのだが、そのあとにBBCオリジナルのエピローグがついているのだ。アーサーが耳に入れているバベル魚には、生命の危機を察知すると安全な場所に宿主ごとテレポートする能力があって、おかげでアーサーたちはじつは危機一髪で助かっていたというのである（そんなばかな、などと固いことはこのさい言ってはいけない）。テレポートした先はあの宇宙の果てのレストラン〈ミリウェイズ〉で、そこでアーサーはフェンチャーチに再会するし、もちろんゼイフォードも来ているし、おまけにマーヴィンも生き返っていて、地下駐車場からまた電話をかけてくる（「いまはわたしも自分のバケツを持っているのです」という台詞が泣かせる）。そのうえ、あの無限引き伸ばされワウバッガーまで現れて、よみがえった大予言者ザークォンの力で、ついに望んでやまなかった死を手に入れる。なにもかもめでたしめでたしの大団円を迎えるのである。文字どおりとってつけたような「おめでたい」結末ではあるが、ファンのひとりとしてBBCの憎いはからいに喝采を送りたい。

本書はこれまでとちがってかなりシリアスな内容なので、それほど作者のお遊びは多くないが、とりあえず気がついたことを書いておこう。

まず冒頭、悪い知らせ駆動の宇宙船を開発したヒンジフリール（Hingefreel）人の名称だが、これはヒンジがはずれている、つまり頭の調子が狂っているという意味のジョークだと思われる。また、マクシメガロン大学の歴史学科が撤退したあと、その建物を引き継いだのがなぜ神学・水球（Divinity and Water Polo）合同学科なのかというと、これは dive into a water pool（水に飛び込む）のもじりではないかと思う。あきらめて身投げでもするしかない、ということだろうか。さらにまた、星暦三四五四年の換気電話大暴動のところで、電話交換手が「ブリーゾ《B》スマート《S》・《&》システム《S》をご利用いただきありがとうございます」と言わされてキレるという話が出てくるが、これはもちろんアメリカの電話会社AT&Tに引っかけているのだろう。それから、ラミュエラのシャーマンであるスラッシュバーグ老（Old Thrashbarg）だが、これは Old Trash Bag（古いごみ袋）のもじりと思われる。ちょっと皮肉が利きすぎてかわいそうな気もする名前である。

もうひとつ、『銀河ヒッチハイク・ガイド』ビルが移転した先のサクォ＝ピリア・ヘンシャ（Saquo-Pilia Hensha）という惑星だが、この名前は sapiens（知恵のある）をひねったものだろう。この惑星で尊敬されている聖アントウェルム（Antwelm）という聖人の名は、おそらく聖アルドヘルム（Aldhelm）からとったのではないかと思う。聖アルドヘルムは七世紀に実在した英国の聖職者であり、英国で初めてラテン語の詩を書いたと言われているが、その書いた詩が百のなぞなぞだったというちょっと面白い人である（このなぞなぞは長くラテン語の教材として使われ、おかげで百篇すべてがいまもちゃんと残っているそうだ)。また、人々が日曜日に教会に来ないので、吟遊詩人のかっこうをして橋の上で歌を歌ったり（歌も楽器も非常にうまかったそうで、聖歌の作曲もしているらしい）物語を語ったりして人を集め、そこでおもむろに説教をして多くの人をキリスト教に改宗させたという伝説も残っている。似た手口の悪徳商法があったような気がしないでもないが、いまだったらきっと一流のエンターティナーになっていたにちがいない。アダムスは、作家にならなかったらなにになりたかったかと訊かれて、コンピュータ科学者や動物学者とともに「ミュージシャン」をあげているくらいだし、この聖アルドヘルムはいかにもアダムス好みの聖人という気がする。

前作のあとがきにも書いたが、本書*Mostly Harmless*は本邦初訳。原著が発表されたのは一九九二年のことだから、十五年近く経ってからの初邦訳ということになる。これでとうとう、『銀河ヒッチハイク・ガイド』シリーズ全五作の邦訳をすべてお届けすることができた。何度も書いているが訳者としてこれほどうれしいことはない。これも何度も書いているがほんとうに感無量である。最後にあらためて読者のみなさんに心からお礼を申し上げるとともに、こんな傑作を残してくれたダグラス・アダムスに感謝したい。

本書の訳出にあたっては、いままでどおり河出書房新社編集部の松尾亜紀子氏にたいへんお世話になった。これまた毎回書いているが、この場をお借りしてあつくあつくお礼を申し上げます。

二〇〇六年六月

生命、宇宙、その他もろもろの解説

大森　望

《銀河ヒッチハイク・ガイド》堂々の完結である。

〝全五巻の三部作〟と呼ぶべきか、五部作＋オマケ一本（河出文庫版『宇宙クリケット大戦争』収録の短編「若きゼイフォードの安全第一」）と呼ぶべきか、ともあれダグラス・アダムスが書いた小説版の《銀河ヒッチハイク・ガイド》シリーズは、本書刊行をもって全作品が邦訳されたことになる。

ここまで読んできた人にはいまさら説明するまでもないが、『銀河ヒッチハイク・ガイド』にはじまるこのシリーズは、二〇世紀文学を代表する爆笑コメディにして、バカSFの歴史に燦然と光り輝く超弩級の大傑作。世界三十ヵ国語以上に翻訳され、地球上だけで千五百万部を売り上げた。第一作の刊行から四半世紀を経た二〇〇五年になって、ついに映画化も実現。いまなお熱狂的な愛読者を生み出しつづけている。

たとえばリチャード・ドーキンスも大ファンのひとり。ダグラス・アダムスにファンレターを出したのがきっかけで親友となり、アダムスが世を去ったときは英ガーディアン紙に追悼文を寄稿した。また、ピンク・フロイドのディヴィッド・ギルモアは、アダムス四十二歳の誕生日に、「ピンク・フロイドのライヴでギターをソロ演奏する権利」をプレゼントしたという。ちなみにピンク・フロイドのアルバム、The Division Bell（「対」'94）はアダムスの命名だとか。他にも、ポール・マッカートニー、エルヴィス・コステロ、スティーヴン・ホーキングなど、《ガイド》に対する熱愛を広言する有名人は枚挙に暇がない。

それにしても、どうしてこんなに長く愛されるのか。このシリーズの最大の特徴は、思いきりひねくれた英国流ユーモア。ジェローム・K・ジェロームやP・G・ウッドハウスの昔から、モンティ・パイソンを経て、『宇宙船レッド・ドワーフ号』にまで脈々と伝えられる笑いの伝統がスペースオペラの舞台と結びつき、史上もっとも破壊的なギャグSFが誕生した。地球はあっさり滅亡し、ロボットは鬱病を患い、無限不可能性ドライヴが宇宙を翔ける。

《ガイド》が提供する笑いの中でもっとも典型的かつ有名なギャグは、「生命、宇宙、その他もろもろの回答」(answer to life, the universe and everything) をこれ以上ないほど明確に解き明かしたこと。これは、二〇世紀最高のジョークとして、いまもいろんな文脈でたえず引用・言及されている（たとえば、現代SF最大最高の作家グレッグ・イーガンの超絶ハードSF『万物理論』にも、この驚くべき答えがさりげなく登場する）。ディープ・ソートの力をもってしても七百五十万年を要したこの計算は、いまや

Googleの電卓機能にサポートされ、インターネット接続環境にある人ならいつでも一瞬で答えを知ることができる。ウソだと思う人は、検索窓から「生命、宇宙、その他もろもろの回答」と入力してみてほしい（ちなみに、「人生、宇宙、すべての答え」でも、「生命、宇宙、そのすべてに対する答え」でも、「生命、宇宙、そして万物についての答え」でも、おなじ計算結果を得ることができます）。

……というような調子で《ガイド》の細部について語りはじめるとキリがないので、実のある解説や蘊蓄、トリヴィアをお求めのかたには、ウェブサイト「Share and Enjoy」(http://home.u08.itscom.net/hedgehog/)の日本一くわしい「ダグラス・アダムスのコーナー」などを適宜参照していただくとして、ここでは昔話を少々。

いやそれにしても、思えば長い道のりだった。

すべての大元になったBBCのラジオドラマが最初に放送されたのは一九七八年。ラジオのシナリオやってるだけじゃ食えないからと、アダムスが小遣い稼ぎに自分の脚本を自分でノベライズし、小説版『銀河ヒッチハイク・ガイド』を出したのが一九七九年のこと。僕が高校を卒業した歳ですが、まだ生まれていない読者も多いでしょう。

最初の邦訳が新潮文庫から風見潤訳が出版されたのは、その三年後の一九八二年十二月。定価三六〇円、整理番号〔赤〕196-1-A——と書くだけで時代がしのばれる。消費税は存在しないので計算は簡単です。ちなみにオビの売り文句は、

「地球はあっさり消滅した！　おかしなコンビの宇宙大冒険を描く奇妙きてれつＳＦパロディ」。

　カバーも宇宙服姿のアーサー・デントとフォード・プリーフェクトなので、宇宙版凸凹珍道中ものというか、ＳＦ弥次喜多ものみたいな路線で売り出すつもりだったのかもしれない（新潮文庫版三部作の装画を手がけたのは、ハヤカワ文庫《宇宙大作戦》シリーズや光瀬龍作品のカバーなどで知られるＳＦイラストの大家、金森達画伯）。

　それまで海外ＳＦではせいぜいコリン・ウィルスン『宇宙ヴァンパイヤー』とスティーヴン・キング『ファイアスターター』ぐらいしか出ていなかった新潮文庫から、どうしていきなりこのシリーズが刊行されることになったのか、くわしい経緯はよく知らないが、翌年四月には早くも第二作『宇宙の果てのレストラン』が邦訳されている。

　私事で恐縮ですが、当時大学生だった大森は、『銀河ヒッチハイク・ガイド』を出す会社なんだからきっと宇宙一りっぱな出版社に違いないと新潮社の入社試験を受け、これも『ガイド』の御利益か、首尾よく合格。ただちに新潮文庫編集部に配属され、シリーズ第三弾の邦訳は編集者として担当することになる（一九八五年三月刊）。原題は、*Life, the Universe and Everything* という由緒正しいフレーズなのに（風見潤訳では「生命と宇宙と万物」、安原和見訳では、「生命、宇宙、その他もろもろ」）、それがどういう経緯で『宇宙クリケット大戦争』などという（本文中には言葉として出てこない）邦題になってしまったのかはよく覚えていないのだが、たぶん担当編集者にもその責任の一端があり、思いつきのようなこのタイトルが新訳版にまで踏襲されてしまったことになんとなくうしろめたさを感じている。うーん、第四部、第五部の邦題を考えると、第三部は原題どおりの『生命、宇宙、その他もろもろ』に戻してもよかった気がするがどうですか。

しかし、もっとうしろめたい思いだったのは、〝三部作の第四部〟の触れ込みで八四年に刊行された新刊、*So Long, and Thanks for All the Fish* の邦訳を新潮文庫から出せなかったこと。たしか稟議書は上げたものの、巻を追うごとに邦訳の実売部数が落ちていたこともあり、企画案があえなく却下されたような記憶がある（とはいえ、時代が時代なので、三冊とも五万部以上は売れているはず。最初の二冊は増刷もしました）。

その後、一九九二年に、第五部の *Mostly Harmless* が刊行されたが、この頃にはシリーズの邦訳三冊はいずれも絶版になっていたし、僕はメガドード書房を辞めてフリーの記者に——じゃなくて新潮社を辞めてフリーの文筆業者になっていた。第四部、第五部の邦訳が出る可能性はほぼゼロにまで落ち込んでいたのである。

さてその間、海の向こうでは、『銀河ヒッチハイク・ガイド』映画化の話が何度となく持ち上がっては消えていった。業を煮やしたアダムスは、第五部の刊行後、自分で映画化権を買い戻し、共同製作者を探しはじめる。一九九七年には、スパイグラス・エンターテインメント社と大筋で合意。ジェイ・ローチ監督でプロジェクトが動きはじめ、アダムスはあらためて脚本の執筆に着手する。だが、三年がかりでようやくシナリオが完成したのも束の間、アダムスはアスレチックジムでエクササイズの最中に心臓発作を起こし、四十九歳の若さで急逝。二〇〇一年五月十一日のことだった。

映画化の企画もいったんは暗礁に乗り上げるが、数カ月の中断を経て、プロジェクトが再始動。ジェイ・ローチは、『チキンラン』のキャリー・カークパトリックを新たなシナリオ・ライターに指名し、アダムスの遺稿をもとに最終的な脚本が完成する。スケジュールの都合でジェイ・ローチは製作総指揮にまわり、映画はガース・ジェニングス監督で二〇〇四年にクランクインした。二〇〇五年、ついに完成した映画版が全世界で公開されたのは皆さんご承知のとおり。

原作の愛好者なら、映画の出来についていろいろ言いたいこともあるだろうけれど、冒頭、美しいイルカの映像をバックに、「さようなら、いままで魚をありがとう」のテーマソングが流れはじめた瞬間は、まさに感慨無量。思わず滂沱の涙を流しそうになりました。

この映画化がきっかけになり、世界的に『銀河ヒッチハイク・ガイド』熱が再燃。その波に乗って、日本でも河出文庫から新訳の刊行がはじまる。そこから先はとんとん拍子。第一部、第二部の売れ行きが好調だったおかげで、未訳の二冊も含め、こうして全五冊の邦訳が出揃うことになった。新潮文庫版『銀河ヒッチハイク・ガイド』から数えると四半世紀近い歳月を経て、ついに全作の日本語化が実現したわけで、あらためて通して読むとこれまた感慨無量。

正直な話、原書刊行当時に第四部を読んだときは、「こんなのスカスカの出がらしじゃん！」とがっかりしたし（だから、なにがなんでも邦訳を出さなきゃいけないとは思わなかった）、第五部に至っては、「こんなのオレの『ガイド』じゃない！」と思いながらぱらぱら眺めただけだった。しかし、それはまだ若かった頃の話。人生の半分以上を『銀河ヒッチハイク・ガイド』とともに歩んできた人間がこの年齢（四十五歳）になってから再読すると、第四部、第五部がしみじみと心にしみる。三部作の若々しい熱狂に対して、こちらは円熟のクールダウン編。そりゃたしかに、生命、宇宙、その他もろもろの答えは疑問の余地なく42だし、人生について知るべきことはすべて『銀河ヒッチハイク・ガイド』三部作に書いてあるかもしれない。だけどもう（カート・ヴォネガットの言葉を借りれば）「それだけじゃ足りない」のである。

アダムスもたぶんそんなふうに感じて、第四部と第五部を書くことにしたんじゃないか。活力に満ちた混沌が、おだやかな秩序に道を譲る。シリーズの決着のつけかたというか、歳のとりかたとしては悪くない。なんだかぱっとしない結末だなあと思った人は、二十年後にまた読み返してみてください。

ほとんど無《む》害《がい》

二〇〇六年 八 月二〇日 初版発行
二〇二五年 六 月三〇日 9刷発行

著者 D・アダムス
訳者 安原和見《やすはらかずみ》
発行者 小野寺優
発行所 株式会社河出書房新社
〒一六二-八五四四
東京都新宿区東五軒町二-一三
電話〇三-三四〇四-八六一一（編集）
〇三-三四〇四-一二〇一（営業）
https://www.kawade.co.jp/

ロゴ・表紙デザイン 粟津潔
本文フォーマット 佐々木暁
印刷・製本 大日本印刷株式会社

Printed in Japan ISBN978-4-309-46276-9

銀河ヒッチハイク・ガイド

ダグラス・アダムス　安原和見〔訳〕　46255-3

銀河バイパス建設のため、ある日突然、地球が消滅。地球最後の生き残りとなったアーサーは友人の宇宙人フォードと、宇宙でヒッチハイクをするはめに。シュールでブラック、抱腹絶倒のＳＦコメディ大傑作！

宇宙の果てのレストラン

ダグラス・アダムス　安原和見〔訳〕　46256-1

宇宙船が攻撃され、アーサーらは離ればなれに。元・銀河大統領ゼイフォードとマーヴィンがたどりついた星で遭遇したのは!?　宇宙の迷真理を探る一行のめちゃくちゃな冒険を描く、大傑作ＳＦコメディ第２弾！

百頭女

M・エルンスト　巖谷國士〔訳〕　46147-6

古いノスタルジアをかきたてる漆黒の幻想コラージュ一四七葉——永遠の女「百頭女」と怪鳥ロプロプが繰り広げる奇々怪々の物語。エルンストの夢幻世界、コラージュロマンの集大成。今世紀最大の奇書！

慈善週間　または七大元素

M・エルンスト　巖谷國士〔訳〕　46170-0

自然界を構成する元素たちを自由に結合させ変容させるコラージュの魔法、イメージの錬金術!!　巻末に貴重な論文を付し、コラージュロマン三部作、遂に完結。今世紀最大の芸術家エルンストの真の姿がここに!!

見えない都市

イタロ・カルヴィーノ　米川良夫〔訳〕　46229-4

現代イタリア文学を代表し、今も世界的に注目され続けている著者の名作。マルコ・ポーロがフビライ汗の寵臣となって、さまざまな空想都市（巨大都市、無形都市等）の奇妙で不思議な報告を描く幻想小説の極致。

柔かい月

イタロ・カルヴィーノ　脇功〔訳〕　46232-4

変幻自在な語り部 Qfwfg 氏が、あるときは地球の起源の目撃者となり、あるときは生物の進化過程の生殖細胞となって、宇宙史と生命史の奇想天外な物語を繰り広げる。幻想と科学的認識が高密度で結晶した傑作。

宿命の交わる城

イタロ・カルヴィーノ　河島英昭〔訳〕　鏡リュウジ〔解説〕　46238-3

文学の魔術師カルヴィーノが語るタロットの札に秘められた宿命とは……世界最古のタロットカードの中に様々な人間の宿命を追求しつつ古今東西の物語文学の原点を解読する！　待望の文庫化。

不在の騎士

イタロ・カルヴィーノ　米川良夫〔訳〕　46261-8

中世騎士道の時代、フランス軍勇将のなかにかなり風変わりな騎士がいた。甲冑のなかは、空っぽ……。空想的な《歴史》三部作の一つで、現代への寓意を込めながら奇想天外さと冒険に満ちた愉しい傑作小説。

路上

ジャック・ケルアック　福田実〔訳〕　46006-2

スピード、セックス、モダン・ジャズそしてマリファナ……。既成の価値を吹きとばし、新しい感覚を叩きつけた1950年代の反逆者たち。本書は、彼らビートやヒッピーのバイブルであった。現代アメリカ文学の原点。

ポトマック

ジャン・コクトー　澁澤龍彥〔訳〕　46192-1

ジャン・コクトーの実質的な処女作であり、二十代の澁澤龍彥が最も愛して翻訳した《青春の書》。軽やかで哀しい《怪物》たちのスラップスティック・コメディ。コクトーによる魅力的なデッサンを多数収録。

大胯びらき

ジャン・コクトー　澁澤龍彥〔訳〕　46228-6

「大胯びらき」とはバレエの用語で胯が床につくまで両脚を広げること。この小説では、少年期と青年期の間の大きな距離を暗示している。数々の前衛芸術家たちと交友した天才詩人の名作。澁澤訳による傑作集。

ブレストの乱暴者

ジャン・ジュネ　澁澤龍彥〔訳〕　46224-3

霧が立ちこめる港町ブレストを舞台に、言葉の魔術師ジャン・ジュネが描く、愛と裏切りの物語。“分身・殺人・同性愛”をテーマに、サルトルやデリダを驚愕させた現代文学の極北が、澁澤龍彥の名訳で今、蘇る!!

葬儀

ジャン・ジュネ　生田耕作〔訳〕　46225-1

ジュネの文学作品のなかでも最大の問題作が無削除限定私家版をもとに生田耕作の名訳で今甦る。同性愛行為の激烈な描写とナチス讃美ともとらえかねない極度の政治的寓話が渾然一体となった夢幻劇。

フィネガンズ・ウェイク　1

ジェイムズ・ジョイス　柳瀬尚紀〔訳〕　46234-0

20世紀最大の文学的事件と称される奇書の第一部。ダブリン西郊チャペリゾッドにある居酒屋を舞台に、現実・歴史・神話などの多層構造が無限に浸透・融合・変容を繰返す夢の書の冒頭部。序文＝大江健三郎

フィネガンズ・ウェイク　2

ジェイムズ・ジョイス　柳瀬尚紀〔訳〕　46235-9

主人公イアーウィッカーと妻アナ、双子の兄弟シェムとショーンそして妹イシーは、変容を重ねてすべての時代のすべての存在、はては都市や自然にとけこんで行く。本書の中核をなすパート。解説＝小林恭二

フィネガンズ・ウェイク　3·4

ジェイムズ・ジョイス　柳瀬尚紀〔訳〕　46236-7

すべての女性と川を内包するアナ・リヴィア＝リフィー川が海に流れこむ限りなく美しい独白で世紀の夢文学は結ばれる。そして、末尾の「えんえん」は冒頭の「川走」に円環状につらなる。解説＝高山宏

世界の涯の物語

ロード・ダンセイニ　中野善夫 他〔訳〕　46242-1

トールキン、ラヴクラフト、稲垣足穂等に多大な影響を与えた現代ファンタジーの源流。神々の与える残酷な運命を苛烈に美しく描き、世界の涯へと誘う、魔法の作家の幻想短篇集成、第1弾（全4巻）。

夢見る人の物語

ロード・ダンセイニ　中野善夫 他〔訳〕　46247-2

『指輪物語』『ゲド戦記』等に大きな影響を与えたファンタジーの巨匠ダンセイニの幻想短篇集成、第2弾（全4巻）。『ウェレランの剣』『夢見る人の物語』の初期幻想短篇集2冊を原書挿絵と共に完全収録。